Liebe heißt Tofu

Für Anja.

Du hast den Anstoß gegeben und Franzi auf die
Welt geholfen. Danke für deine Begeisterung,
die auch durch schwierige Stunden trägt.

SUSANNE OSWALD

Liebe heißt Tofu

ROMAN

Herzklopfen und so

Inhalt

I. KAPITEL

Frohe Botschaft

Fraaaanzziiii!« Das durfte ja wohl nicht wahr sein! Gehörte das Recht auszuschlafen nicht zum Jugendschutz? Jetzt schrie meine Mutter schon das vierte Mal lautstark nach mir, obwohl sie ganz genau wusste, dass ich vor 12 Uhr am Wochenende meine Ruhe brauchte! Das war wichtig für meine Entwicklung – und für meinen frischen Teint! Für heute Nachmittag hatte ich mich mit Lotte zum Shoppen verabredet und mit etwas Glück würde ich Chris über den Weg laufen. Aber doch nicht mit so einem unausgeschlafenen Gesicht! Bestimmt würde jetzt gleich ein Pickel sprießen – immerhin litt ich an so was wie einer Frühaufsteh-Allergie. Schlimm genug, dass es sich an Schultagen nicht vermeiden ließ.

»Fraaaanzziiii!«

Da. Schon wieder. So hartnäckig kannte ich Mama sonst gar nicht. Nach dem dritten Mal »Bring den Müll raus« machte sie es normalerweise selbst. Schlaftrunken schnappte ich mir mein Tagebuch und einen Stift.

Samstag, 14. April
9.32 Uhr – mitten in der Nacht!
Wochenende. Süß und pflichtfrei. Und dann schreit Mama mitten in der Nacht rum, als gäbe es nicht so etwas wie Ruhezeiten. Wenn der Morgen schon so anfängt ... vielleicht sollte ich das Shoppen lieber absagen?

Ich stopfte das Tagebuch zurück in die Schublade und fuhr mit beiden Händen durch meine Locken. Die fühlten sich ziemlich verstrubbelt an. Seit ich beschlossen hatte, meine Haare wachsen zu lassen, brauchte ich täglich länger, um eine einigermaßen gesellschaftstaugliche Frisur hinzubekommen. Unter einer halben

Stunde ging gar nichts mehr. Nur für die Haare wohlgemerkt. Dann kam noch Make-up und was frau eben sonst so braucht, um sich auf die Straße trauen zu können.

Immer wenn ich kurz davor war, doch wieder auf kurze Haare umzustellen, redete Lotte mir gut zu, von wegen »Das ist nur die Übergangsphase, später wird es total easy, echt«. Lotte hatte gut reden mit ihren blonden Seidenhaaren bis zum Po. Die wusste gar nicht, was es bedeutete, Knoten rauszukämmen und Wirbel zu bändigen. Und überhaupt, wieso hatte ich ausgerechnet die Locken von meinem Erzeuger erben müssen? Und dann auch noch dunkelbraun.

Aber spätestens, wenn Lotte das Chris-Argument auf den Tisch legte, »Chris steht total auf lange Locken«, war ich mit meinen Genen versöhnt und mein Widerstand dahin. Geschmolzen in der Glut meiner Gefühle.

Chris! Wieso musste auch ausgerechnet Lottes Bruder so verdammt süß sein? Er ging in die Klasse über uns. Blond. Immer ein freches Grinsen parat und Grübchen! OhmeinGottdieseGrübchen! Augen wie hellblaugrünes Gletscherwasser. Wow!

»Fraaaanzzzziiii!«

Der Ruf – dieses Mal schon ganz nahe – brachte mich auf den Boden der frühmorgendlichen Realität zurück. In einem Schwung warf ich die Decke zur Seite und schob gerade meine Füße über die Bettkante, als Mama auch schon die Tür aufriss.

»Franzi, stell dir vor, Gustav hat angerufen.«

»Hmm«, machte ich und zog meine Füße wieder ins Warme.

Das war ja jetzt mal was ganz Überraschendes. Mamas Chef Gustav rief ungefähr dreimal täglich an, zumindest wenn Mama nicht in der Redaktion war. Ich war mir sicher, dass es nicht nur geschäftliches Interesse war, aber davon wollte Mama nichts hören. Über ihr Liebesleben redete sie nullkommagarnicht mit mir. Nur weil ich nach dem Abgang meines Erzeugers ein paar seelische Probleme hatte. Und vielleicht auch, weil ich bei dem einzigen Typen, den sie mir je vorgestellt hatte, so ein klitzekleines bisschen den Haustyrannen hab raushängen lassen. Konnte ja

9

keiner ahnen, dass der keine Scherze verkraftet. Nur wegen etwas Zahnpasta in seinen Schuhen und Spinat auf dem Hemd (Spinat fliegt übrigens richtig gut, wenn man mal die Technik raus hat) hat er die Flucht ergriffen. Zu meiner Entschuldigung muss ich aber sagen, dass ich damals erst acht war. Auf jeden Fall gab es seither keine Männer mehr in Mamas Leben. Zumindest keine, von denen ich etwas mitbekam. Und immer wenn wir auf Gustav und die im Raum schwebenden Gefühle zu sprechen kamen, würgte sie mich mit »Papperlapapp. Der hat wirklich andere Sorgen« ab und wechselte das Thema. Komisch nur, dass ihre Wangen dabei jedes Mal einen rosa Hauch bekamen. Ich sage nur: Love-Interest. Aber auf mich hört ja keiner.

Ich gähnte demonstrativ und ließ mich zurück ins Kissen fallen. Aber Mama konnte ich nicht so leicht abwimmeln. »Willst du gar nicht wissen, wieso er angerufen hat?« Sie setzte sich zu mir aufs Bett.

Ich rollte mit den Augen und seufzte. »Irgendeine heiße Story, auf die er dich ansetzen will? Ein Popstar kommt in die Stadt und du darfst ihn exklusiv interviewen? Mama, es ist früh, ich bin müde, jetzt spuck es schon aus und dann lass mich weiterschlafen.«

»Ich soll nach London – ein Exklusivinterview mit Tom Jones und dann noch ein paar andere Stars. Es geht um dieses Festival, du weißt schon: ›Pop on stage‹. Stell dir das mal vor! ICH!« Vor lauter Aufregung hüpfte Mama auf der Stelle und meine Matratze kam ins Schaukeln.

»Hör auf, ich werde seekrank. Okay. London also. Tom Jones. Na ja. Hättest du mir das nicht nach dem Aufwachen erzählen können?« Ich zog mir die Decke über den Kopf und schmiss sie in der gleichen Sekunde wieder von mir. »London!? Du?« Meine Hirnwindungen vollführten Purzelbäume. »Heißt das …?« Ich wagte nicht, diese himmlische Neuigkeit auszusprechen. Und dann wurde ich misstrauisch. »Aber du hast doch immer alle Reisen abgelehnt. Angeblich weil du mich nicht allein lassen konntest. Und jetzt plötzlich?« Ich runzelte unwillig die Stirn. »Hast du etwa einen Babysitter auf mich angesetzt?« Allein die Vorstellung! Beaufsichtigt werden wie ein kleines Kind. Ich war 14! Vor Empörung blieb mir die Spucke weg.

Aber Mama schüttelte den Kopf. Sie nagte an ihrer Unterlippe. »Um ehrlich zu sein, hätte ich mir schon gewünscht, dass wenigstens Oma in der Zeit bei dir sein könnte. Aber sie hat Bridgewochenende und was weiß ich für Termine und weigert sich, den Babysitter für einen fast erwachsenen Menschen zu spielen, wie sie es ausgedrückt hat. Aber sie hat gesagt, im Notfall springt sie sofort ein und ist für dich da.«

Braves Omamachen. Ich grinste.

»Was meinst du? Ich wäre zwei Wochen weg. Schaffst du das? Dazu kommt, dass ich morgen früh schon fliegen müsste. Das heißt, ich kann zwar noch einkaufen gehen, aber die Zeit reicht nicht, um vorzukochen. Du müsstest also selbst …«

Das wurde ja immer besser. Womit hatte ich das verdient? Himmlische Freiheit! Party!

»Klar, schaff ich das. Was soll daran schon so schwierig sein, mal ein bisschen für mich selbst zu sorgen? Ich bin doch kein Baby mehr.«

Mama lächelte zaghaft.

»Bist du ganz sicher?« Als sie meinen empörten Blick sah, lenkte sie schnell ein. »Ich weiß, dass du kein Baby mehr bist. Aber du bist es doch gewohnt, dass ich alles für dich mache. Du hast noch nie gekocht und die Waschmaschine muss ich dir auch noch erklären. Und Paul muss versorgt werden. Der braucht regelmäßig sein Futter. Genau wie Erwin und Trude.« Mama redete sich in Fahrt, während ich mir schon überlegte, wie ich das Wohnzimmer für die Party schmücken könnte – Siebziger-Stil, keine Frage! – und wen ich alles einladen würde. Ich musste unbedingt mit Lotte reden!

»Mama, jetzt lass mich mal in Ruhe wach werden. Das ist alles gar nicht so wild. Du wirst schon sehen. Vertrau mal deiner erwachsenen Tochter.« Ich war aufgestanden und hatte Mama sanft, aber bestimmt zur Tür geführt.

»Aber …«, versuchte sie es noch einmal.

»Kein Aber. Geh du mal schön deinen Koffer packen.« Ein letztes wohlwollendes Tätscheln, dann drückte ich ihr die Tür vor der Nase ins Schloss. Uff!

10.24 Uhr

Ich fass es nicht! Zwei Wochen sturmfrei! Da ahnt man nichts Gutes und dann fallen Geburtstag und Weihnachten auf einen Tag – zusammen mit Schnee im Sommer. ES GIBT WUNDER! Ich hab es doch schon immer geahnt. Danke, lieber Werauchimmer! Danke! Danke! Danke! Ich muss gleich Lotte anrufen!

Beschlossen, getan. Ich tippte Lottes Nummer ins Handy. Es klingelte. Fünfmal, sechsmal. Endlich raschelte es und ein undeutliches »WerwagtesumdieZeit?« begrüßte mich. Lotte. Himmel. Vor lauter Aufregung hatte ich vergessen, dass noch frühester Morgen war. Egal, ich konnte ja auch nicht mehr schlafen. Als gute Freundin musste Lotte da durch!

»Süße! Stell dir vor, ich habe sturmfrei! Sturmfrei, hörst du? Ist das nicht der Wahnsinn?!« Jetzt hüpfte ich genauso auf dem Bett rum wie Mama vorhin.

»Hmmmm, toll. Schlafen.« Das war alles, was Lotte dazu einfiel. Bevor ich weiter auf sie einreden, ihr die Dimension meiner Botschaft klarmachen konnte, war die Verbindung schon wieder unterbrochen.

Ts. Die war ja noch schwieriger aus den Federn zu bekommen als ich. Im ersten Moment wollte ich gleich noch mal wählen, aber dann überlegte ich es mir anders und ließ meine Daumen über die Tasten tanzen!

Süße, reib dir den Schlaf aus den Augen! Ich habe sturmfrei! Zwei Wochen!!!! Ja, du liest richtig: zwei Wochen! Partytime *tanz*. Meinst du, wir sollten Lisa auch einladen? Benni auf jeden Fall. Ob Chris uns den DJ macht? Ach, wir müssen unbedingt quatschen. Meld dich, wenn du ansprechbar bist! Oder nein. Ich *komme, sobald hier alles geklärt ist. Ich freu mir ein Loch in den Bauch! Küsschen! Franzi*

»Fraaaannnziiiii!«

Himmel. Schon wieder Mama. Schnell drückte ich auf »Senden«, schnappte meine Klamotten und verschwand Richtung Bad. Vom Flur aus rief ich nach unten: »Ich komme gleich, Eva, nur noch schnell ins Bad.«

Eva. Das klang gut. Und war ja wohl logisch, dass ich nicht mehr »Mama« sagen konnte, jetzt, wo ich quasi erwachsen war. Von unten kam ein halblautes Stöhnen zurück. Wir hatten unterschiedliche Vorstellungen, was »gleich« in Bezug auf Badezimmeraufenthalte bedeutete. Aber dieses Mal würde ich mich wirklich beeilen.

Ich legte den Turbo ein und schon nach 42 Minuten stand ich frisch geföhnt und notdürftig geschminkt vor meiner aufgelöst wirkenden Mutter.

»Franzi, noch kann ich zurück. Ich weiß wirklich nicht, ob es richtig ist. Ich meine, du bist doch noch ein Kind! Was, wenn ein Feuer ausbricht? Oder es einen Wasserschaden gibt? Oder wenn du Hunger hast und nicht mit dem Kochen klarkommst?«

»Eva, jetzt beruhige dich aber mal. Du bist ja hysterisch und ich bin kein Kind mehr, das ist doch wohl klar. Sogar Omama hat das schon gemerkt. Nur du nicht. Wenn es brennt, dann lösche ich das Feuer mit dem Wasser vom Wasserschaden. Ist doch ganz einfach.« Ups. Ich musste meine Zunge zähmen. Eva wurde so blass, dass ich einen Moment dachte, sie kippt um. »Ein Scherz, Eva. Natürlich wird es weder brennen noch sonst eine Katastrophe geben. Ich habe das im Griff. Und wegen der Kocherei musst du dir keine Gedanken machen. Es gibt ja auch noch Tiefkühlpizza und McDonald's. Und außerdem kann ich dann endlich vegetarisch leben. Du mogelst mir doch ohnehin dauernd Fleisch unter.«

Das war seit Monaten unser Streitthema. Ich hatte, nachdem wir in Bio einen Film über Massentierhaltung gesehen hatten, beschlossen, Vegetarierin zu werden. Okay, ein fitzekleines bisschen vielleicht auch, weil Chris Vegetarier war. Aber hauptsächlich wegen der Tiere. Ehrlich! Doch Mama nahm diesen Entschluss einfach nicht ernst und kochte munter weiter Schnitzel, Bratwürste, Hühnersuppe, Putensteaks …

Leider war meine Moral zwar willig, aber mein eigenes Fleisch absolut schwach. Ich liebte den Duft von brutzelnden Würsten. Und für Hühnersuppe würde ich morden! Na ja, tat ich ja gewissermaßen auch. Aber wie auch immer. Wenn die Wolken feinster Bratendüfte durch das Haus zogen, sich unter meiner Tür durchschoben und mir um die Nase tanzten, dann war es um meine Selbstbeherrschung geschehen. Da floss mir die Spucke im Mund zusammen und immer wieder wurde ich schwach. Ich wusste nicht, ob ich mich mehr über meine Mutter ärgerte, die mich in Versuchung brachte, oder über mich selbst, weil ich so ein willensschwaches unmoralisches Biest war. Die armen Tiere. Aber wieso hatte der Werauchimmer auch Gulasch erfunden, wenn wir vegetarisch leben sollten? Egal. Die nächsten zwei Wochen würde ich meinen Vorsatz in die Tat umsetzen, und wenn Mama dann zurückkam, war ich so eine eingefleischte – haha – Vegetarierin dass sie mich nicht mehr in Versuchung bringen konnte. Punkt!

12.02 Uhr
Meine Vorsätze für die nächsten zwei Wochen
- ♥ *Party! Party! Party!*
- ♥ *Kein Feuer ausbrechen lassen*
- ♥ *Beweisen, dass ich den Haushalt locker schmeißen kann*
- ♥ *Vegetarisch leben*
- ♥ *Chris erobern*
- ♥ *Lotte helfen, beim Benni-Erobern*
- ♥ *Eva zeigen, dass sie eine erwachsene Tochter hat*
- ♥ *Kein Notruf an Oma!!!*

Ich klappte mein Tagebuch zu und schob es in die Tasche zurück. Jetzt merkte ich erst, dass Eva auf mich einredete.

»Eine Liste. Genau«, sagte sie gerade. »Das werde ich auch machen, Franzilein. Ich schreibe dir Punkt für Punkt auf, was du in den zwei Wochen machen sollst und«, sie machte eine Kunstpause, »vor allem, was du NICHT machen sollst.«

Ich verdrehte die Augen.

»Wenn du das alles aufschreiben willst, dann kannst du gleich dableiben. Da reichen zwei Wochen nämlich nicht.«

»Du immer und deine Sprüche. Du wirst noch froh sein über die Liste, da bin ich mir sicher. Oder weißt du, wann der Müll abgeholt wird?«

Müll? Hallo? War ich jetzt etwa die Müllabfuhr? Ich schaute einigermaßen schäflich aus der Wäsche.

»Siehst du. Genau so hab ich mir das gedacht. Aber, liebe Tochter, auch das gehört dazu, wenn man Verantwortung übernehmen will. Und du kannst gleich damit anfangen. Paul hat Hunger. Und Trude und Erwin brauchen auch Futter.«

Wie zur Bestätigung miaute Paul lautstark und rieb seinen Kopf an meinem Schienbein.

»Meinst du nicht, dass ich in den nächsten zwei Wochen genug mit meinen Pflichten zu tun habe? Da könntest du mir wenigstens heute noch …«

Ich sah Evas Blick und lenkte schnell ein. Nur jetzt keinen Stress mehr, auf den letzten Metern vor der Freiheit. »Okay, okay, ich hab ja nichts gesagt.« Ich schnappte mir die Dose mit dem Katzenfutter und schaufelte Paul die Hälfte in seinen Napf, während er mir um die Beine strich.

»Schreib mir einfach alles auf und dann läuft das schon«, sagte ich in Evas Richtung. »Sonst noch was? Ich muss mich dann nämlich mal fertig machen. Ich bin um drei mit Lotte verabredet. Die Goldfische bekommen aber natürlich noch Futter. Auf mich kannst du dich verlassen!«

Eva ließ den Lappen sinken, mit dem sie gerade den Küchentisch bearbeitete. »Du willst weggehen? An meinem letzten Tag? Ich habe gedacht, wir gehen zusammen einkaufen und machen es uns dann gemütlich.«

15

»Evalein. Dein letzter Tag, wie sich das anhört. Du gehst doch nicht zu deiner Hinrichtung, sondern nur nach London. Und in zwei Wochen kommst du ja schon wieder. Es ist Samstag! Du willst doch nicht, dass ich den Samstag mit dir auf dem Sofa verbringe, oder? Das kann nicht dein Ernst sein.«

Mütter hatten manchmal Ideen, das konnte einen echt aus den Socken hauen. Am Ende erwartete sie noch, dass ich mit ihr zusammen »Wetten, dass ..?« anschaute oder was sonst so zu ihrem Abendprogramm gehörte. Bei aller Liebe!

Ich schlurfte ins Wohnzimmer und bröselte Erwin und Trude Futter ins Wasser. Dann schob ich den Deckel wieder drüber und klappte die Halterung zu. Katzensicherung! Pauls Lieblingsbeschäftigung war Goldfische gucken. Wenn er die Möglichkeit hätte, würde er sicher mit den Zähnen schauen. Ich klopfte noch mal gegen das Glas und machte Fischlippen. Man konnte sich richtig mit den beiden unterhalten, nur leider wusste ich nie, was genau ich ihnen eigentlich erzählte.

Zufrieden mit mir selbst – immerhin hatte ich mich bereits voll verantwortlich gezeigt – tanzte ich in mein Zimmer zurück und inspizierte den Inhalt meines Kleiderschrankes.

13.58 Uhr
Jetzt aber nichts wie los. Lotte hat schon zwei SMS geschickt und ist genauso aus dem Häuschen wie ich.

Manchmal ist das Leben richtig cool :-) Daran kann selbst Evas Liste nichts ändern.

14.04 Uhr
Ich habe NICHTS anzuziehen! Ob ich Eva wohl überreden könnte, mir ein bisschen Shoppinggeld zu überlassen? Sie will doch sicher, dass ihre Tochter ordentlich herumläuft, während ihre Mutter sich in London vergnügt. Sonst denken die Leute womöglich noch, sie würde mich vernachlässigen. Hm. Doch, ich denke, das Argument könnte vielleicht ziehen. Werde ich gleich mal testen.

14.11 Uhr

Die Leute WERDEN denken, ich bin ein vernachlässigtes Kind. Mama ist stur. Sie hat mir die zwei Tops und die neue Hose vorgehalten, die ich letzte Woche gekauft habe. Mist. Ich habe wirklich NICHTS anzuziehen! Die Tops sind in der Wäsche. Wenn ich jetzt nicht losgehe, bringt Lotte mich um.

Vorteil: Ich bräuchte nichts mehr anzuziehen.

Nachteil: Ich hätte nichts mehr davon.

2. KAPITEL

Pläne schmieden

Und du bist ganz sicher, dass du das nicht nur geträumt hast?«
Lotte sparte sich eine Begrüßung und hüpfte wie ein Känguru mit Knallfrosch im Hintern um mich herum. War heute eigentlich »Tag des Hüpfens«? Möglich wäre es. Es gab ja für alles einen Tag. Sogar den »Tag der Nacktschnecke«. Das hatte ich erst neulich im Internet aufgestöbert und mich kringelig gelacht. Gerechterweise hätte es dann auch den »Tag der Häuschenschnecke« geben müssen, aber dazu hatte ich nichts finden können. Den blödesten Tag, den sich bestimmt ein Mann ausgedacht hatte, war der »Kauf-nix-Tag«. Einer Frau konnte so ein Schwachsinn nicht einfallen. Fehlte nur noch, dass einer mit einem »Heute-keine-Schminke-Tag« ums Eck kam! Ohne mich! Aber man musste zum Glück ja nicht jeden Mist mitmachen.

Tage, die ich gut fände:
- ♦ Verwöhn-deine-Tochter-Tag
- ♦ Keine-Hausaufgaben-Tag
- ♦ Knutsch-Tag
- ♦ Tag des Shoppens
- ♦ Keine-Haushaltspflichten-Tag
- ♦ Mütter-Meckerverbot-Tag

»Ist Chris eigentlich zu Hause?«, fragte ich möglichst beiläufig.
»Der trägt gerade Zeitungen aus. Weißt schon, sein Nebenjob.«
»Hat er jetzt endlich mal was gesagt? Irgendeinen Piep? Dass er mich mag? Dass ich süß bin? Dass er mich küssen möchte?«
Lotte quietschte.
»Spinnst du? Du weißt genau, dass mein Brüderchen mir sein Liebesleben, und damit meine ich auch sein potenzielles Liebes-

leben, komplett vorenthält. Seit ich Mama aus Versehen verraten habe, dass er in seine Kindergärtnerin verknallt ist, spricht er nicht mehr mit mir über seine Gefühle. Also vergiss es.« Und dann hüpfte sie wieder auf und ab und kam zum Thema zurück. »Und volle zwei Wochen? Krass!«

»Aber so was von.«

Nachdem ich nicht Gefahr lief, dass Chris jeden Moment ins Zimmer poltern könnte, entspannte ich mich. Ich holte mein Tagebuch aus der Tasche und zog den Zettel raus, den ich dort deponiert hatte.

»Komm mal wieder runter und schau dir das an«, forderte ich Lotte auf und streckte ihr meine vorläufige Gästeliste unter die Nase.

Unbedingt ohne Wenn und Aber einladen:
- Chris
- Benni

Einladen:
- Lisa
- Yvonne
- Sebastian

Vielleicht einladen:
- Frederick
- Tommi

Auf KEINEN Fall einladen:
- Tatjana
- Nadine
- Johannes

Während Lotte die Liste studierte, hüpfte sie wenigstens nicht mehr. Wir saßen auf dem kleinen Plüschsofa in ihrem Zimmer. Ich warf einen Blick in den Spiegel, der direkt neben mir über ihrem

Schminktisch hing. Mist. Jetzt hatte ich mir vor Aufregung schon wieder den gesamten Lipgloss abgeschleckt. Eine ganz dumme Angewohnheit von mir.

Aber eine gute Gelegenheit, Lottes neue Farbe auszuprobieren. Sie hatte sich gestern schon einen Stift aus der neuen Frühjahrskollektion geleistet.

»Ich nehm mal, okay?«, sagte ich also und hatte in der gleichen Sekunde den sündteuren Stift von Chanel bereits in der Hand. Freundinnen teilen, das war ohnehin keine Frage.

»Hmm«, machte Lotte auch nur und achtete nicht weiter auf mich. Sie starrte immer noch die Liste an und knubbelte sich dabei ihr linkes Ohr. Das machte sie immer, wenn sie konzentriert nachdachte.

»Und wie willst du die Jungs einladen?«, fragte sie nach einer Weile. »Okay, Chris kann ich übernehmen, aber Benni?! Das ist doch hochnotpeinlich! Willst du ihn auf dem Weg zum Klo abfangen und es ihm sagen? Oder einen Zettel schreiben und ihm zustecken? Womöglich kriegt den jemand anders in die Hand. Und dann? Die wissen doch alle, dass ich ihn zum Umfallen süß finde. Wenn er dann keine Lust hat und absagt, dann muss ich den Planeten wechseln.«

Lottes Ohr war bereits knallrot, wenn sie so weiterknubbelte, würde es irgendwann abfallen. Ich stellte mir die einohrige Lotte vor und grinste. Es wussten wirklich alle, dass sie über beide Ohren – noch beide, hihi – in Benni verliebt war. Nur Benni schnallte nichts. Typisch Kerl! Denen musste die Liebe direkt auf den Kopf scheißen, damit sie mal wach wurden. Mir ging es mit Chris ja ganz genauso.

»Keine Panik, Süße. Wir kriegen das hin. Ich übernehme Benni und werde ihn am Montag nach der Schule abpassen. Im Gegenzug sorgst du dafür, dass Chris kommt. Mit seinen Gletscheraugen!« Einen Moment schloss ich die Augen und stellte mir Chris vor. Dabei drückte ich Lottes Herrn Bumm ganz fest an mich.

Lotte protestierte. »Du immer mit deinen Gletscheraugen und hey, lass Herrn Bumm leben.« Sie schnappte sich ihren Teddy und brachte ihn in Sicherheit. Auf das Thema reagierte sie manchmal gereizt, vielleicht, weil ihr Bruder diese Hammeraugen hatte und sie nur normal blaue? Ich seufzte und nahm den Faden wieder auf.

»Und natürlich musst du das mit Chris auch so hinkriegen, dass ich mich nicht blamiere. Logo, oder? Aber jetzt schau dir mal die anderen Namen an. Was meinst du?«

Lotte überlegte.

»Tommi ist ein Idiot. Der kommt in die Rubrik ›Auf keinen Fall einladen‹. Weißt du, dass der sämtliche Bundesligatore der aktuellen Saison auswendig kann? Wer, wie, in welcher Minute. Der tickt doch nicht richtig! Schlimm genug, dass Jungs wie Idioten hinter einem Ball herrennen, aber wenn es gar kein anderes Thema mehr gibt, dann hört es bei mir auf. Und Mädels nennt der Arsch grundsätzlich nur ›Chicas‹. Gut genug, um sich von ihm befummeln zu lassen und ihm sein Bier zu bringen. Wuäää!«

Okay, okay. Ich zog den Stift raus und strich Tommi so lange durch, bis man es nicht mehr entziffern konnte.

»Dann also Frederick. Wir brauchen noch einen Jungen, sonst haben wir Mädelsüberschuss. Das geht gar nicht.«

Lotte knubbelte wieder. »Aber dir ist schon klar, dass Yvonne und Lisa beide in Frederick verknallt sind. Das könnte einen echten Zickenkrieg geben.«

»Dann füllen wir einfach das Planschbecken mit Matsch und lassen die Mädels schlammcatchen.« Ich kicherte und Lotte zeigte mir einen Vogel. »Oder Sebastian muss sich halt ins Zeug legen«, versuchte ich es mit einer ernsthafteren Lösung. »Hast du gemerkt, dass der ziemlich oft in Lisas Nähe steht, seit er nicht mehr mit Nadine geht?«

»Echt heftig. Gut, dass er die los ist. Was hat der eigentlich an der gefunden? Außer dicken Möpsen und einem noch dickeren Hintern hat die doch echt nichts zu bieten. Und sie hatte dieses Schuljahr schon drei Freunde!«

Ich überlegte und schaute an mir runter. Flachland. Auf Nadines Oberweite war ich schon oft neidisch gewesen, aber wenn ich mir das jetzt so anschaute, dann war es vielleicht ganz gut, dass ich nicht Körbchengröße D hatte. Aber B wäre schon ganz nett. A war einfach zu wenig.

Ich seufzte. Damit hatten wird das Gästethema abgehakt und konnten uns anderen wichtigen Themen widmen.

»Was meinst du?«, fragte ich deshalb. »Sollen wir morgen einen Beautytag einlegen? Volles Verwöhnprogramm: Epilieren, Masken, Dampfbäder, Maniküre. Und am Abend schauen wir DVD und machen Girlsnight.«

»Ich sage nur: *Twilight*!«

Ein schneller Blick auf mein Handy. Schon 15.22 Uhr! Mit einem Satz war ich auf den Beinen.

»Wir müssen noch einkaufen. Gurken, Quark, Cola. Und shoppen wollten wir doch auch noch. Ich habe nichts mehr anzuziehen. Aber es darf nicht zu teuer sein, Eva hat nichts springen lassen.« Ich würde an meine eigenen Reserven gehen müssen, so schmerzhaft es auch war.

»Und Chips. Zurzeit steh ich voll auf die ›Sweet and Sour‹.«

Ich sah meinen Vorsatz in Gefahr. »Sind die auch wirklich vegetarisch?«

Lotte, die sich gerade vom Plüschsofa erhoben hatte, ließ sich wieder in die Polster sinken. »Oh nein, sag nur, du spinnst immer noch?«

Wie bitte?

»Hey. Ich glaube, wenn hier jemand spinnt, dann bist du das! Es ist mein Ernst. Die armen Tiere. Du hast den Film doch auch ...«

»Bla, bla, bla. Gib doch zu, dass das alles nur wegen Chris ist. Weil du weißt, dass er Vegetarier ist. Du willst ihn beeindrucken.«

Ich holte empört Luft. Leider werden getroffene Hunde rot und ich spürte deutlich Hitze in mir aufsteigen. Anstatt zurückzubeißen, fragte ich kleinlaut: »Wäre das denn so schlimm?«

»Schlimm nicht, aber unehrlich dir selbst gegenüber. Und außerdem schaffst du es doch gar nicht, den Verlockungen des Fleisches zu widerstehen. Denk nur mal an einen leckeren Döner.«

Schluck. Mir fiel ein, dass ich noch nichts gegessen hatte, und prompt gab mein Magen ein Knurrkonzert in d-Moll.

»Ich leugne ja gar nicht, dass mir Fleisch schmeckt. Aber ganz ehrlich, abgesehen davon, dass ich Chris natürlich sehr gern beeindrucken möchte: Seit diesem Film habe ich echt ein Problem damit, Fleisch zu essen. Ich muss nur daran denken, wie die Puten zu Tausenden eingepfercht vor sich hin vegetieren, nie, nie, nie das Tageslicht erblicken und nach einem erbärmlichen Leben qualvoll ...«

»Okay«, unterbrach mich Lotte. »Du hast mich überzeugt! Es ist also nicht nur wegen Chris. Mir soll es recht sein. Solange du mich weiter als unmoralisches Aas meine Hamburger essen lässt.«

»Jetzt lass uns von was anderem reden, mir hängt der Magen schon in den Kniekehlen. Wie wäre es, wenn wir zu McDonald's gehen, einen Veggieburger mampfen und dann in aller Ruhe das Einkaufszentrum auseinandernehmen? Ich brauche ein Top, Nagellack und eine Haarkur – diese Locken machen mich noch völlig kirre!«

»Ich habe eine Spitzenidee, wie du deine Locken bändigen kannst. Habe ich gestern im Schaufenster von ›Girls up‹ entdeckt, als ich mir den Lipgloss geholt habe. Ich sage dir, das musst du haben – und ich natürlich auch!«

Lottes Augen bekamen diesen verdächtigen Glanz, wie immer, wenn sie modetechnisch unterwegs war. Leider gab es viel mehr hippe Sachen, als wir von unserem Taschengeld kaufen konnten. Aber zum Glück war Lotte ein Genie an der Nähmaschine. Früher hatte ich mich immer darüber lustig gemacht. Aber seit sie für wenig Geld megageniale Outfits für uns nähte, war ich vor Ehrfurcht verstummt. Okay, die Sachen hatten keine Labels drauf, aber dafür waren sie Unikate, denn Lotte nähte nicht einfach nur eins zu eins nach, sondern setzte immer ihre persönliche Note obendrauf. Einfach unglaublich!

»Sag mal, und wann soll die Party steigen? Doof, dass deine Mutter an einem Sonntag fährt.«

»Unter der Woche ist ätzend, da machen die Eltern Stress und mit Schule am nächsten Tag feiert es sich nicht so lässig. Ich fände Samstag gut.«

Während wir den geeigneten Partytag diskutierten, hatten wir Lottes Zimmer verlassen. Ich wollte gerade die Wohnungstür öffnen, als sie von außen aufgerissen wurde. Völlig unvorbereitet ertrank ich in den Gletscherfluten von Chris' Augen.

»Mhmhhhh!« Was war das für ein Geräusch? Mühsam versuchte ich zu atmen, was natürlich schwierig war unter Wasser. Ich bewegte die Lippen wie Trude, unsere Goldfischdame. »Mhmhhhhh!«

Jemand rempelte mich an. »Können wir dann irgendwann gehen? Oder wollt ihr stehen bleiben, bis der Gletscher geschmolzen ist?«

Mühsam tauchte ich auf und spürte, wie mein Kopf heiß wurde. Sehr heiß!

»Hi und tschüss, die Damen. Was habt ihr vor? Shoppen?«

Chris zeigte seine Zähne und die Grübchen wurden zu tiefen Schluchten, ich hätte mich reinstürzen können. Was für ein süßer Tod!

Lotte packte mich unsanft am Handgelenk und zerrte mich hinter sich her das Treppenhaus hinunter.

»Sag mal, wie soll das eigentlich werden, auf der Party? Willst du die ganze Zeit wie der dritte Goldfisch nur Lippenpantomime machen? Vielleicht sollten wir Chris lieber doch nicht einladen.«

Das brachte mich wieder ins Leben zurück. Empört stemmte ich mich gegen Lottes Zug und blieb stehen. »Du bist wohl plemplem? Natürlich werde ich mit ihm reden. Das war nur der Überraschungseffekt. Da ahnt frau nichts Gutes und schon steht ihr der Traummann quasi Nase an Nase gegenüber. Dich will ich sehen, wenn dir das mit Benni passiert.«

Lotte ging ungerührt weiter und ich stapfte nebenher.

»Zumindest kann ich nicht im Gletscherwasser ertrinken.« Lotte grinste. »Bennis Augen sind wie zartschmelzende Vollmilchschokolade.«

Wir bogen um die Ecke und tauchten in die wogende Fußgängermasse der Einkaufsmeile ein. Lotte hatte ihn noch nicht gesehen, aber ich. Rache muss man heiß genießen. Also gab ich ihr einen leichten Schubs nach rechts.

»Na, dann nimm ein Schokoladenbad, soll ja gut für die Haut sein.«

Süß sah sie aus, meine Lotte. Erst blass und dann tiefrosa. Aber was ich höchst interessant fand, war die Tatsache, dass auch Bennis Gesichtsfarbe wechselte.

»Hi«, hauchte er.

Na, so wie der sich anstellte, sollte das mit der Einladung doch ein Klacks werden. Der Fisch war so gut wie an der Angel. Ich beschloss, die Leine anzuziehen.

»Hi, Benni. Wie gut, dass wir dich treffen. Nächsten Samstag steigt bei mir eine Fete. Hättest du Lust zu kommen?«

»Grighggg«, röchelte es neben mir. Ich schob sanft meinen Arm unter Lottes, damit ich sie auffangen könnte, falls sie mir vor Schreck aus den Latschen kippte. Dabei ließ ich Benni keine Sekunde aus den Augen.

»Oh, äh, also, hey, danke für die Einladung«, stammelte er. »Das ist total nett, nur leider, ähm, ach Mist, verdammt. Mal schauen. Ich sag dir am Montag Bescheid, okay?«

Lotte und ich blieben ziemlich verdattert stehen, während Benni kurz winkte und weiterging. Wir standen mitten im Fluss, Fußgänger quetschten sich an uns vorbei, rempelten uns an und ein Opa motzte über die rücksichtslose Jugend.

»Stellt euch doch nicht mitten in den Weg, ihr Gören.«

»Tut mir leid, wir gehen schon zur Seite.«

Ich lächelte höflich, aber in meiner Jackentasche zeigte ich ihm den Stinkefinger. Der alte Kerl brummte was von Erziehung und früher und ging weiter. Ich zog Lotte zu einer Treppe und ließ mich mit ihr zusammen auf die Stufen sinken. Sie gab immer noch keinen Mucks von sich. »Blöd gelaufen, aber er hat noch nicht Nein gesagt«, murmelte ich.

»Ich werde krank. Ich spüre es schon ganz deutlich. Da kommt eine dicke Grippe auf mich zu. Montag kann ich nicht zur Schule gehen. Auf keinen Fall.«

»Quatsch. Lotte, hey, jetzt sei kein Hasenfuß! Du bist doch sonst so mutig. Weißt du eigentlich, dass du der mutigste Mensch bist, den ich kenne? Und das tollste Mädchen? Benni ist ein Idiot, wenn er nicht kommt.«

Lotte schaute mich unsicher an. »Echt? Meinst du?«

»Ganz sicher. Und jetzt tun wir was für unser Seelenwohl!« Damit zog ich Lotte wieder auf die Füße und schob sie zielstrebig Richtung »Girls up«.

23.58 Uhr

Jetzt habe ich schon fünfmal das Licht aus- und wieder angeschaltet. Ich kann nicht einschlafen! Wie auch? Eva wuselt immer noch wie ein aufgeschreckter Tiger durchs Haus. Um 5.30 Uhr kommt ihr Taxi. Wenn sie sich jetzt nicht bald hinlegt, kann sie direkt durchmachen. Aber ob sie das verkraftet? In ihrem Alter? Immerhin geht sie schon auf die vierzig zu! Was für ein Tag! Nachdem ich Lotte wieder einigermaßen aufgebaut hatte, haben wir die Zutaten für unseren Beautytag besorgt. Dann waren wir bei Lotte und haben Musik gehört und gechillt, und weil ich Eva einen Gefallen tun wollte, bin ich um halb neun schon nach Hause gegangen. Familienabend. Wenigstens kam keine ätzende Show im Fernsehen. Eva hatte eh keine Zeit zu schauen, die packte zum fünfundneunzigsten Mal ihren Koffer um. Ich habe ihr dann bei der Klamottenwahl geholfen, sie ist echt nicht up to date, die Arme.

Morgen Mittag will Lotte Chris einladen, bevor sie zu mir kommt. Oh Werauchimmer, vielleicht sollte ich die ganze Sache abblasen? Wer braucht schon eine Party? Ich meine, wenn Chris nicht kommt, ist doch eh alles fürs Hintergesicht! Aber wenn er ja sagt? Himmel! Das ist ja noch schlimmer! Was soll ich mit ihm reden? Und was soll ich anziehen? Mir wird schlecht, wenn ich dran denke. Egal. Jetzt mache ich das Licht aus und schlafe.

Sonntag, 15. April, 00.43 Uhr

Jetzt war ich gerade eingeschlafen, da piepst mein Handy. Lotte kann nicht schlafen. Seufz! Wie gut, dass ich das jetzt weiß. Gute Nacht!

03.08 Uhr

Ob Chris schon mal eine richtige Freundin hatte? So mit allem? Immerhin ist er ja schon 16. Lotte weiß es nicht, ich habe ihr gerade eine SMS geschickt.

04.55 Uhr

Mama rumpelt. Ich stehe jetzt auf und helfe ihr, Koffer und Tasche nach unten zu bringen. Dann tröpfle ich ihr noch ein paar Rescue-Tropfen in den Kaffee und passe auf, dass sie keinen hysterischen Anfall bekommt.

05.42 Uhr

Freiheit, ich komme! Oh, himmlische Ruhe! Und jetzt endlich schlafen. Gute Nacht, liebes Tagebuch, oder sollte ich besser sagen, guten Morgen?

3. KAPITEL

Hurra, endlich frei!

Chris hatte sein Shirt ausgezogen und ich fuhr mit meinem Zeigefinger um seinen Bauchnabel herum. Undwasfürein-Bauchnabel! Zum Reinbeißen. Knabbern. Knibbeln. Mit der Zunge entlangfahren. Wir lagen mitten auf einer Wiese. Das hohe Gras wiegte sich sacht in einem lauen Sommerlüftchen und verbarg uns vor neugierigen Blicken. Mir wurde ganz anders.

War das der Moment der Momente?

In mir trafen sich Panik und Vorfreude. Mein Bauch fühlte sich an, als wäre er gefüllt mit Samba tanzenden Nacktschnecken. Vor Aufregung hatte ich wieder mal den gesamten Lipgloss abgeschleckt. Aber viel war eh nicht mehr drauf gewesen, denn wir hatten einen Dauerknutschversuch hinter uns. Von wegen kussecht! Wo wohl der Rekord lag? Im Knutschen meine ich. Und gab es einen Rekord oder zwei? Wenn, dann würde ich sagen zwei. Einen mit und einen ohne Zunge. Ob wir uns zum Guinness-Buch-Eintrag anmelden sollten? Ich nahm mir vor, das zu recherchieren. Chris lächelte. Grübchenalarm! Er schob eine meiner Locken nach hinten und beugte sich zu mir rüber. Gleich würde er wieder andocken. Lippe an Lippe. Ein penetrantes Summen störte meine Konzentration. Musste diese Mistfliege ausgerechnet jetzt um mein Ohr schwirren? Genau dann, wenn ich am Ziel meiner Träume war? Kaum hatte ich sie verscheucht, nahm sie neuen Anlauf. Sssssssssssssssssmmmmmm. Pause. Sssssssssssssssssmmmmmm. Pause.

Genervt wischte ich mit der Hand an meinem Kopf vorbei und traf. Autsch! Das musste eine Betonfliege sein. Der Aufprall war hart und vor allem laut. Schepper! Mühsam tauchte ich aus dem Gletschersee auf und blinzelte. Sssssssssssssssssmmmmmm. Diesmal kam der Ton von etwas weiter weg. Ich schaute mich um und merkte, dass ich in meinem Bett lag. Die Sonne knallte mir voll auf die Nase. Ich war nicht am Ziel meiner Träume, sondern IM Traum gewesen. Scheiße! Und es hatte sich so echt angefühlt. Ssssssssssssssssmmmmmm machte es von irgendwo unten. Ich hatte den Wecker vom Nachttisch gefegt.

Wieso weckte der mich überhaupt? Hatte ich ihn etwa angestellt? Am heiligen Sonntag? War ich von allen guten Geistern verlassen? Grunzend tastete ich auf dem Boden umher, stellte den Radau endlich ab und schielte nach der Uhrzeit. 11.34 Uhr. Okay. Wenigstens nicht mitten in der Nacht. Ein bisschen Restvernunft schien mir doch noch erhalten geblieben. Ich ließ meinen Kopf wieder ins Kissen sinken. Ob ich wohl noch mal zurückschlüpfen könnte? Auf die Wiese. Zu dem süßen Bauchnabel und den Lippen. Ich schloss die Augen, aber irgendwas war anders.

Ich sondierte:

Die ungewohnte Stille. Tropf.

Kein Kaffeeduft, der meine Nase kitzelte. Tropf.

Keine klappernden Geräusche aus der Küche. Tropf.

Info für Info tröpfelte in mich hinein und brachte meine Hirnzellen auf Touren und dann drehte jemand den Hahn auf und die gesamte Wahrheit ergoss sich über mich. Platsch!

Immer noch Sonntag, 15. April
11.43 Uhr – ich bin frei!!!
Lieber Werauchimmer, ich danke dir! Ich weiß zwar nicht, wer du bist, aber dich gibt es auf jeden Fall. Sonst hättest du ja das Wunder nicht vollbringen können.

Eva ist tatsächlich abgefahren. Weg. Fort. Dahin. Entfleucht. Hat sich vom Acker gemacht. Ist von mir gegangen, äh, na ja, also leben tut sie schon noch, aber – ach, piepegal, was zählt, ist nur ein Wort: STURMFREI!

11.52 Uhr
Ich bin jetzt eine Strohtochter. Ne. Das stimmt nicht. Wenn eine Frau ohne ihren Ehemann ist, dann ist das eine Strohwitwe. Ah, ich hab's. Ich bin jetzt eine Strohwaise. Genial!

Entschlossen klappte ich das Tagebuch zu und tappte auf Strümpfen in die Küche, um mir einen Kaffee zu kochen. Paul begrüßte mich laut maunzend.

»Na, Tiger, hast du Hunger? Frühstück?«

Bildete ich mir das ein oder schaute der Kater echt auf die Uhr? Ich schüttelte den Kopf und schaufelte ihm eine doppelte Portion Futter in den Napf. Wenn ich ihm mehr gab, müsste ich nicht dreimal täglich füttern. Ich legte noch ein bisschen nach. Einmal täglich. Konnte er sich doch einteilen. Clever!, lobte ich mich selbst. Eva würde sich umschauen, wie locker ich das bisschen Alltag im Griff hatte.

Ich kippte Wasser in die Kaffeemaschine. Halb so viel wie sonst, ich war ja allein. Immer noch etwas schlaftrunken schnappte ich die Kaffeedose und löffelte das braune Pulver in den Filter. Zwei, drei, vier. Prima. Abgezählt konnte man sich wenigstens drauf verlassen, dass am Ende was Trinkbares rauskam. Eva kippte immer nach Gefühl, ohne ihre Gefühlsschwankungen zu berücksichtigen, und dementsprechend variantenreich war auch das, was sie Kaffee nannte. Sie schaffte alles von Abwaschwasser bis hin zur schwarzen Plörre, mit der man Tote wecken könnte. Deshalb machte wochentags auch immer ich den Kaffee – BEVOR ich ins Bad ging, sonst würde die Zeit nicht reichen –, nur an den Wochenenden musste Eva für sich selbst sorgen. Selbst schuld, wenn sie auch immer zu unchristlichen Zeiten aufstehen musste.

Wieso hieß das eigentlich unchristlich? Waren Christen Langschläfer? Wieso läuteten dann aber die Kirchenglocken immer so früh? Vielleicht um die Nicht-Christen einzufangen? Für die Christen war es ja zu früh.

Vor 12 Uhr aufstehen an einem Sonntag tat mir und meiner Fantasie eindeutig nicht gut. Meine Gedanken sprangen von hier nach dort und blieben endlich an meinem Traum kleben. Ob Chris wirklich so einen schnuckeligen Bauchnabel hatte? Bestimmt! Wahrscheinlich war er in echt noch viel besser! Ich seufzte und ergänzte meine Liste mit den Vorsätzen.

- ❤ Rausfinden, wie Chris küsst
- ❤ Vorher auf jeden Fall noch mal mit Lotte durchquatschen, auf was man beim Küssen alles achten muss, damit ich mich nicht total zum Schaf mache!
- ❤ Mich zu Chris' Bauchnabel vorarbeiten und mit dem vom Traum vergleichen

Natürlich hatte ich schon mal geknutscht. Ehrensache! Mit Florian. Wir waren sechs und der Kuss dauerte 1,38 Sekunden. Das konnte man jetzt wirklich nicht Übung nennen. Mehr hatte sich irgendwie einfach noch nicht ergeben.

Während ich auf meinen Kaffee wartete – die Maschine gluckerte langsam und altersschwach vor sich hin –, griff ich Evas Liste, die sie mitten auf dem Küchentisch deponiert hatte.

Für Franzi
Notfall- und Erinnerungsliste
Franzi-Schatz, damit du weißt, an was du alles denken musst. Ich habe dich sehr lieb und bin stolz auf meine große Tochter! Küsschen, Mama

Erlaubt:
- Zwei Freundinnen oder Freunde zu Besuch
- Eine Flasche Cola in zwei Tagen
- Aufbleiben bis 23.00 Uhr, wenn Schule ist, an anderen Tagen solange du möchtest
- Kochen, was immer du möchtest. Aber bitte iss auch Obst und Gemüse! Denk dran, das ist wichtig für deine Entwicklung und macht einen frischen Teint!

Verboten:
- Partys
- Mehr als zwei Freundinnen oder Freunde
- Brennende Kerzen
- Nur Süßigkeiten – du musst auch was Vernünftiges essen!

Tipps:

- Bitte, bitte, denk immer dran, den Herd auszuschalten!
- Wenn du waschen möchtest, musst du den Wasserhahn über der Waschmaschine aufdrehen
- Vergiss nicht, die Tiere zu versorgen! Und mach auch mal das Katzenklo sauber, du weißt ja, sonst geht Paul nicht mehr drauf
- Vergiss nicht, den Deckel vom Aquarium zu sichern!
- Die Blumen brauchen alle zwei bis drei Tage Wasser. Lass sie nicht vertrocknen!
- Zeugen Jehovas am besten direkt die Tür vor der Nase zumachen, sonst wirst du sie nicht mehr los. Lass dich nicht auf Diskussionen ein!
- Bei Staubsaugervertretern, Aboverkäufern und sonstigen Bittstellern bitte genau das Gleiche: Tür zu!
- Der Schornsteinfeger DARF rein – den musst du sogar reinlassen
- Am Dienstag müssen der graue Mülleimer und die Biomülltonne an die Straße gestellt werden. Mittwoch die gelben Säcke
- Papier und Flaschen musst du zum Container bringen. Der nächste Container steht Ecke Zebeliusstraße. Denk an die Ruhezeiten!
- Die Bedienungsanleitungen zu Herd, Waschmaschine, Receiver und so weiter findest du in der zweiten Schublade von oben, Wohnzimmerkommode
- Auf der Kommode im Flur – neben dem Telefon – findest du eine Liste mit den wichtigsten Telefonnummern
- Wenn du Probleme hast: Omama anrufen!

Hm. Eva traute mir ja wirklich nichts zu. Ein Wunder, dass sie mir nicht noch erklärt hatte, wie ich mir den Hintern abwischen sollte. Aber okay. Ich hatte ja jetzt zwei Wochen Zeit, ihr zu beweisen, dass sie ein völlig falsches Bild von mir hatte.

Endlich hatte die Maschine ausgegurgelt und ich schenkte mir eine Tasse Kaffee ein. Der erste Schluck! Ahh. Das tat gut! PFUI-TEUFELNOCHEINS!

Kaum hatte ich genießerisch den ersten Schluck Kaffee im Mund und wollte mich entspannt zurücklehnen, da hing ich auch schon über der Spüle und spuckte die Monsterbrühe wieder aus. So ein Mist! Ich hatte zwar die Hälfte Wasser genommen, aber beim Pulver aus Gewohnheit die normale Menge.

Mein Kaffeedurst war verdunstet. Frau konnte den Tag auch mit einem Glas Cola starten. Null Problemo. Dazu gab es ein dick bestrichenes Nutellabrot. Zur Sicherheit studierte ich die Zutatenliste auf dem Glas, ob auch wirklich kein Fleisch drin war.

Die Füße auf dem Tisch, hing ich in meinem Stuhl und genoss die Ruhe.

12.27 Uhr

Vorzüge der Freiheit:

- ❤ Kein: Füße runter!
- ❤ Kein: Iss doch was Vernünftiges!
- ❤ Kein: Cola ist schlecht für den Magen. Herrlich!
- ❤ Zwei Finger dick Nutella auf einer dünnen Scheibe Brot und keiner meckert!
- ❤ Keiner labert mir das Ohr voll, was ich heute alles tun und lassen soll
- ❤ Der Geschirrspüler wartet darauf, dass ich ihn ausräume, ohne dass Mama mich fünf Millionen Mal daran erinnert
- ❤ Niemand verdreht die Augen, wenn ich jetzt gleich gemütlich im Bad verschwinde

Nachteile:

- ❤ Der Kaffee ist ungenießbar *sprutzbähpfui*
- ❤ …
- ❤ …

Mir fällt tatsächlich nur ein Nachteil ein und der geht ja eigentlich auf meine Kappe. Der nächste Kaffee wird sicher besser.

12.34 Uhr
Ab wann darf man eigentlich allein leben? Ich könnte mich da echt dran gewöhnen. Himmlische Freiheit. Keine Regeln und idiotischen Einmischungen. Vielleicht gründe ich mit Lotte eine WG. Ich muss ihr nachher mal die Liste unter die Nase halten. Bestimmt finden wir noch viel mehr Vorzüge.

Apropos Lotte. Ich schnappte mein Handy und schickte ihr eine SMS. Nichts für ungut, aber in ihrem Liebeswahn schaffte sie es am Ende noch und kam hier angedackelt, ohne Chris vorher eingeladen zu haben. Ich würde sterben, wenn ich nicht bald seine Zusage bekäme! Und was, wenn er abgesagt hatte? Achdumeine-Güte! Nein. Neinneinnein. Nie und nimmer. Wieso sollte er absagen? Weil es total uncool ist, auf die gleiche Party zu gehen wie die kleine Schwester?, flüsterte mir eine Stimme direkt ins Herz. Und jetzt? Konnte ich Lotte wieder ausladen? Bestimmt würde sie das verstehen. Sie war doch schließlich auch verliebt und wusste, dass man Opfer bringen musste.

12.41 Uhr
Ich stecke in der Zwickmühle. Was ist wichtiger? Die beste Freundin oder Gletscheraugen? Ich brauche eine Liste!

Lotte
❤ Meine beste Freundin
❤

Chris
❤ Meine Liebe
❤

So ein verflixter Schlamassel. Mir fällt nichts ein. Mein Gehirn ist total verknotet und undurchlässig. Meine beste Freundin – meine Liebe, haha, sehr originell, echt. Dafür hätte ich die Liste nicht gebraucht. Und jetzt?

Mein Handy krähte. SMS von Lotte: *Bin gleich da, muss noch eben ins Bad. Good News!*

Good News? Sollte das etwa heißen …? Konnte es wirklich sein …? War es möglich, dass …? Ich gab mir einen leichten Schlag auf den Hinterkopf. Musste doch möglich sein, mal einen Gedanken zu Ende zu denken. Verflixt! Good News! Das konnte nur bedeuten, Chris hatte zugesagt. Zum Teufel mit meiner Liste! Natürlich würde ich Lotte nicht ausladen. Doch nicht meine beste Freundin.

»Er kommt! Lalala! Paul, er kommt. Chris kommt zu meiner Party! Juheiiii!« Ich sang lautstark und tanzte mit dem verdutzten Kater durch die Küche. Nach dem ersten Schreck fand der das gar nicht witzig und holte zum Gegenschlag aus. Autsch! Mistvieh! Ich setzte ihn schleunigst ab, bevor er mich weiter als Kratzbaum verwenden konnte.

Den murrenden Paul ließ ich in der Küche und verkrümelte mich ins Bad. Zehn Minuten unter der heißen Dusche wirkten Wunder. Eigentlich hätte ich mich nicht schminken müssen, würde ja eh gleich eine Maske draufkommen, aber so nackt aus dem Badezimmer zu gehen, brachte ich einfach nicht fertig. Also gab es ein bisschen Wimperntusche, Lipgloss und einen Hauch Puder. Besser. Am Ende wäre Lotte sonst noch vor Schreck davongelaufen, wenn ich ihr als farbloses Gespenst die Tür geöffnet hätte. Mit scharfem Blick kontrollierte ich meine Haut im Spiegel. Konnte es sein, dass da unten, im Übergang von Knackarsch zu Oberschenkel, ein Hauch Orangenhaut zu sehen war? Ich drehte und verrenkte mich, ohne Erfolg. Ich konnte es nicht eindeutig erkennen. Da musste Lotte ran!

Wie auf Kommando klingelte es. Schnell zog ich meine Jeans hoch. Ein paar Hüpfer und alles rutschte da hin, wo es hingehörte. Zwei Stufen auf einmal nehmend, sprang ich die Treppe hinunter und riss die Tür auf.

»Da bist du ja endlich! Good News? Los, jetzt sag scho...«
Meine Klappe war eindeutig schneller als mein Hirn. Benni stand
vor mir. Zerstrubbelt und dunkelrot.

»Hast du kurz Zeit?«, fragte er.

»Äh ...« Ich schluckte, setzte noch mal an. »Äh ...«
Okay, nachdem meine Sprechorgane ihren Dienst verwei-
gerten, musste der Rest des Körpers eben aktiv werden. Ich
schnappte Bennis Hand und zog ihn hinter mir her in die Küche.
Dort kotzte Paul gerade seine dreifache Futterration auf den
Häkelteppich.

»Ich kann auch später ...«, setzte Benni an, aber ich ließ ihn
gar nicht ausreden.

»Quatsch!« Aha, ich hatte meine Stimme wieder. »Warte, ich
mach das schnell weg und dann sagst du mir, was los ist.«

Die Idee mit dem nur einmal Füttern müsste ich wohl neu über-
denken. Welcher Aufwand war größer? Dreimal Futter geben oder
einmal Katzenkotze wischen? Ich entschied mich gegen die Kotze.

Den Teppich schmiss ich in die Badewanne, da konnte ich mich
später drum kümmern.

»Also, was gibt's?«, fragte ich zwei Minuten später und setzte
mich möglichst lässig Benni gegenüber.

»Ich ... Lotte ... also, ich meine Tommi, genauer gesagt
Nadine ...« Bennis Rot vertiefte sich. Auf seiner Stirn bildeten
sich Schweißperlen. Wenn er so weitermachte, hatte er bald die
Namen unserer gesamten Klasse aufgezählt. Ich war gespannt, wo
das hinführen würde, aber Benni schüttelte plötzlich den Kopf.
»Vergiss es. Ich geh lieber wieder.«

»Aha.« Ich verschränkte die Arme vor meiner Brust. »Na dann.
Nett, dass wir drüber geredet haben.«

Ich konnte mir das Grinsen einfach nicht verkneifen. Obwohl
er mir natürlich leidtat. Irgendwie. Ich beobachtete ihn, er schaute
sich um, schien unsicher zu sein, ob er gehen oder bleiben sollte.
Unterdessen veränderte sich seine Gesichtsfarbe weiter. Wow. Ich
wusste gar nicht, dass ein Mensch sooo rot werden konnte.

Es klingelte wieder.

Benni sprang auf und schaute sich um wie ein in die Enge getriebenes rotes Schaf. Gibt es rote Schafe? Egal. Er schaute jedenfalls so, wie ich mir ein rotes Schaf vorstellte. Ich zeigte auf die Hintertür. Weg war er.

Es klingelte noch mal. Länger.

4. KAPITEL

Good News?

Hey! Gut, dass du endlich da bist. Jetzt sag schon, was sind das für Good News?« Ich begrüßte Lotte überschwänglich und hielt sie länger als normal in der Umarmung. Das gab Benni Zeit, sich vom Acker zu machen. Ich sah nur noch seine Staubwolke, als er um die Ecke flitzte. Und jetzt? Sollte ich Lotte von dem merkwürdigen Besuch erzählen oder lieber nicht? Denn

1. gäbe es dann nur noch Benni als Gesprächsthema heute und

2. wusste ich ja noch gar nicht, was eigentlich los war. Was genau könnte ich ihr denn erzählen?

Ich beschloss, zu diesem Punkt erst mal die Klappe zu halten.

»Jetzt saaaag schoooooon!«, quengelte ich und zog Lotte, genau wie Benni eben, hinter mir her in die Küche.

Sie knallte ihren Rucksack auf den Tisch, kramte kurz.

»Taraaaa!«, machte sie und zog zwei nigelnagelneue Beanies hervor. Eine in Dunkelblau mit silbernen Verzierungen und eine in Pink, auch mit Silber. Cool! Aber wenn sie mir jetzt nicht gleich erzählen würde, was Chris gesagt hatte, dann konnte ich für nichts garantieren.

»Lotte«, knurrte ich und ging mit bedrohlich erhobenen Krallenhänden auf sie zu.

Lotte schaute total entgeistert. Ihr Blick wanderte von den Beanies zu mir, immer hin und her, und dann ließ sie die Mützen auf den Tisch fallen. »Gefallen sie dir etwa nicht? Ich hab mich extra beeilt. Ich hab mir gedacht, du dunkelblau, ich pink. Aber ich kann dir auch noch eine pinke nähen. Das ist echt easy. Schau mal, man muss nur …«

»Mensch, Lotte!«, fuhr ich ihr ins Wort, bevor sie mir Nachhilfe im Beanies-Nähen geben konnte. Ich ließ mich auf den nächstbesten Stuhl fallen. »Ich will nicht nähen lernen und die Dinger hab ich noch nicht mal angeschaut. Ich will jetzt ENDLICH hören, was du für Good News hast. Was hat Chris gesagt? Wort für Wort! Lass ja nichts aus.«

Klick. Lotte hatte kapiert, was Sache war. Aber statt mit einem Chrisbericht rüberzukommen, grinste sie nur schäflich.

»Ach so! Ne, du. Da hast du was falsch verstanden. Sorry. DAS HIER«, sie hielt die Beanies wieder hoch, »das sind meine Good News. Oder ist es etwa nicht cool, dass ich die Dinger so schnell genäht habe?«

Ich knurrte und Lotte hob beschwichtigend ihre Hände.

»Chris hat bei einem Freund gepennt, den habe ich noch gar nicht gesehen und deshalb – logisch, oder? – konnte ich ihn auch nicht einladen.«

Achdulieberwerauchimmer! Das durfte doch nicht wahr sein.

»Und jetzt?« Ich starrte Lotte entsetzt an. »Du glaubst doch nicht, dass ich in aller Ruhe einen Beautytag einlegen kann, wenn so wichtige Dinge anstehen? Ich knall durch. Echt. Ich schwöre! Das machen meine Nerven nicht mit. Nicht, nachdem ich heute schon einen kotzenden Kater und einen stammelnden Benni ertragen musste.«

Verdammt! Ich Idiotin! Wann lernte ich endlich, erst zu denken, bevor ich die Klappe aufriss? Zu spät. Die Info war bei Lotte gelandet. Ich konnte den Landeanflug an der Veränderung ihrer Gesichtsfarbe verfolgen.

»Benni!« Sie riss die Augen so weit auf, dass ich Angst hatte, die Augäpfel würden gleich über den Küchentisch kullern. Paul hätte bestimmt seinen Spaß. Aber ich konnte das Bild nicht weiterverfolgen, Lotte hatte mich an den Schultern gepackt und schüttelte mich durch. »Wann? Wieso? Was hat er gesagt? Kommt er? Hat er was über mich gesagt?«

»Uuaaauaaauaaa.« Mehr brachte ich unter dem Dauerschütteln nicht heraus.

Lotte merkte es und ließ mich los. »Jetzt sag schon. Kommt er?«

Ich zuckte mit den Schultern. »Keine Ahnung. Ehrlich. Im Grunde hat er gar nichts gesagt.«

»Hä?«

»Ja, echt. Er kam, hat rumgestammelt, ein paar Namen genannt und dann ist er durch die Hintertür abgehauen, als du geklingelt hast.«

»Ich sterbe! Auf der Stelle! Ich spüre es genau! Benni haut ab, weil ich komme?! Bin ich so ein Monster?«

Lotte hyperventilierte. Sie wurde abwechselnd blass und rot und dann fing sie an zu heulen. Achdulieberwerauchimmer!

»Hey, Quatsch. Schhh. Jetzt mach mal halblang. Benni war total durch den Wind. Das ist man doch nicht, wenn man kein Interesse hat, oder?« Cool. Das war mir gerade so eingefallen. Nicht schlecht für eine bisher nur 1,38 Sekunden Geküsste. Theoretisch jedenfalls hatte ich echt Ahnung.

Lotte schluchzte weiter.

»Jetzt hör mal mit dem Geflenne auf und lausche den Worten deiner weisen Freundin: Benni steht auf dich. Das ist klar wie Erwins und Trudes Fischwasser. Der hat so viel Schiss, dass er kaum ein Wort rausbringt. Und was rauskommt, ist alles andere als vernünftig. Ich sage dir, der Kerl ist bis in die Haarspitzen in dich verschossen.«

Zumindest hatte ich den Wasserfall gestoppt. Lotte schniefte.

»Me-meinst d-uu w-wirklich?«, fragte sie mit den letzten Schluchzern.

»Aber so was von!« In meiner Stimme lag die absolute Sicherheit. Hoffentlich hatte ich mich jetzt nicht in einen bewohnten Ameisenhaufen gesetzt. Ehrlich gesagt hatte ich nämlich keine Ahnung, was wirklich los war. Andererseits fand ich meine Logik bestechend logisch, was Logik im Allgemeinen ja an sich hat. Aber eben nur im Allgemeinen. Im Besonderen, also in Bezug auf mich, konnte Logik schon auch mal gewissermaßen unlogisch sein. Oder sagen wir besser, meine Logik war nicht immer geeignet, sich jedem sofort zu erschließen. Manchmal nicht mal mir selbst.

»Und wieso haut er dann ab?«

Mist. Wusst ich doch, dass die Sache einen Haken hatte.

»Äh«, stammelte ich, was Lotte sofort zum Anlass nahm, sich wieder in ihren Kummersee zu stürzen. Aber ohne mich! Ich hatte keine Lust, die nächsten Stunden verheulte Augen zu verarzten.

»Stopp. Nicht wieder heulen!«, rief ich. »Ich bin ganz sicher, dass es einen Grund für Bennis komisches Verhalten gibt, und ich verspreche dir, wir kriegen das raus.«

»Versprochen?« Lotte hing an meinen Lippen, wie ich es mir von Chris wünschte. Ich seufzte.

»Versprochen. Wir machen uns einen Plan und eine Liste, dann klappt das auf jeden Fall! Spätestens in ein paar Tagen wissen wir, was Sache ist.«

Und um das zu untermauern, zog ich gleich mal meine Kladde zu mir rüber und fing an zu schreiben.

Woran erkennt man, dass ein Typ in ein Mädchen verknallt ist?

- ❤ Er wird rot, wenn er das Mädchen sieht
- ❤ Er hat Sprachstörungen wie etwa:
  Stammelt
  Ist stumm wie ein Goldfisch
  Quasselt plötzlich wie ein Wasserfall
- ❤ Er benimmt sich schräg, um genau zu sein: sehr schräg!
- ❤ Er läuft dem Mädchen entweder hinterher wie ein liebeskranker Kater oder er hat so viel Schiss, dass er davonläuft, wenn sie kommt

Lotte hatte sich hinter mich gestellt und mitgelesen. Sie lächelte zaghaft. »Vielleicht hast du ja recht?«

Endlich glaubte mir meine Süße. Okay, also fast. Auf jeden Fall hatte sie ihre gute Laune wieder. Lotte klatschte in die Hände.

»Aufregung macht mich immer fürchterlich hungrig. Wie gut, dass ich uns Mittagessen mitgebracht habe.«

Jetzt registrierte ich erst den verlockenden Duft, der aus ihrem Rucksack aufstieg.

Sie kramte und zog eine Papiertüte und eine Plastiktüte hervor. »Hier, für dich. Veggieburger und Pommes.«

Ich nahm die Papiertüte und schob mir gleich so ein Goldstäbchen zwischen die Zähne. »Du bist ein Schatz, ich bin am Verhungern und hab's gar nicht gemerkt!«

Ich warf ihr ein Küsschen durch die Luft. Während ich kaute, fiel mein Blick auf die Beanies, die immer noch auf dem Tisch lagen. Ich nahm die dunkelblaue und drehte sie. »Und die hast du echt einfach mal eben gestern Abend genäht?«

»Cool, oder? Im Internet hab ich eine Anleitung gefunden, der Rest war ein Klacks.«

Ich warf Lotte einen bewundernden Blick zu, fasste meine Haare zusammen und schob die Mütze drüber. »Und? Wie sehe ich aus?«

»Absolut hammermäßig! Die Teile sind genial. Du brauchst dir keine Gedanken mehr zu machen wegen deiner Locken.«

Lotte nahm sich die andere Mütze, packte ihren Seidenvorhang aus Blondhaar hinein und schob sie sich locker über den Kopf. Krass. Meine brave Süße sah richtig kess aus.

Ich sprang auf und lief zum Spiegel. Drehte mich nach links und nach rechts, schob die Mütze noch ein bisschen nach hinten. Das sah megacool aus.

»Danke, du Schatz!« Mit einem Satz war ich bei meinem Lottchen und gab ihr einen Kuss. »Ich glaube, da brauche ich einen ganzen Stapel von. Ich werde nie wieder ohne Beanie vor die Tür gehen.«

»Kein Problem. Wir müssen nur Stoff besorgen.«

Zufrieden setzte ich mich wieder zu ihr und stopfte mir die nächsten Pommes in den Mund.

Lotte holte ein silbernes Päckchen aus der Plastiktüte. Oh nein! Sie hatte sich einen Döner mitgebracht. Schluck. Plötzlich schmeckten die Pommes total trocken und pappig. Der Burger schien in seiner Packung zu welken, während mir die Döneraromen die Nase kitzelten und meinen Magen in Aufruhr brachten. Ich schluckte. Nein, Franzi, befahl ich mir selbst, du wirst jetzt nicht schon wieder schwach!

Lotte holte ein Messer und einen Teller und teilte ihren Döner in zwei Hälften. »Wenn ich versuche, so ein Ding am Stück zu verdrücken, sau ich mich immer ein. Vielleicht geht es so besser?« Genüsslich hieb sie ihre gierigen Zähne in das Brot und verdrehte dabei vor Wonne die Augen. »Hmmm. Köschtlisch«, nuschelte sie und holte mit der Zunge ein Stückchen Fleisch rein, das noch halb zum Mund raushing.

Ich schluckte trocken und schaute weg. Meine Laune näherte sich dem Gefrierpunkt. Keine Good News von Chris und strohige Pommes. Den Veggieburger hatte ich noch nicht mal angetastet.

Lotte schob mir die zweite Dönerhälfte entgegen. »Beißen?«

Verdammtermistaberauch! Bevor mein Moralengelchen auch nur den Hauch einer Chance hatte, sich zu melden, biss ich herzhaft zu und fühlte mich im siebten Himmel.

»Aber dasch ischt dasch letschte Mal. Isch schwöre!«, mümmelte ich halblaut, mehr für mich selbst als für Lotte. Sie fand meine Idee, als Vegetarierin zu leben, eh bescheuert.

Lotte spülte mit Cola nach und schluckte. »Und? Wie viele Regeln hat deine Mutter für dich dagelassen? So wie ich sie kenne, ist euer Papiervorrat aufgebraucht.« Lotte grinste. »Und gegen wie viele der Regeln hast du inzwischen verstoßen?«

»Ich?!« Ich tat sehr entrüstet. »Echt jetzt, Lotte. Ich bin ein Schaf im Schafspelz und die bravste Tochter meiner Mutter.«

Lottes Grinsen wurde intensiver. »Klar, du bist ja auch die einzige.« Sie schaute sich um, als sähe sie unsere Küche das erste Mal. »Voll cool. Jetzt bist du ganz auf dich allein gestellt.«

»Und denk dran, Franzi, wenn du Probleme hast, dann rufe auf jeden Fall die Omama an«, äffte ich Eva nach. Zufrieden verschränkte ich die Hände hinter dem Kopf. »Aber ich garantiere dir, vorher friert die Hölle ein. Und was soll schon schiefgehen? Erwachsene nehmen das alles viel zu wichtig und machen total unnötig Stress.«

»Und du bist sicher, dass deine Oma nicht doch plötzlich hier auftaucht?«

Ich winkte ab. »Omama hat andere Interessen, als ihrer erwachsenen Enkelin hinterherzuspionieren. Keine Bange! Und jetzt machen wir einen Plan wegen Benni und dann musst du noch mal nach Hause, sorry, aber du MUSST Chris fragen, sonst wird das nichts mit Wellness.«

Lotte verdrehte genervt die Augen, was ich großzügig übersah. Sollte sie mal lieber froh sein, dass ich ihr zur Seite stand.

Ich zog meinen Block zu mir und fing an zu schreiben:

Was ist mit Benni los?

1. Was hat er genau gesagt? Eigentlich hatte er ja nur Namen genannt und sinnlos rumgestammelt.

♦ Ich
♦ Lotte
♦ Tommi
♦ Nadine

2. Was können wir unternehmen, um rauszukriegen, was los ist?

♦ Benni fragen
♦ Einen der anderen fragen
♦ Abwarten

An dieser Stelle gab Lotte einen empörten Quietscher von sich, ließ ihr Ohr los, an dem sie schon wieder geknubbelt hatte, und rempelte mir den Ellbogen in die Seite. »Abwarten?! Spinnst du?«

»Okay, okay, war ja nur eine Idee.« Ohne weitere Diskussion strich ich den letzten Punkt wieder. »Dann also fragen. Aber wen? Tommi? Never ever! Ich sage nur: Vollpfosten. Nadine? Hm. Das wäre eine Möglichkeit.«

Lotte tippte sich an die Stirn. »Du hast einen Knall. Die alte Kuh geht es überhaupt nichts an, was mit mir und Benni los ist. Die ist eh schon neugieriger als Frau Müller aus dem dritten Stock.«

Ich kicherte. Frau Müller wohnte direkt unter Lotte. Ihr Auge war quasi mit ihrem Türspion verwachsen, weil sie IMMER dranklebte, um nur ja nichts zu verpassen. Und sobald sie einen Meckergrund fand, wobei sie das sehr großzügig auslegte, riss sie die Tür auf und ließ eine Schimpftirade über die Leute ergehen, die es wagten, irgendein Hausordnungnichteinhaltenverbrechen zu begehen. Anfangs war ich echt erschrocken, inzwischen machte es mir Spaß, ein bisschen an den Nerven der gestressten Frau zu ziehen. Immer nur so viel, dass sie mir nichts anhaben konnte, versteht sich.

»Also Benni«, brachte Lotte mich auf den Boden der Realität zurück.

Ich studierte die Liste und strich einen Punkt nach dem anderen wieder durch. Blieb wirklich nur Benni. Ich seufzte. »Okay. Pass auf. Plan B. Wir machen uns jetzt auf die Socken. Ich – die beste Freundin, die du dir nur vorstellen kannst – gehe für dich zu Benni und frage ihn, was los ist.« Lotte klammerte sich an meinen Arm und kniff volle Kanne zu. »Hey! Aua! Wenn du mich kaputt machst, kannst du das mit Benni vergessen.«

Schnell ließ sie mich los und streichelte mir über die Stelle, die sie gerade noch gefoltert hatte. »Entschuldigung«, murmelte sie, »ich bin nur so furchtbar aufgeregt.«

»Gut, dass du mir das sagst, ich wär nie drauf gekommen!« Ich grinste Lotte an und gab ihr einen liebevollen Stupser. »Dich hat es aber so was von erwischt, dagegen bin ich ja eine harmlose Jungfrau.«

Lotte kicherte. »Na, das sind wir ja wohl beide, oder?«

»Mal sehen, wie lange noch. Ich sage nur Party!« Was bei Lotte wieder einmal einen Quietschanfall auslöste. Bevor wir uns aber an dem Thema festbeißen konnten, stand ich entschlossen auf und zog auch Lotte hoch. »Und jetzt hopp. Auf in den Kampf. Vorderste Linie. Und – Attacke!«

»Uhrenvergleich.« Lotte schaute auf ihr Handy. »13.24 Uhr. In einer Stunde treffen wir uns wieder. Dann gibt es Lageberichte und Quarkmasken.«

5. KAPITEL

Beautyzeit

Wie, er war nicht zu Hause?« Lotte stand da, Kinn nach unten geklappt und das Gesicht ungefähr so weißgrau wie unsere Hauswand. »Vielleicht hat er die Klingel nicht gehört? Vielleicht war er gerade auf dem Klo, und als er zur Tür kam, warst du schon weg. Vielleicht hatte er die Musik zu laut. Vielleicht stand er gerade in dem Moment unter der Dusche. Vielleicht ...«

»Vielleicht war er einfach nicht zu Hause«, unterbrach ich ihre Aufzählung. »Das soll vorkommen. Stell dir vor, es klingelt gerade jetzt jemand bei dir an der Tür. Vielleicht sogar Benni. Und du machst nicht auf. Klar. Kannst du ja nicht. Weil: Du bist nicht zu Hause.«

»Benni? Aber wieso klingelt der bei mir? Echt jetzt? Ich muss sofort los!« Lotte drehte auf dem Absatz um und wollte schon losrennen.

»Lotte!«, schrie ich ihren Rücken an. »Jetzt mach mal halblang. Das war nur ein Beispiel. Ich wollte dir nur begreiflich machen – ach, was soll's. Jetzt komm mit rein und hör auf, so durchzudrehen.«

Mein Handy gab Laut: Löwengebrüll, also Eva. Achdulieberwerauchimmer, auch das noch. Und natürlich im perfekten Moment. Lotte überlegte immer noch, ob sie mit reinkommen oder lieber doch nach Hause laufen wollte. Sie stand mit einem Fuß in meine Richtung und den anderen hatte sie zur Straße gedreht. Jetzt noch Po anspannen und Bauch rein, dann hätte sie fast die perfekte erste Position. Ich stellte sie mir im rosa Tutu vor und kicherte.

»Jetzt komm schon, du Knalltüte«, forderte ich sie auf und drückte gleichzeitig die grüne Taste am Handy.

»Franziska!«, schallte es mir empört in die Ohrmuschel. »Was ist das denn für eine Begrüßung? Bist du verrückt?«

»Eva, hallo, du doch nicht. Lotte ist die Knalltüte. Hey, bist du schon mit Robbie Williams auf dem Zimmer?«

»Franzi!« Sie musste lachen. »Nein, *den* habe ich noch nicht getroffen. Und wenn, dann würde ich es dir ganz bestimmt nicht auf die Nase binden.«

Hey, Eva! Ich staunte nicht schlecht. Sie hatte es ja faustdick hinter den Ohren. Woher auch immer, von mir hatte sie das jedenfalls nicht.

»So ein Pech.« Ich konnte der Versuchung nicht widerstehen. »Aber andererseits auch wieder voll in Ordnung, ich verrate dir ja auch nicht, wer in meinem Bettchen liegt.«

Stille. Hihi, es hatte ihr die Sprache verschlagen.

»Nichts für ungut, liebe Eva. Jetzt erzähl mir lieber, wieso du anrufst. Bist du schon im Hotel? Hast du schon Stars getroffen? Abgesehen von Robbie Williams.« Kicher.

Während ich mit Eva plauderte, stieg ich über den im Hausflur schlafenden Paul und betrat die Küche. Lotte behielt ich im Auge, aber sie hatte inzwischen wohl eingesehen, dass kein Benni vor ihrer Haustür stand, und folgte mir brav.

»Ich wollte nur hören, ob bei dir alles in Ordnung ist, mein Schatz.« Kontrolle. Was sonst? Ich zwinkerte Lotte zu und sagte: »Alles klar bei mir, Eva. Die Feuerwehr ist gerade abgezogen, sie meinten, mit ein bisschen Farbe würden wir den Ruß bestimmt wieder wegbekommen. Und der Gestank …«

»Nein! Du machst Spaß. Franzi, sag mir sofort, dass du Spaß machst.«

»Mensch, Eva. Jetzt mach dich aber mal locker. So viel Aufregung gibt bestimmt Falten. Natürlich mache ich Spaß. Es ist alles in Ordnung. Lotte und ich wollen es uns gemütlich machen, chillen und so, du weißt schon.«

»Kind, du bist un-mög-lich! Oh, da kommt Robbie, ich muss. Tschüss, Schätzchen. Ich melde mich wieder.«

Robbie? Ich starrte auf mein Handy, die Verbindung war abgebrochen. Jetzt hatte Eva einen Scherz gemacht, oder? Ich war nicht sicher. Aber egal, es gab Wichtigeres. Gletscherseen, zum Beispiel.

»Und, was ist jetzt mit Chris?«

»Wo kann er nur sein?« Lotte hatte sich auf einen Küchenstuhl fallen lassen und knubbelte wie ein Weltmeister, das Ohr würde gleich eine doppelte Portion Quark benötigen.

»Wie, wo kann er sein? Ich dachte, er hat bei seinem Kumpel geschlafen. War er noch nicht zu Hause?«

»Du hast doch gesagt, dass er nicht da war.«

Himmelwerauchimmernochmal. Wir redeten im Kreis.

»Jetzt mal langsam. Benni war nicht da. Das ist abgehakt. Da kümmere ich mich morgen drum. Aber was ist mit Chris?«

»Ich will aber nicht bis morgen warten müssen«, jammerte Lotte. »Dein Chris kommt und ich hänge in der Luft, das ist unfair.« Sie zog einen Schmollmund.

»Kommt?« Meine Stimme war nur ein Hauch, ich traute mich nicht, laut zu sprechen. Vielleicht löste sich die wunderbare Nachricht sonst in Luft auf. »Mein Chris kommt?«, flüsterte ich noch mal.

Lotte nickte. Ich wollte schreien, jubeln, tanzen, aber ich saß einfach nur da und nickte auch.

Wir sahen bestimmt aus wie diese Wackeldackel, die in den Siebzigerjahren in waren, hinten auf der Autoablage. Nick. Nick. Nick. Nick.

15.03 Uhr

Chris hat zugesagt. ZUGESAGT! Ist das nicht ein wunder-wunderwunderschönes Wort?! Ich kann es noch gar nicht fassen. Mein Traum wird wahr. Ich werde sein und er wird mein und wir werden uns. Hä? Ne, da stimmt was nicht. Egal. Hauptsache, Chris kommt. Und das stimmt. Stimmt doch? Oder?

15.06 Uhr

Okay. Es stimmt. D.E.F.I.N.I.T.I.V! Ich hab Lotte gerade noch mal in die Mangel genommen. Und jetzt lasse ich mir Wort für Wort berichten, was er gesagt hat.

15.07 Uhr
O-Ton Chris: Nächsten Samstag? Okay.
Der wollte sich die Worte wohl für mich aufheben. Dabei
brauchte er das gar nicht. Wegen mir muss er nicht viele
Worte machen. Viele Küsse wären mir tausendmal lieber!
Ob seine Lippen wohl so weich sind, wie sie aussehen? Wann
er es wohl probieren wird? Oder muss vielleicht ich? Im-
merhin leben wir ja im Zeitalter der Emanzipation. Viel-
leicht erwartet Chris, dass ich den ersten Schritt mache?
Früher war das bestimmt viel einfacher, da wusste frau,
dass sie zu warten hatte und basta. Ich muss unbedingt
Lotte fragen, was Chris von Gleichberechtigung hält.

»Versprichst du mir, dass du rausfindest, was mit Benni los ist?«,
jammerte Lotte. Knubbel, knubbel, knubbel.

»Hoch und heilig. Gleich morgen. Du, sag mal, was waren
denn das für Mädels, die Chris als Freundinnen hatte? Waren die
sehr – emanzipiert?«

»Hä?«

»Na, ich meine, waren die selbstbewusst und fordernd oder
eher zurückhaltend? Glaubst du, Chris macht den ersten Schritt,
oder muss etwa ich?«

Lotte schaute mich verträumt an. In ihren Augen stand: Benni!

»Hey, Erde an Lotte, ich rede mit dir!«

»Ach so, ja, entschuldige. Du weißt doch, dass Chris nicht mit
mir über sein Liebesleben redet. Erstens wegen der Sache damals,
ich sage nur: Kindergärtnerin, und zweitens, weil er meint, das
sei peinlich, mit der kleinen Schwester über so was zu sprechen.
Aber weißt du was? Ich glaube, das kommt irgendwie von allein,
wenn es so weit ist. Da brauchst du dir gar keinen Kopf zu machen
über den ersten Schritt und so. Du weißt schon, wie bei *Schlaflos
in Seattle*. Es ist wie Magie!«

»Oh.«

Irgendwie hatte sie recht. Das war nichts, was man mit dem
Verstand machte. Viel schlimmer, ich musste es auf mich zukom-

men lassen. Ohjemine. Und was, wenn ich im entscheidenden Moment Mist baute? Bei meinem perfekten Gefühl für falsches Timing? Mir wurde schlecht.

»Okay. Magie also«, sagte ich kleinlaut. Ich beschloss, das Thema zu wechseln, bevor ich eine Panikattacke bekommen konnte. Also stand ich auf und ging zum Kühlschrank. »Aber jetzt ist erst mal Entspannung angesagt. Höchste Zeit.« Quark und Gurke wanderten auf den Tisch, die Buttermilch behielt ich direkt in der Hand. »Wie wäre es? Du legst dich zuerst in die Buttermilchwanne und ich epiliere in der Zeit meine Beine und Achseln. Wird echt Zeit, sonst kann ich mir bald Zöpfe flechten.«

»Das würd ich gern sehen. Franzi mit Zöpfen unter den Armen«, feixte Lotte und schlurfte vor mir her Richtung Bad. Ich streckte ihr die Zunge raus, was sie natürlich nicht sehen konnte, weil sie hinten keine Augen hatte, und schob sie an. »Hü, du lahmer frecher Gaul!«

Treppe hoch, Badezimmertür auf.

»Ihh, hier stinkts aber komisch.« Lotte hielt sich die Nase zu und wollte direkt wieder hinausmarschieren. Mist. Ich hatte den vollgekotzten Vorleger vergessen. Der lag in der Wanne und müffelte vor sich hin.

»Warte, das haben wir gleich. Paul hat irgendwie sein Futter heute nicht vertragen.« Eine von den drei Portionen wird wohl schlecht gewesen sein, fügte ich in Gedanken hinzu. Lotte war zwar meine beste Freundin, aber alles musste ich ihr ja trotzdem nicht erzählen, besonders dann nicht, wenn ich nicht gerade gut dabei wegkam. Das mit dem Katzenfutter war eindeutig eine meiner schlechteren Ideen gewesen.

Ich stopfte den Vorleger in die Waschmaschine und drückte den Startknopf. Nichts.

»Du musst das Programm einstellen. Und Waschmittel wäre auch empfehlenswert«, gab Lotte von hinten Kommentare ab.

»Aha, scheint, du kennst dich damit aus. Bitte schön. Dein Auftritt.«

Mit großer Geste trat ich zur Seite und Lotte brachte tatsächlich innerhalb von zwei Minuten die Maschine zum Laufen. Okay. Eins zu null. Das nächste Mal würde ich es genauso locker hinbekommen.

Eine viertel Stunde später lag meine beste Freundin von allen zufrieden im dampfenden Badewasser. Wir hatten Buttermilch und gekauften Badezusatz gemischt, weil sie nicht auf den Schaum verzichten wollte. Nur Buttermilch duftete auch nicht, was wir einhellig für ein sinnliches Badevergnügen durchaus wichtig fanden. Ihre Haare hatte sie erst geflochten und dann zu einem Schneckendutt zusammengerollt. Die sollten trocken bleiben, weil es ein ziemlicher Akt war, die hundert Meter langen Seidenfäden zu waschen und zu trocknen. Das funktioniert unter der Dusche besser. Also das Waschen natürlich, nicht das Trocknen.

Ich packte meinen Epilierer aus. Mein ganzer Stolz, Eva hatte ihn mir vor einem halben Jahr geschenkt, nachdem ich ihr die Ohren vollgeheult hatte wegen meiner sprießenden dunklen Beinbehaarung.

Das Teil war genial, aber auch ziemlich furchteinflößend. Die einzelnen Rädchen drehten sich in einem Affentempo, sie waren schräg gegeneinander angeordnet und arbeiteten wie tausend Pinzetten gleichzeitig. Das erste Mal dachte ich, ich muss sterben. Kalter Schweiß stand mir auf der Stirn, als ich endlich ein Bein fertig hatte. Am liebsten hätte ich aufgehört. Aber das ging nicht. Ich konnte unmöglich mit einem haarlosen und einem behaarten Bein durch die Welt tingeln. Also biss ich die Zähne zusammen und war einem Kollaps nahe, bis ich das zweite Bein endlich haarfrei hatte.

Nach dieser Erfahrung bin ich ein paar Wochen um den Epilierer herumgeschlichen und habe heimlich Mamas Einwegrasierer benutzt. Dabei wurde ich zwar regelmäßig zur Ader gelassen, aber ein Blutopfer war immer noch besser als diese Folter.

Erst eine Notsituation versöhnte mich mit meinem Haarentfernungsmonstergerät. Sonntagabend. Keine Einwegrasierer mehr im Haus und wir hatten am nächsten Tag Sport. Unvorstellbar, dass ich mich unrasiert in der kurzen Sporthose zeigen würde. Eva, die

Herzlose, weigerte sich, mir eine Entschuldigung zu schreiben. Zähneknirschend packte ich den Epilierer und siehe da, es war überhaupt nicht mehr schlimm. Keine Ahnung, ob es meine Verzweiflung war, die Wut auf Eva oder ein gewisser Gewöhnungseffekt. Ab diesem Moment waren wir jedenfalls ein gutes Team. Ich wagte mich sogar an meine Achselhöhlen und staunte, das war noch einfacher als an den Beinen.

»Tut das nicht weh?«, fragte Lotte und planschte ein bisschen vor sich hin.

»Easy. Nur beim ersten Mal.« Ich kicherte. »Das haben erste Male wohl so an sich.«

Lotte pustete Schaum in meine Richtung und schüttelte den Kopf. Aber natürlich musste sie auch lachen.

»Vielleicht ist das ja sowieso nur ein Gerücht. Um Mädchen davon abzuhalten.« Ich stieg aus meiner Jeans, schlüpfte aus dem Shirt und stellte mich im Slip vor den großen Spiegel. »Schau mal, was meinst du, krieg ich da Orangenhaut?«

»Meinst du?« Lotte schaute mich mit großen Augen an.

»Ich weiß nicht, ich seh es ja nicht richtig. Was glaubst du denn, wieso ich dich frage.« Ich tippelte zu ihr rüber und streckte meinen Po Richtung Badewanne. »Schau doch mal.«

»Nein, ich meine, das mit dem Gerücht. Meinst du, das ist gar nicht so schlimm?«

»Na, so schlimm kann es ja nicht sein, sonst wären doch nicht alle so heiß drauf, oder? Also auch die, die es schon gemacht haben.« Lotte war wirklich goldig. Sie war eindeutig zwei bis vier Stufen unschuldiger als ich. »Was ist jetzt mit Orangenhaut?«, brachte ich sie zum Thema zurück.

Lotte setzte sich auf und inspizierte meine Rückansicht sehr genau. »Hmm«, machte sie. »Ich bin nicht ganz sicher, hier vielleicht«, sie tippte mit feuchten Schaumfingern an meinen Oberschenkel, »ach ne, das war nur ein Fussel.«

Klatsch!

»Hey!«, schrie ich. Die freche Lotte hatte mir einen Klaps auf den Allerwertesten gegeben. Sie rutschte wieder in Liegeposition und ließ sich das Wasser über den Bauch schwappen. »Alles in Ordnung. Keine Orangenhaut in Sicht.«

Beruhigt schnappte ich den Epilierer und setzte mich neben das Waschbecken auf den Hocker. Mit eifrigem Surren machte sich mein Helferlein ans Werk und zehn Minuten später strahlten meine Beine der Welt haarfrei entgegen. Ich stellte mich vor den Spiegel und wiederholte unter Lottes neugierigen Blicken die Prozedur unter den Armen.

Und dann hatte ich einen Geistesblitz. Schnell stieg ich aus dem Höschen, setzte mich auf den Hocker und beugte mich nach vorne.

»Franzi, nicht!« Lottes entsetzter Schrei prallte an den Fliesen ab und hallte durchs Bad.

Erstaunt hob ich den Kopf. »Nur keine Panik. Was unter den Armen funktioniert, müsste hier doch auch klappen. Ich wollte schon immer eine coole Frisur. So ein dünner Strich in der Mitte. Was meinst du?«

Es war eine rhetorische Frage, denn bevor Lotte auch nur den Mund aufmachen konnte, hatte ich das Gerät bereits angesetzt.

»Auuuuuuuuuuuuu!«

Achdumeinegütetutdasweh! Der Epilierer schepperte lautstark auf den Boden und surrte dort weiter. Die Schmerzwelle war so überraschend gewaltig gewesen, dass er mir aus der Hand gefallen war.

Jaulend und die Hände auf meinen Schamhügel gepresst hüpfte ich durch das Bad. Vor lauter Schmerz schossen mir die Tränen in die Augen. Ich stolperte über meine Klamotten und stürzte Richtung Badewanne. Dort hielt ich mich an dem fest, was ich zu greifen bekam: Lottes Fuß!

Sie hatte nicht damit gerechnet und wurde von mir unter Wasser gezogen. Ich landete auf meinem Allerwertesten auf dem Wannenvorleger. Prustend tauchte Lotte wieder auf, ihr sorgsam gedrehter Dutt hatte sich halb aufgelöst. Sie lachte, hustete und lachte und kriegte sich gar nicht mehr ein.

Nachdem ich mich etwas sortiert hatte, konnte ich mich der Komik auch nicht mehr entziehen und stimmte in das Prusten ein.

17.31 Uhr

Nie wieder! Mein lieber Werauchimmer. Das war Hölle pur. Himmel, wie konnte ich nur auf so eine bescheuerte Idee kommen? Schamhaare epilieren ist nur was für Leute, die auf Schmerzen stehen. Und selbst da nur für die Hardcorefraktion. Aber echt.

Hölle! Hölle! Hölle! Zum Glück haben wir noch Einwegrasierer gefunden und ich konnte den Rest sanft entfernen, sonst hätte ich mit einem Haarloch da unten rumlaufen müssen. Die Stelle, wo der Epilierer mich gebissen hat, ist immer noch knallrot. Trotz Quarkwickel und Eisbeutel.

Und noch was: So ein richtig echter Lachkrampf ist total anstrengend. Lotte und ich sind völlig erschöpft. Und Lotte hat immer noch Schluckauf. Jetzt werde ich mich erst mal um ihre Haare kümmern. Nein! Nicht mit dem Epilierer. Kicher.

17.46 Uhr

Achdulieberwerauchimmer! Was mach ich nur, wenn Chris am Samstag frontal angreift und die Stelle immer noch rot leuchtet?! Der denkt doch weiß Werauchimmer was! Und erzählen werde ich ihm das auf keinen Fall. Never ever! Okay, vielleicht nach unserem ersten Kind oder so. Auf keinen Fall aber vor der Hochzeit. Der denkt doch, ich bin durchgeknallt, und löst die Verlobung.

17.52 Uhr

Jetzt ist mir gerade eingefallen, dass ich gar nicht weiß, wie man sich verlobt. Das muss ich Eva fragen, wenn sie sich das nächste Mal meldet.

18.05 Uhr

Ich frag lieber doch nicht. Sonst setzt sie sich am Ende in den nächsten Flieger und kommt zurück! Ade, schöne Freiheit. Goodbye, Party!

6. KAPITEL

Pop wie Popcorn

19.26 Uhr

Ich will nie so lange Haare haben wie Lotte. Von wegen easy! Da hätte man ja einem Angorakaninchen fünfmal Afrozöpfe geflochten, bevor man bei Lottes Haaren auch nur mit der Spülung durch ist. Aber sie sieht das locker. Zweimal die Woche nimmt sie das auf sich. Waschen, spülen und hundert Stunden föhnen. Wahnsinn! Und dann kommt sie noch auf die wahnwitzige Idee, ich soll ihr Zöpfchen flechten! Zöpfchen!!! Tausende! Nicht einen! Mir ist ganz schwurbelig vor lauter drunter durch, drüber weg, von rechts, von links. Fast wie stricken. Eine rechts, eine links, zwei fallen lassen. Das Ergebnis ist allerdings megacool. Ich hab da echt ein Händchen für. Wenn das mit dem Abi nicht klappt, werde ich wohl Friseurin.

Endlich! Mädchenabend! Mit reichlich Verspätung lümmelten wir gemütlich nebeneinander auf dem Sofa. Die Quarkmasken trockneten langsam vor sich hin und der Lack auf den Zehennägeln auch. Ich wollte mal was Neues ausprobieren und hatte die Nägel abwechselnd grasgrün und hellblau angepinselt. Sah witzig aus. Meinen Zehen schien es auch zu gefallen, die wackelten munter vor sich hin. Ich griff nach der Fernbedienung für den DVD-Player und nach der Tüte Gummibärchen.

»Stopp!«

»Hm?« Mein Daumen schwebte über der Play-Taste. Ich schaute Lotte fragend an und stopfte mir nebenbei gleich mal eine Ladung Bärchen bunt gemischt in den Mund.

»Weißt du eigentlich, dass Gummibärchen mit Gelatine hergestellt werden?«

»Hmmm?«, machte ich wieder, weil ich vor lauter Gummi-bärchen im Mund nicht mal hätte Papp sagen können.

»Na, Gelatine. Tierisches Bindemittel. Capito?« Lotto tippte sich mit dem Finger gegen die Stirn. »Oder willst du keine Vegetarierin mehr sein?«

Entsetzt ließ ich die Fernbedienung sinken, starrte Lotte an, kaute und schluckte.

»Echt jetzt?!«

»Echt. Hat Chris mir erzählt.«

Dann musste es stimmen. Er kannte sich wirklich sehr gut mit solchen Sachen aus. Logisch, er lebte schon seit Jahren vegetarisch. Aus Überzeugung.

»Mensch, wer hätte gedacht, dass es so schwer wird mit diesem Vegetarierdasein. Woher soll ein normaler Mensch das denn alles wissen?«

Lotte hielt mir die Rückseite der Gummibärenpackung vor die Nase.

»Wer lesen kann, ist klar im Vorteil«, sagte sie und streckte mir die Zunge raus. »Oder wer sich einfach nicht um die Inhaltsstoffe schert«, fügte sie hinzu und schob sich vier grüne, zwei rote und ein gelbes Bärchen in den unmoralischen Schlund.

»Kannst sie alle haben, ich bleibe bei den Schokoküssen«, erklärte ich und schob die Packung zu ihr rüber.

»Ehhh«, machte Lotte und zog die Schokoküsse auch zu sich rüber.

»Wie? Die auch nicht? Das darf doch nicht wahr sein! Lotte, so langsam glaube ich, du willst mich verarschen!«

Ich versuchte, die Packung wieder zu mir zu ziehen, aber Lotte hielt fest.

»Okay, in den Dingern ist nur Ei drin, wenn du nicht vegan leben willst, dürftest du das also. Aber mal ehrlich, wenn es dir um Tierschutz geht, dann solltest du das Zeug nicht anrühren. Was glaubst du wohl, wo das Eiweiß herkommt? Von glücklichen, freilaufenden Hühnern oder von gequälten, eng eingepferchten Kreaturen?«

Schluck. Okay, keine Schokoküsse also.

»Ich geh in die Küche, mir was suchen, wo kein gequältes totes Tier drin ist.«

»Ich helfe dir, so wie es aussieht, brauchst du in diesem Punkt dringend Nachhilfe.«

Genau, dachte ich für mich. Und das ausgerechnet von einer unbelehrbaren Fleischfresserin. Aber ich sagte es lieber nicht laut, die Diskussion hatten wir schon ein paar Mal und Lotte war unerbittlich. Die hatte sich sogar direkt nach der Biostunde, in der wir diesen Film über Massentierhaltung gesehen hatten, ein Fleischkäsebrötchen reingeschoben. Schüttel!

Meine Schrankinspektion war nicht sehr erfreulich. Lauter gesunde Sachen, aber nichts, was man bei einem gemütlichen DVD-Abend naschen möchte. Ich wollte schon aufgeben, da entdeckte ich eine Tüte Mais.

»Ich hab's! Wir machen uns Popcorn! Garantiert ohne tierische Zusatzstoffe.«

»Genial.« Lotte freute sich und sah dabei mit ihrer halb trockenen Quarkmaske ein bisschen aus, als käme sie gerade von der Schicht in der Geisterbahn. »Eine Schüssel süß und eine gesalzen. Einverstanden?«

Während wir Topf, Öl und Mais zusammensuchten, gestand Lotte mir, dass sie noch die Erlaubnis ihrer Mutter brauchte, um bei mir übernachten zu dürfen.

»Sie war nicht zu Hause und nur einen Zettel hinlegen, hab ich mich nicht getraut.«

»Komm, wir rufen sie an.«

Mit gerunzelter Stirn wählte Lotte und lauschte dem Klingeln.

»Hey, Mom, ich bin's. Du-uuu, ich bin bei Franzi und ich möchte gern bei ihr pennen. Das ist doch okay, oder?«

Ich hing mit meinem Ohr ganz nah an Lottes Kopf und hörte mit. »Also Lotte, ich weiß nicht. Franzi ist doch allein. Zwei Mädchen ohne Aufsicht. So wie ich euch kenne, macht ihr doch bestimmt nur Blödsinn. Und morgen habt ihr Schule. Wie wäre es denn …«

Das ging schief, den Tonfall kannte ich von Eva. Schnell nahm ich Lotte das Handy ab.

»Hallo, Conni, ich bin's, die Franzi. Du, Conni, hör mal, die Eva, also Mama, meine ich, die hat echt viel Vertrauen in mich, findest du nicht? Die traut mir zu, zwei Wochen allein zu schaffen, und macht sich überhaupt keine Gedanken, dass ich vielleicht Schule schwänzen könnte, oder sonst irgendwie Blödsinn machen. Die weiß einfach, dass sie mich gut erzogen hat.«

Lotte stand mit verdrehten Beinen neben mir, als ob sie sich gleich in die Hose pinkeln würde. Sie hatte die Faust in den Mund gestopft und versuchte damit, den Lachkrampf im Zaum zu halten, der da gerade Anlauf nahm. Ich gab ihr einen Stoß, damit sie sich zusammenriss.

»Also, Conni, ich bin megastolz, dass meine Mutter mir so sehr vertraut«, legte ich noch eine Schippe drauf, »und du kannst sicher sein, ich werde beweisen, wie verantwortungsvoll ich bin. Und du hast Lotte doch prima erzogen, mindestens so gut, wie Eva mich, oder? Deshalb bin ich ganz sicher, dass du ihr auch vertraust. Wir versprechen auch hoch und heilig, nicht die Nacht durchzumachen und auf jeden Fall morgen pünktlich zur Schule zu gehen.«

Musste ich ja eh, ging es mir durch den Kopf, allein schon, um die Sache mit Benni zu klären. Ich hielt die Luft an und meinen Daumen gedrückt. Lotte biss weiter auf ihrer Faust herum. Conni war einen Moment sprachlos. Dann fasste sie sich.

»Mensch, Franzi, du solltest Jura studieren und Anwältin werden. So wie du die Leute in Grund und Boden redest. Okay, du hast mich überzeugt.« Ich hielt Lotte meinen nach oben gereckten Daumen entgegen, sie hüpfte vor Begeisterung. »Aber Mädels, ich warne euch. Wenn ich irgendetwas mitbekomme, dann ist es vorbei mit Vertrauen und Freiheit. Denkt dran, ich kenne die Wallbürgers, eure Nachbarn, die werden mir berichten, wenn bei euch die Hölle los ist.«

»Keine Bange, Conni, da wird es nichts zu berichten geben. Auf uns kannst du dich verlassen. Danke, du bist ein Schatz. Schlaf gut. Tschühüss!« Bevor sie noch weitere Bedenken entwickeln konnte oder es sich anders überlegte, drückte ich lieber schnell die »Anruf beenden«-Taste.

»Krass gut argumentiert«, bestätigte Lotte. »Was genau hat sie denn gesagt?«

»Och, nur, dass ich Jura studieren soll und Anwältin werden, weil ich die Leute in Grund und Boden rede.«

»Und? Hast du überhaupt schon einen Plan, was du mal werden willst?«

»Nö, bis jetzt will ich die Freundin von Chris werden, das finde ich anstrengend genug. Alles andere wird sich zeigen. Vielleicht studiere ich irgendwas Grünes und gehe zu Greenpeace. Jetzt du: Was willst du werden?«

Lotte zuckte die Schultern. »Keine Ahnung. Erst mal 18.«

20.01 Uhr
Vielleicht überlege ich mir das wirklich, mit dem Jura-studium. Also falls ich nicht Friseurin werde. Aber Umwelt-aktivistin klingt auch ziemlich cool.

Der Topf mit den Popcorn stand auf dem Herd. Popcorn selbst machen war total einfach. Öl in den Topf, Maiskörner rein, Herd einschalten und abwarten. Eva machte das immer für uns, wenn wir Frauenabend hatten. Das würde jetzt sicher eine Weile dauern, bis die Körner anfingen zu poppen. Lotte und ich machten es uns in der Zwischenzeit wieder auf dem Sofa bequem und starteten endlich die DVD. Ich griff in die Tüte und schob mir ein Gummibärchen rein. Auf eine Sünde mehr oder weniger kam es ja wohl nicht an. Lotte kicherte. »Ich glaube, ich werde Chris mal erzählen, wie unmoralisch und wankelmütig meine Freundin ist. Vielleicht überlegt er es sich dann noch mal, ob er wirklich zur Party kommen will.«

Ich fing das Kissen ab, mit dem sie nach mir schlug, und machte mich angriffsbereit.

»Na warte. Das war eine Kriegserklärung!« Gnadenlos stippte ich meine Finger in ihre Seite und innerhalb von Sekunden quietschte Lotte nur noch völlig außer Atem.

»Friede! Bitte! Erbarmen!«, keuchte sie und ich gab sie zufrieden frei. Gegen meine Kitzelkunst war kein Kraut gewachsen.

»Weiterschauen?«

Lotte nickte und hickste noch ein bisschen vor sich hin. Da muhte ihr Handy. Tierlaute waren total in. Sie schaute auf das Display und runzelte ihre Stirn. Dabei bröckelte etwas von dem inzwischen getrockneten Quark an ihr hinunter.

Ich tastete nach meinem Gesicht und merkte, dass bei mir auch nur noch Teile der Maske hafteten. Der Rest war über das ganze Sofa und den Boden davor verteilt.

Paul hatte das auch schon mitgekriegt, sich herangeschlichen und schleckte die Fragmente unserer Schönheitskur genüsslich auf. Sollte er, solange er nicht auf die Idee kam, das Zeug wieder auszukotzen.

»Komisch«, gab Lotte endlich von sich.

»Was?«

»Chris fragt, ob es okay geht, wenn er jemanden zur Party mitbringt.«

Gong! Der Satz traf mich voll auf die Zwölf!

»Lotte, hör sofort auf, so blöde Scherze mit mir zu treiben. Auch wenn du es anders siehst, das ist NICHT witzig!«

»Da. Lies!«

Mit zitternden Fingern nahm ich das Handy entgegen. So vorsichtig, als wäre es mit Nitroglyzerin gefüllt und könnte jeden Moment in die Luft gehen.

Schwesterlein, las ich, *wäre es okay, wenn ich noch jemanden zu Franzis Party mitbringe? Chris.*

Jemanden mitbringen? In meinen Ohren rauschte es, mein Puls raste und ich zwang mich, langsam ein- und auszuatmen. Nur keine Panik jetzt!, befahl ich mir selbst. Das kann alles und nichts bedeuten. Jemanden. Jemanden. Vielleicht meinte er einen Kumpel? Genau. Ganz sicher meinte er einen Kumpel. Was sonst? Chris würde doch nicht einfach ein Mädchen anschleppen. Er kam doch wegen mir, Franzi, ich meine, das war doch wohl klar, oder etwa nicht?

Irgendwie war ich mir total sicher gewesen, dass Chris auf mich stand, und bei der Party sollte es endlich so weit sein. Ich wollte ihn küssen und im Gletschersee ertrinken und all das. Jetzt wusste ich gar nichts mehr. Hatte ich mir das vielleicht alles nur eingebildet? Die kleinen Momente, die Blicke, Gesten und Signale? Mir fiel die Liste ein, die ich für Lotte geschrieben hatte. Woran man erkennt, ob ein Typ auf einen steht. Sofort schnappte ich meine Kladde und schlug die Seite auf. Da stand es:

Woran erkennt man,
dass ein Typ in ein Mädchen verknallt ist?
- ♥ Er wird rot, wenn er das Mädchen sieht
- ♥ Er hat Sprachstörungen wie etwa:
  Stammelt
  Ist stumm wie ein Goldfisch
  Quasselt plötzlich wie ein Wasserfall
- ♥ Er benimmt sich schräg, um genau zu sein: sehr schräg!
- ♥ Er läuft dem Mädchen entweder hinterher wie ein liebeskranker Kater oder er hat so viel Schiss, dass er davonläuft, wenn sie kommt.

»Mensch, Lotte. Schau dir das an. Ich bin so ein vollidiotisch dummes Schaf! Hier, schau dir an, was passiert, wenn ich das auf Chris anwende.«
Mein Stift sauste über das Papier.

- ☞ Wird nicht rot, wenn er mich sieht
- ☞ Hat keine Sprachstörungen
- ☞ Benimmt sich cool und lässig
- ☞ Läuft mir nicht hinterher, aber auch nicht weg, wenn er mich sieht
- ☞ ERGO: Chris ist NICHT in mich verliebt!

»Mist.« Lotte brachte es auf den Punkt. Mehr gab es dazu nicht zu sagen. Ich hatte mir das alles nur eingebildet. Er war einfach nur normal freundlich zu mir gewesen, alles andere entsprang meiner überschäumenden Fantasie. Meine Augen füllten sich mit Wasser, ich sah Lotte verschwommen, dadurch wurde sie noch mehr zum Gespenst, aber ich konnte nicht drüber lachen. Ich würde nie wieder lachen können. Mein Leben war versaut! Liebe. Ha! Als ob ich eine Ahnung hätte, was Liebe ist. Ich war ein pubertierendes ahnungsloses vollkommen naives Schaf. Und Chris würde mit einer anderen zu meiner Party kommen. Scheiße!

»Hey, Süße, komm, jetzt mach halblang«, versuchte Lotte mich zu trösten, während meine Tränen immer schneller flossen. »Ich krieg das raus. Ich verspreche dir, ich quetsch Chris aus. Bestimmt ist es nur ein Kumpel und du machst dich jetzt total unnötig verrückt. Hey. Das ist deine Party und die wird der Knaller. Ach was, der Oberknaller. Und Chris wird hin und weg sein und sollte er tatsächlich noch nicht in dich verliebt sein – was ich irgendwie nicht glaube –, werden wir dafür sorgen, dass er sich spätestens am Samstag unsterblich in dich verliebt.«

Lottes Worte tröpfelten in meine Seele wie ein zaghafter Frühlingsregen auf den ausgetrockneten Boden. Und so wie der Boden eine Zeit braucht, um das Wasser aufzunehmen, so brauchte ich auch eine Weile, bis ich meiner wunderbaren Lotte glauben konnte. Deshalb ließ ich es mir noch ein paar Mal von ihr sagen. Es hörte sich toll an. Und irgendwann hatte sie mich so weit. Wir würden Chris am Samstag in mich verliebt machen. Blieb nur eine Frage: wie?

»Hast du eine Ahnung, auf was für Parfüm er steht?«, fragte ich also gleich. »Und Klamotten? Hat er eine Lieblingsfarbe? Was meinst du, soll ich Jeans oder Rock anziehen?«

Ich ließ meine Fragen auf Lotte runterprasseln, aber die hörte mir gar nicht richtig zu.

»Sag mal, was ist das für ein komisches Geräusch? Und der Geruch? Irgendwie angebrannt, oder?«

Achdulieberwerauchimmer! Das Popcorn!

7. KAPITEL

Girlsnight mit Hindernissen

So ein verdammter Mist. Wer konnte auch ahnen, dass die Dinger so hüpfen und unbedingt ein Deckel auf den Topf muss? Wieder mal echt typisch. Die wichtigen Dinge hat Eva nicht auf die Liste geschrieben!

Fluchend tastete ich mit der Hand unter den Küchenschrank und bemühte mich, nicht zu husten.

Was von den Maiskörnern nicht aus dem Topf gesprungen war, klebte jetzt als Kohle auf dem Topfboden. Der Gestank kratzte im Hals.

»Zum Glück war das Zeug noch nicht gezuckert, sonst würde jetzt auch noch alles kleben.« Lottes Stimme klang dumpf unter der Eckbank hervor. In der nächsten Sekunde schrie sie gellend auf: »Igitt! Eine Spinne! Ihhhhh!«

Sie machte einen Satz und knallte dabei volle Kanne von unten gegen den Küchentisch. Die Colaflasche landete auf dem Boden und rollte Richtung Flur. Leider hatte ich den Deckel nicht richtig zugedreht. Es sprutzte und spritzte und der weiße Küchenschrank nebst Küchenboden bekamen ein Muster.

»Jetzt klebt's«, stellte ich lapidar fest und ließ mich auf meinen Hintern plumpsen.

Fluchen oder lachen? Ich konnte mich nicht entscheiden, lehnte den Kopf erschöpft gegen die Wand und schloss die Augen. Erwachsen sein erwies sich als viel anstrengender, als ich gedacht hätte. Aber vielleicht steckte ich ja auch nur in einem Albtraum fest? Wenn ich gleich aufwachte, stellte sich heraus, dass alles in feinster Ordnung war? Vorsichtig blinzelte ich und kniff mich fest in den Oberschenkel.

Autsch! Kein Traum. Holladiewaldfee! Im Gegenteil, das Haus schien langsam, aber sicher ein Eigenleben zu entwickeln, wo sonst sollte dieses Chaos so plötzlich herkommen? Ich stöhnte und machte die Augen wieder zu. Einfach nicht hinschauen.

20.59 Uhr
Meine Popcornlust hat sich in Kohle und Gestank aufgelöst. Und ich frage mich echt, wieso Eva Lappen und Eimer hinter der Kellertür deponiert hat. Wie soll ein normaler Mensch da drauf kommen? Wir haben ewig gesucht! Ich bin total erschöpft. Hausarbeit ist nichts für mich. Ob man sich als Friseurin eine Putzfrau leisten kann?

21.05 Uhr
Ich habe Hunger!!!

»Komm, wir packen das Geschirr noch in die Spülmaschine und dann machen wir es uns endlich gemütlich.«

Ich hielt den Popcorntopf schräg. »Meinst du, die Maschine schafft das?« Auf dem Topfboden hatte sich eine dicke schwarze Schicht festgesetzt. Mit Schwamm und Spüli kam man dem jedenfalls nicht bei, meine Spülhände waren der Beweis, dass ich es ernsthaft versucht hatte.

Lotte überlegte und knubbelte dabei ihr Ohr. »Ich hab die Idee! Ich sage nur World Wide Web. Bestimmt gibt es einen Trick für solche Fälle.«

Dankbar, dem Gestank mal für ein paar Minuten zu entkommen, stürmte ich die Treppe hoch und schmiss meinen Computer an. Mit meinem superschnellen Vier-Finger-Such-System tippte ich die Frage in die Suchmaske ein.

Verbrannter Topf – was tun?

Innerhalb von nicht einmal einer Sekunde hatte ich Antworten. Etwa 100.000 Ergebnisse – blinkte es mir entgegen. Ich klickte ins Blaue hinein den ersten Beitrag an und las. So ein Quatschkopf, da philosophierte einer über den Sinn des Topfverlustes und was uns dieses Ereignis mitteilen möchte. Der Nächste wog den Wasser- und Zeitaufwand der Reinigung gegen die Kosten einer

Neuanschaffung auf. War die Welt eigentlich nur noch von Idioten bevölkert? Genervt klickte ich den nächsten Link an. Endlich! Bei Frag-Mutti.de wurde mir geholfen. Tipp Nummer 18 war die Lösung. Danke, Mutti! Computer aus und ab, die Treppe hinunter.

»Den Topf weichen wir mit Backpulver ein, dann ist er morgen wie neu«, verkündete ich strahlend und fing an, die Schubladen nach Backpulver zu durchsuchen.

»Sag mal, ich wollte die Spülmaschine laufen lassen. Aber wieso blinkt das so?«, fragte Lotte.

Ich unterbrach meine Suche und bestaunte gemeinsam mit Lotte das blinkende Licht. Wie beim Blinker: Geht, geht nicht, geht, geht nicht. Was es uns allerdings sagen wollte, da hatte ich null Schimmer.

»Sollen wir sie einfach laufen lassen oder lieber deine Mutter fragen?«

»Bist du wahnsinnig? Damit sie gleich auftrumpfen kann, von wegen, sie hätte ja gewusst, dass ich das nicht schaffe mit dem Alleinbleiben und so? Kommt nicht in die Tüte! Warte, ich suche die Bedienungsanleitung.«

Schublade für Schublade kramte ich durch. Nichts. Kein Backpulver. Keine Bedienungsanleitung. Hatte Eva eigentlich alles versteckt? Vielleicht sollte ich hinter der Kellertür schauen?

»Weißt du was?«, gab ich letztlich vollkommen entnervt auf. »Vergiss die blöde Spülmaschine und den Topf gleich mit. Ich habe so einen Hunger, ich brauch jetzt was Gescheites zwischen die Zähne. Fleisch oder nicht Fleisch ist mir völlig egal. Und dann müssen wir uns endlich um die wichtigen Dinge des Lebens kümmern. Jungs!«

»Und was willst du essen? Der Veggieburger liegt noch hier rum. Aber ich weiß nicht ...«

Urgs. Das labbrige geschmacksneutrale Teil erfüllte nicht gerade das, was ich mir unter gutem Futter vorstellte.

»Wie wäre es mit Spaghetti? Eine Tomatensoße werden wir doch wohl hinbekommen.«

»Lecker. Habt ihr Zwiebeln im Haus?«

Endlich mal was, was ich nicht suchen musste. Ein Griff. Ich nahm eine Zwiebel aus dem Tontopf!

»Okay. Die musst du jetzt schälen und schön klein würfeln.«

Boa, Lotte hängte voll den Kochprofi raus. Hoffentlich schmeckte es nachher auch.

»Und dann brauchen wir eine Dose Tomaten und Spaghetti.«

Ich zeigte mit dem Messer Richtung Nudelschublade.

»Dosen stehen direkt drüber«, erklärte ich und kümmerte mich um die Zwiebelschale. Die wehrte sich voll und ich musste Stückchen für Stückchen abpulen.

Bei Eva sah das immer so leicht aus, aber eigentlich konnte man beim Zwiebelschälen doch nicht viel falsch machen, oder? Ich halbierte die Zwiebel und schnitt Streifen ab.

»Hey, du hast sie verkehrt halbiert und wir brauchen keine Streifen, sondern Würfel«, meckerte Lotte, die gerade dabei war, eine Schubkarre voll Salz ins Nudelwasser zu kippen. Ich ließ mich nicht aus der Ruhe bringen.

»Zwiebeln sind eh total überbewertet, finde ich.« Dabei schniefte ich und wischte mit dem Handrücken die ersten Tränen vom Gesicht. »Weißt du was, wir tun sie am Stück rein und holen sie später wieder raus. Sie soll ja nur den Geschmack abgeben.«

Man musste sich das Kochen ja nicht unnötig schwer machen. Lotte sah nicht sehr überzeugt aus, aber sie widersprach mir auch nicht. Zufrieden legte ich das Messer zur Seite.

»Mist. Ich hab Erwin und Trude vergessen.«

Keine Ahnung, wie ich von Zwiebeln auf Goldfische gekommen war, aber die Armen hatten den ganzen Tag noch nichts zu fressen bekommen. Ich ließ Lotte allein in der Küche werkeln und sauste ins Wohnzimmer. Nach dem Füttern unterhielt ich mich noch kurz mit ihnen. Blubb. Blubbblubb.

Aus der Küche klang ein Scheppern zeitgleich mit einem Fluch. Oh, oh. Ohne mich kam Lotte wohl doch nicht zurecht. Von wegen Kochprofi. Haha! Mit ein paar großen Sätzen war ich zurück in der Küche. Da stand Lotte und pustete auf ihre Finger, der Deckel vom Spaghettitopf lag auf dem Boden.

»Wieso sagt einem niemand, dass diese Mistdeckel so heiß werden«, jammerte meine Süße.

Ich drehte das kalte Wasser auf, nahm ihre Hand und hielt sie darunter. Dann schnappte ich mir ein Geschirrtuch – die Topflappen hatte Eva wohl auch hinter der Kellertür versteckt – und wollte die Spaghetti abgießen. Aber da stand ja Lotte. Achdulieberwerauchimmer. Was für ein Chaos.

»Mach mal Platz«, keuchte ich und versuchte, mein Gesicht von dem heißen Dampf fernzuhalten. Lotte hüpfte zur Seite und stellte das Plastiksieb ins Becken. Die Tomatensoße hatte inzwischen angefangen zu blubbern. Heftig zu blubbern. Ich schaltete den Herd runter, dabei erwischte mich so ein Tomatensoßenklecks. Autsch! Jetzt standen wir zu zweit mit den Händen unter dem kalten Wasserstrahl. Zum Glück war nichts Ernsthaftes passiert, die roten Flecken verblassten bereits und nach einer gefühlten Ewigkeit und kurz vor dem Hungertod saßen wir endlich vor unseren gefüllten Tellern. Ich schob mir gierig die erste Gabel Nudeln in den Mund. Die Soße tropfte an meinem Kinn runter und ich schlürfte die Nudeln lautstark. Heiß! Scharf! Achdumeinegütewardasscharf! Und versalzen. In einem großen Zug leerte ich mein Glas Cola und keuchte. Mein Gaumen brannte immer noch. Lotte schaute mir fassungslos zu.

»Wasser«, hauchte ich und beugte mich einfach direkt zum Wasserhahn und ließ mir das kühle Nass in den Mund laufen.

»Bist du wahnsinnig?!«, fragte ich Lotte, nachdem der erste Brand gelöscht war. »Das kann ja kein Mensch essen.«

Entschlossen ließ ich meine Spaghetti samt Soße in das Sieb gleiten, spülte die Höllensugo ab und rieb mir über die nackten Nudeln etwas Käse. Meine Kochprofifreundin hatte inzwischen auch von ihrer Meistersoße probiert, nur eine Zungenspitze, und schlagartig die Gesichtsfarbe gewechselt.

»A-aber das war d-doch nur ein bisschen Paprikapulver«, stammelte sie und holte das Döschen aus dem Schrank.

»Das ist Cayennepfeffer, du Schaf. Damit würzt Eva das Gulasch. Und zwar messerspitzenweise.«

Lotte hatte ihren Humor nicht verloren. »Dann war der Esslöffel wohl ein bisschen viel«, meinte sie nur lapidar, grinste und machte mir die Nummer mit dem Sieb gelassen nach. Die immer noch ziemlich salzigen Spaghetti füllten zumindest unsere Mägen.

»Und jetscht müschen wir unsch überlegen, wie wir bei den Jungsch die Fleischesluscht wecken können«, mümmelte Lotte mit vollen Backen. Das brauchte sie mir nicht zweimal zu sagen.

»Genau. Wir brauchen eine Liste!« Ich zog mein Notizbuch zu mir rüber und fing sofort an zu notieren.

Wichtige Dinge, die beachtet werden müssen,
um bei einem Jungen die Fleischeslust zu wecken!
- ❤ *Hippe Frisur oder Beanie*
- ❤ *Coole Klamotten*
- ❤ *Aufregender Duft*

Ich ließ den Stift sinken und überlegte halblaut.

»Wieso heißt das eigentlich Fleischeslust? Das allein ist für Vegetarier doch bestimmt total abstoßend. Ich glaube, wir nehmen besser was anderes, sonst klappt das mit Chris nie.« Lotte kicherte, aber ich ließ mich nicht beirren, strich »Fleischeslust« durch und schrieb »Begierde« daneben. Das klang ja genauso doof.

»Schreib einfach ›um einen Jungen heiß zu machen‹, das klingt besser.«

Nachdem das geklärt war, kaute ich auf meinem Kuli herum und grübelte.

- ❤ *Heißes Tanzen*
- ❤ *Auf jeden Fall Zähne putzen*
- ❤ *Schminken*
- ❤ *Sexy Unterwäsche*

»Aber das sehen die Typen doch gar nicht«, protestierte Lotte. »Aber du weißt es und das gibt dir ein gutes Gefühl und das strahlst du aus. Logo, oder?«, wischte ich ihren Einwand fort.

Diese Weisheit war nicht auf meinem Mist gewachsen, das hatte ich in einer von Evas Frauenzeitschriften gelesen und fand es absolut einleuchtend. Ausprobiert hatte ich es aber noch nicht.

»Und was, wenn Chris doch mit einem anderen Mädchen hier auftaucht?« Die Frage ließ mich einfach nicht los. Vielleicht konnte ich mir meine ganzen Bemühungen in die Haare schmieren?

»Und was, wenn Benni erst gar nicht kommt?«, hängte Lotte sich direkt an meine Zweifel an.

Mist. Wir waren echt zwei Jammerschafe.

22.35 Uhr
Ich glaube, ich lasse das mit dem Verlieben lieber einfach sein. Das ist ja total anstrengend. Ich hab schon voll die Matschbirne vom vielen Grübeln.

Ein lautes Scheppern und gleich darauf das Geräusch von platschendem Wasser rissen uns aus unserem Bad in Selbstmitleid.

»Trude! Erwin!«, schrie ich und sprang so hektisch auf, dass der Stuhl nach hinten kippte. Nicht auch das noch. Bitte, lieber Werauchimmer, tu mir das nicht an. Als ich ins Wohnzimmer rannte, kam mir der klatschnasse Paul bereits entgegen. Maunzend flüchtete er auf den Schuhschrank im Flur und fing sofort an, sich trocken zu lecken.

»Erwin?«, schrie ich und rannte zum Aquarium. »Trude?«

Mein Herz wummerte, das Blut rauschte in meinen Ohren. Ein Tag allein und mein Leben war eine einzige Katastrophe. Auf dem Boden hatte sich eine Pfütze gebildet, ich klopfte gegen das Glas. Trude schwamm etwas aufgeschreckt hin und her. Aber wo war Erwin? Schrecksekunde und dann: da! Unter dem Blatt der Wasserpflanze sah ich es rot schimmern.

»Na, Glück gehabt, würde ich sagen.« Lotte klopfte mir auf die Schulter. »Ich glaube, das mit *Twilight* wird heute nichts mehr.« Sie gähnte. »Bei dir kommt man aus der Aufregung ja gar nicht mehr raus. Ich muss ins Bett.«

8. KAPITEL

Montag, früher Morgen

Montag, 16. April
00.24 Uhr

Das darf doch alles einfach nicht wahr sein. Hat dieser vermaledeite Kater nichts anderes zu tun, als aufzupassen, wann ich die Sicherung am Goldfischglasdeckel vergesse? Aber wenigstens hat es ihm die Zwischenmahlzeit verhagelt. Vermutlich hat er versucht, Erwin oder Trude zu angeln, ist dabei ausgerutscht und – platsch – im Aquarium gelandet. Armer nasser Kater *breitgrins* Das war jedenfalls verdammt knapp. Wenn Paul Erfolg gehabt hätte, gäbe es demnächst drei Tote zu beklagen. Erwin, Trude und mich – weil Eva mich ganz sicher umgebracht hätte!

Und jetzt muss ich ins Bett. Lotte pennt schon, sie macht ganz leise pffffffff beim Ausatmen *hihi*

»Franzi, jetzt komm endlich in die Gänge, es ist schon halb sieben. Kaffee ist fertig.«

Lotte rüttelte an meiner Schulter und zog mir die Decke weg.

»Hmmmm«, machte ich und versuchte mühsam, in den Tag zu blinzeln.

Was für eine beschissene Nacht. Zweimal war ich aufgewacht, weil ich dachte, etwas gehört zu haben. Einbrecher?! Lotte hatte seelenruhig geschlafen und ich machte vor lauter Panik fast ins Bett. Rausschleichen und Nachschauen hatte ich mich nicht getraut, also war ich still liegen geblieben und hatte versucht, meinen Herzschlag wieder einzufangen. Das Ding pochte so schnell, dass sich manche Schläge selbst überholten. Echt! Und jetzt, nachdem ich endlich eingeschlafen war, zeterte Lotte neben mir, als ginge es um Leben oder Tod. So ein Mist.

»Los jetzt, du Schlafmütze. Beweg deinen faulen Hintern in die Höhe, sonst hole ich kaltes Wasser! Du weißt genau, dass wir unter Beobachtung stehen. Oder willst du, dass ich Hausarrest kriege? Oder noch schlimmer: Partyverbot!«

Das zog. Ich hob meine Beine aus dem Bett und blieb einen Moment sitzen.

Lotte ist schlimmer als Eva. Unglaublich. Voll die Morgen-
pest! Drohendes Partyverbot ist allerdings auch ein ver-
dammt guter Antrieb. Gääääähhhhnnnn!

Bevor ich mich ins Bad zurückzog, schlurfte ich erst einmal in
die Küche. Kaffee! Lotte hatte sogar eine trinkbare Brühe zu-
sammengebraut. Immerhin. Ein Tag konnte schlimmer anfangen. Besser allerdings ganz sicher auch. Wobei *besser* in diesem
Fall vor allen Dingen *später* bedeuten würde. In den Ferien zum
Beispiel. Ich gähnte ungefähr das zweihunderfünfundneunzigste
Mal und bemühte mich, nicht auf dem Stuhl einzuschlafen. Um
mich wachzuhalten, schrieb ich eine Liste. War ja einiges zu tun
heute.

Aufgaben für Montag, den 16. April
1. Rausfinden, wen Chris mitbringen will
2. Rausfinden, was mit Benni los ist
3. Partygäste einladen – die stehen auf der anderen Liste
4. Irgendwas Anständiges zu essen besorgen
5. To-do-Liste für die Party schreiben

»Sechstens. Pünktlich zur Schule kommen!«, kommentierte Lotte
meine Bemühungen, Ordnung in mein Leben zu bringen. Haha.
Es gab Dinge, die waren schlicht nicht wichtig genug, um auf
einer Liste zu landen. Um meiner Süßen zu zeigen, dass mir ihr
Kommentar am Allerwertesten vorbeiging, gähnte ich erst mal
ausgiebig und in aller Ruhe.

Lotte tippelte unruhig vor mir auf und ab. Sie war schon ge-
duscht, geschminkt und fertig angezogen. Was für eine Streberin.

»Wenn du jetzt nicht endlich im Bad verschwindest, haben wir
ein echtes Problem«, drängelte sie.

Okay, okay. Den letzten Schluck Kaffee kippte ich auf ex, dann
stieg ich über den maunzenden Paul. Himmel, der inzwischen ge-
trocknete Kater hatte auch schon wieder Hunger.

»Kannst du Paul füttern, während ich mich fertig mache?«, fragte ich Lotte.

Die nickte und wedelte mit den Händen, als wollte sie mich ins Bad fächern. »Alles, Hauptsache, du kommst jetzt endlich in die Gänge.«

Die heiße Dusche belebte meine Geister und gut gelaunt verteilte ich Evas Bodylotion auf meinem noch dampfenden Po.

»Fraaaaanzzzziiiii!«

Lieberwerauchimmer. Lotte war ja Eva hoch hundert. Ich riss die Tür auf.

»Was denn? Wenn ich nicht fertig werde, dann nur, weil du ständig nach mir brüllst.«

»Hast du mal auf die Uhr geschaut? Wenn wir nicht in spätestens fünf Minuten loslaufen, kommen wir zu spät!«

Wie bitte?! Gerade eben war doch noch halb sieben gewesen! Der Blick auf die Uhr bestätigte leider Lottes Behauptung.

»Unmöglich! Mist, verflucht! Ich hab meine Haare noch nicht fertig und bin noch nicht mal geschminkt. Lotte, das schaffe ich nicht! Geh du vor und sag, mir ist schlecht und ich hätte gekotzt.«

»Tickst du noch ganz richtig?« Lotte tippte sich mit dem Zeigefinger gegen die Stirn. »Ich sterbe, wenn ich Benni allein unter die Augen treten muss!«

»Dann ist dir eben auch schlecht und wir gehen zur zweiten Stunde.« Etwas Besseres fiel mir auf die Schnelle nicht ein.

»Das geht nicht. Dann sterbe ich, weil Mom mich umbringt.«

Verdammt!

Lotte knubbelte schon wieder am Ohr und ich leckte meine Lippen, obwohl da noch nicht mal Lipgloss drauf war. Und dann strahlte Lotte plötzlich. »Pass auf. Alles ganz easy. Wozu hab ich dir denn die Beanie genäht? Die kommt über die Haare und schon ist das Problem gelöst. Und schminken kannst du dich gleich in Reli. Dem Berkenzeder ist es eh egal.«

Der war echt voll in Ordnung und hätte sicher kein Problem damit, wenn ich mich schminken würde. Solange ich zuhörte und nicht störte.

»Aber nur, wenn du mir Deckung gibst. Ich habe keine Lust, ungeschminkt jemandem zu begegnen. Wir tauchen unter und schlüpfen dann mit dem Berkenzeder direkt ins Klassenzimmer.«

»Genau so. Und jetzt los!«

In Sekunden hatte ich Jeans, Shirt und Pulli übergezogen und meine Tasche geschnappt. Paul saß wieder mal mitten im Flur, ich sprang mit einem großen Satz über ihn und er maunzte mir anklagend hinterher.

»Oh, Mist!« Lotte klatschte sich gegen die Stirn. »Das hab ich voll vergessen. Ich konnte Pauls Futter nicht finden. Er hatte immer noch kein Frühstück.«

Im ersten Moment wollte ich weiterrennen. Würde dem dicken Kater schon nicht schaden, mal einen halben Tag zu hungern. Aber schon in der nächsten Sekunde bremste ich ab. Das konnte ich nicht bringen. Ich hatte die Verantwortung für Paul übernommen. Eva wäre voll enttäuscht. Und so wie ich sie kannte, würde sie es auf jeden Fall rauskriegen. Kurz entschlossen drückte ich Lotte meine Tasche in die Hand.

»Du läufst voraus, ich füttere Paul und komme im Sauseschritt hinterher. Ohne Tasche hole ich dich sicher gleich ein.«

Was für ein Glück, dass ich sportlich war. Hätte ich Nadines dicken Hintern, wäre Lotte über alle Berge, bis ich angekeucht käme.

Wir brauchten nicht in Deckung zu gehen. Als wir endlich den Schulflur Richtung Klassenzimmer entlanghechelten, wollte der Berkenzeder gerade die Tür hinter sich zuziehen.

»Guten Morgen«, nuschelten wir stereo und ließen uns erleichtert auf unsere Plätze in der letzten Reihe fallen. Der Tag war gerade mal ein paar Stunden alt und ich fühlte mich fix und alle und wollte am liebsten wieder zurück in mein Bett. Das Leben war echt anstrengend, wenn man plötzlich Verantwortung hatte.

Während der Berkenzeder referierte, knubbelte Lotte ihr Ohr und beobachtete völlig auffällig unauffällig Benni, der aber mindestens genauso unauffällig in die andere Richtung starrte.

Meinlieberwerauchimmer. Was für ein Kindergarten! Ich wühlte in meiner Tasche und baute meine Schminkutensilien vor mir auf dem Tisch auf. Über den kleinen Spiegel gebeugt verlieh ich meinen Wimpern Schwärze und Länge.

»Kann mir jemand zentrale Merkmale des Hinduismus nennen? Franzi?«

Ups! Ich zuckte zusammen und malte mir einen schwarzen Strich, bis zur Schläfe. Der Berkenzeder stand direkt vor mir und schaute auf mein Kosmetikgelage.

»Kaum zu glauben, was Mädchen heutzutage alles an sich schmieren«, murmelte er und schüttelte den Kopf. »Also, was ist, hast du etwas Sinnvolles zum Unterricht beizutragen oder sitzt du nur hier, weil du ein trockenes und warmes Plätzchen brauchst?«

Oh, oh. So bissig kannte ich den Berkenzeder gar nicht. Dem war wohl eine Laus über die Leber gelaufen und in mir hatte er jetzt das passende Ventil gefunden, um seinem Ärger Luft zu machen. Ich überlegte und schaute möglichst unauffällig zu Lotte rüber. Die machte eine komische Mundbewegung und ich versuchte, von ihren Lippen abzulesen, was sie da von sich gab. Moooo? Müüüüü? Was hatte das denn mit Hinduismus zu tun? Und dann machte es klick! Die verehrten doch ein Tier, dann machte Lotte also gar nicht Müüüü, sondern Miau.

»Katzen«, sagte ich laut und grinste zufrieden.

Der Berkenzeder schüttelte den Kopf und ließ alles hängen. Schultern, Kopf, Lippen. Wie ein trauriger Clown stand er da und sein Blick sprach Bände. »Vielleicht gibt es ja noch jemanden hier im Raum, der sich für das interessiert, was ich euch zu vermitteln versuche. Na?«

Er schaute sich – immer noch sehr hängend – um.

»Ah, Nadine, wie nett. Also, kennst du ein zentrales Merkmal?«

»Die Verehrung der Kuh, Herr Berkenzeder«, säuselte sie und spulte wieder mal ihre Kleinmädchennummer ab. Wie mir das auf den Keks ging! Ein ausgekochtes Biest war das und von einem unschuldigen kleinen Mädchen so weit entfernt wie Lotte von einer Sterneköchin.

Den Rest der Stunde hatte ich meine Ruhe, aber auch ein verdammt schlechtes Gewissen. Der Berkenzeder war einer der wenigen Lehrer, die sich echt für uns einsetzten. Der ließ zwar jeden Quatsch zu und wir nutzten das auch reichlich aus, aber irgendwie schaffte er es normalerweise auch, uns für ein Thema zu begeistern. Mit ihm konnte man richtig diskutieren und musste nicht immer die gleiche Meinung vertreten wie er.

Nach dem Läuten schlich ich zu ihm.

»Es tut mir leid«, erklärte ich ihm und meinte es absolut aufrichtig. »Ich glaube, das ist heute nicht mein Tag.«

»Und das schon zur ersten Schulstunde? Ist das nicht ein bisschen früh, um den ganzen Tag abzuschreiben?«

Ich lächelte. Wusste ich doch, dass auf den Berkenzeder Verlass war.

»Stimmt. Vielleicht wird es ja noch besser. Und nächste Stunde werde ich ganz sicher besser aufpassen. Ehrenwort.«

»Entschuldigung angenommen. Ich war wohl auch ein bisschen gereizt, sonst hätte ich dich nicht so angeraunzt. Ich habe Zahnschmerzen.«

»Oh. Dann wünsche ich gute Besserung.« Ein letztes Lächeln und ich verschwand ums Eck. Lotte wartete schon auf dem Klo auf mich.

»Und?« Kaum hatte ich die Tür hinter mir zu, hing sie auch schon an meinem Arm. »Was ist?«

»Zahnschmerzen. Deshalb war er so genervt.«

»Benni? Himmel. Dann muss er sofort zum Zahnarzt, damit er Samstag wieder fit ist.«

»Quatsch. Der Berkenzeder.«

»Hä? Was interessieren mich dessen Zahnschmerzen? Ich will wissen, was mit Benni los ist.« Lotte sank auf die Klobrille. »Ich bleibe jetzt so lange hier drinnen, bis du endlich rausgekriegt hast, was los ist.« Sie knubbelte wie eine Wilde an ihrem Ohr. »Ich mach mich doch komplett zum Schaf, wenn Benni denkt, dass ich in ihn verknallt bin, und er nichts von mir will«, jammerte sie.

»Lotte, ich kann mich nicht teilen. Und das mit dem Berkenzeder war wichtig.« Es läutete. Mathe! »Jetzt komm. In der nächsten Pause krall ich mir Benni. Los jetzt.«

Widerwillig ließ sich meine Süße von mir aus dem Klo und ins Klassenzimmer zerren. Benni stand bei Nadine und Tatjana. Gerade als wir reinkamen, lachte Tatjana schrill. Sofort steuerte Lotte energisch Richtung Tür.

»Die lachen über mich. Ich bleib nicht hier!«, zischte sie und wurde dabei fast so rot wie ihr dunkelrot geknubbeltes Ohr.

»Quatsch. Schau doch mal, die haben uns gar nicht bemerkt.« Energisch schob ich Lotte auf ihren Platz.

»Guten Morgen, meine Damen und Herren«, schallte die keifende Stimme von der Hilbricht durch den Raum, bevor ich weiter mit Lotte diskutieren konnte. »Wie ihr wisst, werden wir morgen eine wichtige Klassenarbeit schreiben.« Sie schob ihre Brille auf die Nasenspitze und musterte uns über die Gläser hinweg. Bei einigen blieb ihr Blick länger hängen. Bei mir leider auch. »Für manche von euch ist es sogar eine sehr entscheidende Arbeit. Also. Vergeuden wir nicht unsere Zeit mit unnützen Floskeln. Fabian, komm bitte an die Tafel.«

Fabian, einer der wenigen in der Klasse, die noch schlechter in Mathe waren als ich, stand lautstark auf und schlurfte nach vorne, als ginge es zu seiner Hinrichtung.

»Bis Fabian vielleicht irgendwann einmal vorne ankommt, kannst du die Zeit sinnvoll nutzen und dich deiner Kopfbedeckung entledigen, Franzi.«

Franzi? Wie? Meinte die mich? Ne, oder?

»A-aber …«, stammelte ich. So ein verdammter Mist. Ohne meine Beanie war ich die Lachnummer der Nation!

»Kein Aber. Jetzt, wenn ich bitten darf.« Der schneidende Ton ließ keinen Widerspruch mehr zu. Mit der Hilbricht legte sich niemand freiwillig an.

Widerwillig zog ich meine Beanie vom Kopf und legte sie unter den Tisch. Vorsichtig tastete ich nach meinen Haaren. Achdulieberwerauchimmer! Das fühlte sich an, als stünden sie kreuz und quer ab. Ich suchte Lottes Blick und dort las ich Bestätigung. Dem Entsetzen nach, das sich in ihren Augen spiegelte, musste es schlimmer sein, als ich mir vorstellen wollte. Irgendwo kicherte jemand, und während die Hilbricht Fabian in die Zange nahm, drehten sich immer wieder Köpfe unauffällig zu mir nach hinten. Während einer Mathestunde hatte ich lange nicht so viele grinsende Gestalten um mich herum gesehen. Mist!

Kaum hatte die Schulglocke das Unterrichtsende verkündet, da hatte ich die Beanie auch schon wieder übergestülpt.

»Ich muss aufs Klo, meine Haare wenigstens ein bisschen in Form bringen.«

»Du hast versprochen, dass du mit Benni redest.« Lotte hatte einen Zipfel von meinem Pulli erwischt und hielt mich fest. »Das mit den Haaren ist eh schon egal, die anderen haben es ohnehin schon gesehen.«

Prima Trost, also wirklich. Aber da ich Lottes Logik nichts entgegensetzen konnte, ergab ich mich in mein Schicksal. Entschlossen stapfte ich zu Benni, der an seinem Platz saß und etwas in seiner Tasche suchte.

»Hey, alles klar?«, sagte ich und setzte mich auf die Tischkante. Bennis Gesichtsfarbe wechselte in Rekordzeit. Hätte mich nicht gewundert, wenn aus seinen Ohren Rauchkringel aufgestiegen wären und er vielleicht einen Pfiff von sich gegeben hätte, wie ein heißer Wasserkessel.

»H-h-hey«, krächzte er zurück. Und dann schoss er von seinem Stuhl hoch und rannte aus dem Klassenzimmer, bevor ich auch nur Piep sagen konnte.

»Was hast du denn mit Benni gemacht? Der geht ja ab wie eine Rakete.« Sebastian, der auf dem Platz direkt vor Benni saß, schaukelte mit seinem Stuhl rückwärts und schaute mich fragend an.

»Keine Ahnung, echt«, gab ich zurück. »Der ist schon die ganze Zeit so komisch. Aber hey, wo ich gerade mit dir spreche. Am Samstag steigt bei mir eine Party. Nichts Großes, nur eine Handvoll Leute. Hättest du Bock?«

»Cool.« Sebastian grinste. »Wer kommt sonst so?«

»Ich frag Lisa und Yvonne gleich.« Sebastians Augen leuchteten auf. »Und Frederick will ich auch noch fragen.« Das Leuchten erlosch. Klar. Sebastian wusste, dass Frederick harte Konkurrenz darstellte, aber da musste er durch. »Dass Lotte kommt, ist ja wohl klar. Chris hat schon zugesagt«, fuhr ich fort und versuchte, den Kloß wegzuschlucken, der plötzlich in meinem Hals saß. »Er bringt wohl jemanden mit.«

»Chris? Lottes Bruder?«, hakte Sebastian nach. Ich nickte, sprechen ging gerade nicht. »Voll cool. Der legt klasse auf, ich hab ihn schon ein paar Mal gehört.«

Super. Dann war die Party ja gerettet. Für Sebastian zumindest. Und was war mit mir? Ein Blick zu Lotte, die fassungslos zu mir rüber starrte, erinnerte mich, dass ich nicht die Einzige war mit einem Problem. Was war mit Lotte?

Der Unterricht ging weiter. Deutsch. Wenigstens war das interessant. Wir nahmen gerade Rilke durch. Ich hüpfte vom Tisch und wollte mich zu meinem Platz bewegen, da rief Sebastian hinter mir her: »Könnte sein, dass ich weiß, was mit Benni los ist.«

9. KAPITEL

Lachflash

Leider hatte ich keine Gelegenheit mehr, ihn auszuquetschen. Die Oberst war schon da und klatschte in die Hände. »Meine Damen und Herren, Ruhe!«, rief sie in das allgemeine Gemurmel hinein. »Sofort, wenn ich bitten darf. Oder möchte jemand freiwillig Rilkegedichte rezitieren?«

Innerhalb von 1,23 Sekunden saßen alle kerzengerade auf ihren Plätzen und waren mucksmäuschenstill. Aber nur ganz kurz. Vorne rechts furzte jemand. Lautstark!

Ich fing an zu kichern. Zuerst nur verhalten, ich versuchte, es zu unterdrücken, aber wie die Bläschen, wenn man Brausepulver in den Mund nimmt, so stieg das Lachen in mir hoch. Es trieb mir Tränen in die Augen. Mir wurde heiß. Ich presste die Lippen ganz fest zusammen, doch der Druck von innen war stärker. Und dann explodierte ich. Lauthals prustete ich los. Zum Glück ging es allen anderen genauso. Das Klassenzimmer bebte unter dem kollektiven Gelächter. Tommi, der Fußballfan, den ich wieder von meiner Partyliste gestrichen hatte, grinste zufrieden vor sich hin. Er also. Das war ja direkt ein Pluspunkt. Aber einladen wollte ich ihn trotzdem nicht. Stell man sich mal vor, der kommt zur Party und furzt! Ich schaute Lotte an und sie mich, und das gerade etwas nachlassende Lachen nahm sofort neuen Anlauf.

»Ruhe! Ich warne euch! Ich zähle bis drei, wer dann noch lacht, muss mit Konsequenzen rechnen!« Die Oberst hatte inzwischen eine ungesunde Gesichtsfarbe. An ihrem Hals konnte ich eine Ader pochen sehen. »Eins!« Sie schaute sich herausfordernd um. Keiner reagierte. »Zwei!« Die ersten Streber wischten sich die Lachtränen weg und atmeten durch. »Drei!« Lottes und mein Blick trafen sich wieder. Lotte grinste noch, aber sie lachte nicht mehr. Und ich? Ehrlich! Ich habe es versucht, aber es hätte mich zerrissen.

Ich gluckste, kiekste und schluchzte vor Lachen. Weil ich keine Kraft mehr hatte, sitzen zu bleiben, ließ ich mich quer über meinen Tisch hängen. Mühsam versuchte ich, mich zu beruhigen, aber es war unmöglich. Ich bekam fast keine Luft mehr, aber ich konnte einfach nicht aufhören. Völlig außer Kontrolle.

»Franziska!«

Zwischen meinen Lachschluchzern hob ich meine rechte Hand, als Zeichen, dass ich die Oberst gehört hatte, mehr ging nicht.

»Aufhören! Sofort!«

Wenn das so einfach wäre. Was ein echter Lachkrampf ist, der lässt sich nicht einfach abstellen. Ich schaute auf und sah in das wutverzerrte Gesicht von der Oberst. Leider sah das so witzig aus, dass ich laut rausschrie und weiterlachte. Scheiße! Das würde Ärger geben. Aber selbst die Vorstellung, gleich beim Direx zu landen, konnte mich nicht stoppen.

»Raus! Du gehst jetzt sofort zu deiner Klassenlehrerin und dann mit ihr zusammen zum Direktor. Ich will dich heute nicht mehr sehen.« Kleine Spucketröpfchen regneten auf mich nieder, weil die Oberst die Worte voller Wucht gegen mich schleuderte. Ich nickte und verschwand lachend und schluchzend aus dem Klassenzimmer. Meine Tasche nahm ich vorsorglich mit.

Erst mal aufs Klo.

Fünf Ladungen kaltes Wasser später hatte ich mich wieder im Griff. Mein lieber Werauchimmer, das war ja ein richtiger Lachflash gewesen! Bestimmt würde ich Muskelkater bekommen, mein ganzer Bauch tat weh.

Und nun? Das hatte die Oberst doch sicher nicht ernst gemeint, mit der Pöllmeier. Schlimm genug, dass die unsere Klassenlehrerin war und wir sie in Englisch, Physik und Chemie hatten. Aber wegen ungebührlichen Lachens vor sie zu treten, das war ja fast Todesstrafe.

Die Pöllmeier konnte mit ihrer scharfen Stimme Schülerseelen zerschneiden. Da war das Organ von der Hilbricht Balsam dagegen, und das war schon heftig. Ich schnappte mir meinen Notizblock und sondierte die Lage.

Lösungsmöglichkeiten

♦ Ich gehe zur Pöllmeier
♦ Ich gehe nach Hause
♦ Ich gehe in die Klasse zurück
♦ Ich bleibe einfach auf dem Klo

Zur Pöllmeier wollte ich nicht, auf keinen Fall. Das würde Kreise ziehen. Brief nach Hause, vielleicht sogar ein Anruf. Dann käme raus, dass ich zwei Wochen allein war und am Ende stände das Jugendamt auf der Matte und ich müsste für die Zeit ins Heim. Und danach hätte ich fünf Jahre Hausarrest. Mindestens. Nein danke!

Auf dem Klo bleiben schien mir auch keine Lösung.

Blieben also nur die Flucht nach vorne oder nach Hause. Wenn ich jetzt abhauen würde, dann hätte ich den Ärger nur aufgeschoben. Okay, das wäre schon was wert, aber ich würde zusätzlich noch jede Menge Ärger bekommen, vor allem mit Lotte. Die würde mir unsere Freundschaft um die Ohren hauen, wenn ich sie mit ihrem Benni-Problem allein ließe. Nein, das waren keine rosigen Aussichten. Ich strich alle ausgeschlossenen Lösungsmöglichkeiten durch und starrte auf das Ergebnis: »*Ich gehe in die Klasse zurück*« Der Satz schien mir entgegenzugrinsen.

Ganz sicher musste man einen gewissen Hang zum Wahnsinn haben, oder einen festen Glauben an Schutzengel oder so was in der Art. Da ich mich noch immer nicht für einen Glauben entschieden hatte, standen sie mir sicher alle zur Seite. Ich stellte mir das so ähnlich vor wie in den Läden. Wenn du reinkommst und ein potenzieller Kunde bist, dann reißen sich die Verkäufer den Arsch für dich auf. Sie wollen alle nur dein Bestes: dein Geld! Und genauso war das mit der Religion. Gott, Buddha, Allah und wie sie alle hießen. Ich war mir ja nicht mal sicher, ob es einer der Gängigen war. Vielleicht gab es ja jemanden, den noch niemand entdeckt hatte? Am Ende war Gott eine Frau. Wie auch immer, jedenfalls waren sie alle scharf auf mich und meine Seele. Also gaben sie sich ordentlich Mühe, mich von sich zu überzeugen. Na, dann konnten sie jetzt mal zeigen, was sie draufhatten.

Ein letzter Blick in den Spiegel, die Beanie wieder zurechtgerückt und dann forschen Schrittes voran. Ich klopfte, wartete 1,56 Sekunden und öffnete die Klassenzimmertür. Die Oberst erklärte gerade was zu Reimformen. Als sie mich erkannte, blieb ihr das Wort auf den halb offenen Lippen hängen.

Bevor sie ihre Sprache wiedergefunden hatte und mich erneut rauswerfen konnte, fing ich an: »Rainer Maria Rilke, Herbsttag.« Ich rezitierte fehlerfrei das gesamte Gedicht, easy, das war eines meiner Lieblingsgedichte, und schloss mit: »... Und wird in den Alleen hin und her unruhig wandern, wenn die Blätter treiben.«

Bis dahin hatte die Oberst mir stumm und mit weit aufgerissenen Augen zugehört. Ich wollte sie auf keinen Fall zu früh zu Wort kommen lassen, noch hatte ich die Schlacht nicht gewonnen, also redete ich sofort weiter: »Das Gedicht ist traurig und voller Hoffnung zugleich. Es ist eines meiner Lieblingsgedichte. Und ich möchte nicht allein bleiben, möchte nicht unruhig wandern. Nicht in den Gängen der Schule und schon gar nicht zum Direktor. Es tut mir wirklich wirklich sehr leid und ich bitte Sie um Entschuldigung. Es war keine böse Absicht. Ich habe einfach die Kontrolle verloren.«

Ich hatte die Hände hinter dem Rücken verschränkt und meine Finger fest verknotet. Die Sekunden vergingen und so still, wie es war, hatten wohl alle gemeinsam die Luft angehalten.

Achdulieberwerauchimmer. Bitte, Tommi, jetzt kein Furz!

Als hätte er mein Stoßgebet gehört, legte Tommi erneut los. Eine Sekunde dachte ich, mein Lachkrampf käme zurück, aber die Oberst donnerte ihren Gedichtband, den sie in der Hand hatte, voll Karacho auf ihr Pult. Sebastian, der wieder am Schaukeln war, kippte vor Schreck hinten über und Tommi zog den Kopf ein. Der wusste, was ihm geschlagen hatte. Mein Lachen gluckste wieder dahin zurück, wo es hergekommen war. Irgendwo tief in mir drinnen.

»Setz dich, Franzi. Tommi, aufstehen. Wir beide gehen zum Direktor.«

Sie war erstaunlich gefasst und die Ruhe, mit der sie sprach, jagte mir eine Gänsehaut über den Rücken. Jetzt war sie wohl wirklich sauer.

»Ihr lest jetzt die Seiten 234 bis 238 über den Aufbau von Gedichten. Nächste Stunde schreiben wir einen Test«, sagte sie noch, bevor sie mit Tommi im Schlepptau die Tür hinter sich schloss.

Natürlich setzte sofort wieder Gemurmel ein, kaum dass wir allein waren. Nur Stefanie las wirklich, allerdings nicht im Schulbuch, sondern einen Roman. Benni wartete ein paar Sekunden, bis er sicher war, dass die Oberst nichts mehr mitbekam, und schlüpfte aus dem Zimmer. Ich knöpfte mir Sebastian vor.

»Jetzt spuck es aus. Was ist mit Benni los?«

»Hey, ich hab nur gesagt, ich weiß es vielleicht. Auf jeden Fall habe ich mitbekommen, wie er mit Nadine zusammengesteckt hat.«

Nadine? Was um aller Götter Namen sollte das jetzt?

Lotte, die hinter mir hergekommen war, schaute ziemlich schäflich aus der Wäsche. Klaro, würde ich auch, wenn Chris sich plötzlich für die Oberschlampe der Schule interessieren würde.

»Läuft da was?«

Sebastian grinste und zuckte mit den Schultern.

»Nix Genaues weiß man nicht«, meinte er und zuckte dabei vielsagend mit den Augenbrauen. Jungs! Ich verdrehte die Augen und zog mich mit Lotte auf unsere Plätze zurück.

Kriegsrat!

Nadine ließ ich nicht aus den Augen, während ich mit Lotte die neue Situation durchhechelte. Konnte das wirklich sein? Benni war doch keiner von den Idioten, die auf dicke Titten standen. Oder etwa doch?

»Ich glaube, Sebastian sieht weiße Hasen. Benni schaut Nadine doch mit dem Hintern nicht an. Nie und nimmer sind die beiden zusammen«, gab ich meine Gedanken zum Besten.

Aber Lotte hatte sich in eine Verschwörungstheorie verrannt. Für Logik, egal ob logische Logik oder Franzi-Logik, war sie nicht empfänglich.

»Bestimmt wollen die beiden es geheim halten und reden deshalb nicht miteinander. Die wollen nur kein Getratsche. Und nachmittags kleben sie dann aufeinander und machen weiß der Himmel was zusammen.«

Wuä. Ich versuchte, Lottes Worte abzublocken, aber zu spät. Jetzt hatte ich Bilder im Kopf, die ich meiner ärgsten Feindin nicht wünschen würde. Die nackte Nadine, die sich mit Benni vergnügte – er ebenfalls nackt, wobei ich seine Details nicht sah, da war Nadines dicker Hintern davor.

Die Schulglocke verkündete die Hofpause.

»Komm, wir gehen mal die anderen einladen und dann überlegen wir, was wir wegen Benni unternehmen. Und du musst auf jeden Fall zu Chris, rauskriegen, wen er mitbringen will.«

Da Lotte keine bessere Idee hatte, machten wir die Runde und luden die restlichen Partygäste ein. Unauffällig natürlich, damit die anderen nichts mitbekamen. Schließlich wollte ich keine Klassenparty schmeißen. Lotte jammerte die ganze Zeit vor sich hin und strapazierte meine ohnehin geschundenen Nerven.

»Bestimmt hat sie ihn eingewickelt mit ihren Möpsen und ihrem affigen Getue«, mutmaßte sie gerade wieder, als ich Nadine an der Hecke entdeckte. Mein Geduldsfaden riss.

»Okay, du willst es ja nicht anders«, zischte ich und war mit drei großen Schritten bei den Mädels. »Hey, Nadine, hast du was mit Benni?«

Ich hörte Lottes Stöhnen hinter mir. Darauf konnte ich jetzt aber keine Rücksicht nehmen. Manchmal war Direktheit der einzige Weg und mit Diplomatie kämen wir bei Nadine keinen Schritt weiter, die wusste ja noch nicht mal, was das Wort bedeutete. Vermutlich würde sie denken, es sei was zu essen.

»Iiichhh?« Sie zog das Wort wie einen gut gekauten Kaugummi in die Länge. Und dann kicherte sie, dass ich ihr am liebsten direkt eine gescheuert hätte.

»Jetzt mach hier mal nicht auf Unschuld vom Lande, die Nummer nimmt dir sowieso keiner ab. Los jetzt, ich will wissen, was Sache ist.«

Zuerst tat Nadine empört, aber dann überlegte sie es sich anders.

»Süß ist er ja, jetzt hast du mich doch tatsächlich auf eine Idee gebracht. Aber vielleicht hatte ich die Idee ja auch schon lange, wer weiß das schon?«

Dieses Biest. Ich ballte meine Faust.

»Okay, hör mir mal gut zu. Entweder du sagst mir jetzt, was da läuft, zwischen dir und Benni, oder ich ziehe andere Seiten auf. Hast du schon mal das Geräusch gehört, wenn eine Nase bricht?«

Ich drehte mich zu Lotte um, die mich fassungslos anstarrte. Durfte sie ruhig, wenn es um meine Lotte ging, wurde ich eben zum reißenden Schaf. Wobei das Schaf in mir sicher überwog, ich wüsste noch nicht mal genau, wie ich treffen müsste, um das angekündigte Ergebnis zu erzielen. Aber das musste ich Nadine ja nicht verraten.

»Was meinst du, stehen Jungs auf schiefe Nasen? Mit Höcker und so?«, fragte ich locker in Lottes Richtung.

»Okay, okay, jetzt komm mal wieder runter. Du tickst doch nicht richtig.« Das war Nadine. Trotzig, aber etwas blass um die höckerlose Nase, gab sie endlich Auskunft. »Da läuft nichts. Ich hab Benni nur gesteckt, dass Lotte ein falsches Spiel mit ihm treibt und ihn verarscht.« Sie schaute Lotte an und setzte bockig hintendran: »Ist doch so.« Sie machte eine kurze Pause und schob ihre Hände tief in ihre Daunenjacke. »Und außerdem habe ich gedacht, ich könnte damit meine Chancen erhöhen. Aber der Depp hat ja keine Ahnung von einem echten Mädchen. Der weiß nicht, was ihm entgeht. Und jetzt verpisst euch.«

Er hatte sie also abblitzen lassen. Sehr gut! Ich überlegte, ob ich Nadine wegen der Lügereien noch zur Rechenschaft ziehen sollte, aber Lotte zupfte an meinem Pulli und gab mir das Zeichen zum Rückzug.

»So ein ausgekochtes Biest«, echauffierte ich mich, während wir uns durch die Massen tobender Schüler quer über den Hof kämpften. Mir war saukalt, obwohl ich vor Wut kochte. Verflucht, wieso hatte ich auch keine Jacke mitgenommen? Der Pulli war nicht warm genug. Und wieso musste dieser mistige April ausgerechnet jetzt die Backen plustern und wie ein Irrer den Wind über den Schulhof jagen?

»Das zahlen wir ihr heim. So einfach kommt die uns nicht davon. Hast du das gehört? Erzählt die doch glatt Lügen über dich herum. Oh, wenn ich so drüber nachdenke, dann könnte ich direkt …« Ich schlug mit meiner rechten Faust in meine linke Hand und fühlte mich fast wie Regina Halmich.

Lotte stapfte neben mir her und knubbelte.

»Du-u, ich glaube, ich muss dir was sagen.«

Was denn jetzt wieder? Und wieso schaute sie plötzlich so verlegen? Ich blieb stehen.

»Also, genau genommen hat Nadine gar keinen Mist erzählt«, erklärte Lotte und wurde radieschenrot dabei.

Wie jetzt?

»Was soll das denn heißen? Du verarschst Benni nur? Und wieso dann der ganze Aufstand? Das Rummgejammere von wegen verknallt und so?« Jetzt verstand ich gar nichts mehr.

»Spinnst du?« Lotte zeigte mir einen Vogel. »Natürlich bin ich in Benni verliebt, es ist nur …«

»Hört, hört«, tönte da die Stimme vom Oberfurzer an mein Ohr. Verdammt! »Da wird sich der süße Benni aber freuen, wenn seine Angebetete auch in ihn verschossen ist.« Tommi feixte und tanzte um uns herum.

»Oh Mann, Tommi! Verpiss dich. Kein Mensch interessiert sich für deinen verbalen Dünnschiss!« Ich gab ihm einen Stoß.

»Als ob ein Mädchen mit so einer Frisur überhaupt auch nur irgendwas zu melden hätte«, fauchte der Idiot mich an, und bevor ich wusste, wie mir geschah, hatte er sich meine Beanie gekrallt und suchte mit großen Sprüngen das Weite.

»Arschloch«, brüllte ich hinter ihm her und streckte meinen Stinkefinger in den eisigen Aprilwind.

»Hey, hallo, Chris«, hörte ich im gleichen Moment Lotte sagen.

Franzi-Logik

Du warst ja schneller als Speedy Gonzales. Wow!« Lotte hatte mich im Mädchenklo aufgespürt.

Ja, da hätte die Hilbricht, die wir leider leider nicht nur in Mathe, sondern auch in Sport hatten, mal die Zeit messen sollen. Ganz sicher hatte ich einen Rekord aufgestellt! Wie ein geölter Blitz war ich auf und davon gesaust. Schneller als die schnellste Maus von Mexiko!

Chris! Lieber Werauchimmer, wieso musste der auch ausgerechnet im peinlichsten Moment meines gesamten Lebens auftauchen? Na ja, also fast dem peinlichsten Moment. Es gab da noch ein, zwei andere Begebenheiten, über die sich mein Schamzentrum aber weigerte, näher nachzudenken.

Wenigstens hatte ich ihm keine Gelegenheit gegeben, mein Haardesaster zu registrieren. Hatte ich doch nicht, oder?

»Hat er was mitgekriegt?«

»Klar, er ist ja kein Idiot.«

»Oh nein! Verdammter Mist! Jetzt kann ich es vergessen. Das ist doch voll das Vogelnest, was meine Locken da auf meinem Kopf gebildet haben. Mit viel gutem Willen könnte es noch als moderne Kunst durchgehen, aber ganz sicher nicht als Frisur. Chris will bestimmt nicht mit dem uncoolsten Mädchen der ganzen Schule gehen.«

Ich schob meine Beanie zurecht, die ich Tommi inzwischen wieder abgenommen hatte. Am liebsten hätte ich alles hingeschmissen, mich nach Hause geschlichen und mir dort die Decke über den Kopf gezogen.

Weltuntergang!

Lotte grinste. »Ach so, das meinst du. Ne, das hat er nicht mitgekriegt. Er hat sich nur gewundert, wieso du abgehauen bist.«

Oh mein lieber Werauchimmer, danke! Danke, danke, danke! Verdammt, ich musste mir echt mal was einfallen lassen, dieses ständige Werauchimmer ging auf Dauer nicht. Da fühlte sich am Ende keiner von denen da oben, oder wo auch immer die ihren Wohnsitz hatten, angesprochen. Lieber Gott, Allah, Buddha oder wie du auch heißen magst, das hast du prima hingekriegt!

»Und? Hat er dir gesagt, wen er mitbringen will?«

Lotte und ich latschten nebeneinanderher die Treppe rauf zum Kunstraum. Die nächsten zwei Stunden versprachen zumindest eine Katastrophenpause. Kunst war so gut wie Freistunde.

»Keinen Piep. Das ist echt merkwürdig. Ich hab so langsam das Gefühl, der nimmt uns auf den Arm.«

Ich ließ meinen Block auf den Tisch knallen und warf mich auf den Stuhl. »Auf den Arm?«, echote ich.

»Jedenfalls ist das echt komisch. Also, ich frag ihn: ›Hey, Chris, sag mal, wen bringst du eigentlich mit?‹ Er zieht spöttisch die Augenbrauen hoch und fragt zurück: ›Bist du neugierig?‹ Ich dann wieder – das kann ich ja nicht auf mir sitzen lassen – also, ich dann wieder: ›Quatsch, neugierig. Aber wir wollen doch gleichviel Jungs und Mädchen dabei haben, da wäre es schon gut, wenn wir wüssten …‹« Lotte knubbelte empört an ihrem Ohr, während sie erzählte. Ihre Wangen waren vor lauter Aufregung rot geworden. »Stell dir vor, der hat mich nicht mal ausreden lassen. Der hat mich einfach ausgelacht! ›Sag ich doch‹, sagt er, ›sag ich doch, neugierig bist du.‹ Und dann zwinkert er mir zu, dreht sich um und geht.« Sie holte tief Luft. »Aber das hab ich mir nicht gefallen lassen. So ein Schnösel! Brüder, ich kanns dir sagen!« Die Empörung blitzte mir aus Lottes Augen entgegen und verlieh ihnen einen feurigen Schimmer. Sie machte eine wegwerfende Handbewegung.

Oh Mann, Lotte machte es aber echt spannend. Der Lipgloss, den ich mir in der ersten Stunde aufgelegt hatte, war längst abgeleckt. Ich klammerte mich an Lottes Unterarm und wartete gespannt. Als ich es nicht mehr aushielt, fragte ich: »Und?!«

Darauf hatte sie nur gewartet. Sie blies die Luft aus den Backen und zischte: »Nix und.« Dann redete sie normal weiter. »Chris hat meine Beschimpfungen an sich runterfließen lassen, als wären es Wassertropfen auf einem Lotusblatt. Und dann hat er sich noch mal umgedreht und gesagt, ich solle dir ausrichten, dass du dir um den zusätzlichen Gast keinen Kopf machen sollst.«

»Keinen Kopf machen?« Anscheinend war ich heute Lottes Echo, aber mehr fiel mir wirklich nicht ein. Das war doch höchst mysteriös.

»Wörtlich hat er gesagt: ›Macht euch mal keine Sorgen. Sag Franzi: Meine Begleitung ist stubenrein und trinkt garantiert keinen Alkohol.‹«

»Keinen Alkohol.« Ich biss mir auf die Lippen, aber da war das Echo schon drübergehüpft.

Und dann verfielen wir beide in düsteres Schweigen.

Während Lotte an ihrem Bild – einem Indianerporträt als Bleistiftzeichnung – arbeitete, holte ich mein Matheheft raus und mein Notizbuch. Ein bisschen vorlernen für die Arbeit am nächsten Tag konnte nicht schaden. Und dann wollte ich mir mal eine Liste machen zu den ganzen Göttern. Da konnte ja kein normaler Mensch durchblicken. Und wieso ich einfach so, vollkommen unreflektiert, Gott als den einzig richtigen akzeptieren sollte, das war mir schon in der Grundschule suspekt gewesen. Auf dem Weg zum Einschulungsgottesdienst hatte ich das bereits mit Eva diskutiert und seit damals verkniff ich mir die genaue Bezeichnung.

Götternamen
- ◆ Gott
- ◆ Allah
- ◆ Buddha
- ◆ und so weiter – mathematisch ausgedrückt: i

Ich starrte meine kurze Auflistung an und dann wusste ich plötzlich, was ich machen würde. Es lag vollkommen deutlich direkt vor meiner Nase. Hatte ich nicht erst vor ein paar Stunden darüber nachgedacht, ob es nicht vielleicht sogar eine Frau sein könnte? Ich meine, hey, wir leben doch im Zeitalter der Emanzipation!

Wenn ich die Liste anschaute und nur die ersten Buchstaben nahm, dann kam da ganz klar der Name raus, den ich künftig synonym für alle Gottesbezeichnungen verwenden würde. Ha! So konnte keiner beleidigt sein, und sollte ich irgendwann einmal in meinem künftigen Leben für mich herausfinden, an wen ich glauben wollte, dann konnte ich das ohne Gewissensbisse tun, denn ich hätte ihn – oder sie – dann ja bereits immer in der Anrede dabeigehabt. Ende der ganzen Querdenkerei, mein Werauchimmer hieß ab sofort: GABi!

Einfach genial, Franzi-Logik vom Feinsten!

Zufrieden grinste ich vor mich hin und unterzog Lottes Kunstversuche einer näheren Betrachtung. Gar nicht so schlecht, was meine Süße da fabrizierte. Mein Clowngesicht war zum Glück schon fast fertig, deshalb konnte ich die Zeit heute problemlos für mich nutzen.

Nachdem ich mein Werauchimmer-Problem so prima gelöst hatte, ging ich wieder zu den wesentlichen Dingen meines Lebens über. Nein, nicht Mathe!, ich versuchte ungefähr zum hunderteinundzwanzigsten Mal herauszufinden, was Chris wohl mit seinen kryptischen Andeutungen sagen wollte. Aber sobald ich anfing, darüber nachzudenken, verknoteten sich meine Hirnwindungen und verweigerten den Dienst.

Dafür kam mir etwas anderes in den Sinn.

»Sag mal, Lotte, was genau ist jetzt eigentlich mit Nadine los? Seit wann nimmst du denn solche Weiber in Schutz?«

Lotte ließ ihren Bleistift sinken und wurde erdbeerrot.

»Seit ich selbst schuld bin«, murmelte sie und fing wieder an zu zeichnen.

»Wie jetzt? Muss ich die Infos aus dir rauskitzeln, oder kommst du freiwillig auf den Punkt?«

»Nadine hat uns neulich belauscht, als ich von Benni geschwärmt habe. Und dann hat sie mich später allein erwischt und gesagt, sie würde Benni erzählen, dass ich total in ihn verknallt bin. Und sie würde ihm noch viel mehr erzählen, und er würde sich schlapplachen über so eine dumme Obertussi wie mich. Und dann hab ich Schiss gekriegt und hab Nadine erzählt, dass das alles nur eine Masche von mir sei, weil ich mit dir eine Wette laufen hätte, ob ich Benni rumkriege oder nicht. Und Nadine, die dumme Schlampe, hatte wohl nichts Besseres zu tun, als gleich zu Benni zu rennen und ihm das alles brühwarm zu erzählen. Hat wohl gedacht, sie hätte dann Chancen bei ihm.«

Meine liebe GABi, Lotte hatte, ohne einmal Luft zu holen, die ganze Geschichte ausgespuckt. So langsam kapierte ich, wieso im Moment so ein Chaos herrschte.

War doch logisch!

Benni hatte die Geschichte geschluckt und jetzt war er total durcheinander, weil er wirklich in Lotte verschossen war, aber Angst hatte, dass sie ihn vielleicht nur verarschte. Und er hatte versucht, mich darauf anzusprechen, was wiederum aber nicht wirklich clever war, weil ich, wäre ich tatsächlich in die Wette involviert gewesen, natürlich alles darangesetzt hätte, dass er das weiter glaubte. Mir gingen tausend Wunderkerzen gleichzeitig auf.

Ihm musste das wohl auch in dem Moment klar geworden sein, als er bei mir in der Küche sinnlos vor sich hin stammelte. Deshalb die überstürzte Flucht. Und deshalb vermied er auch den ganzen Tag schon ein Zusammentreffen.

Lottes Ohr war kurz vorm Abfallen, gleich würde es Rauchzeichen von sich geben, so sehr knubbelte sie.

Da hatte sie sich aber eine schleimige Pampe eingeschenkt, meine Süße. Wie gut, dass sie mich hatte. Ich straffte mich und wollte schon aufstehen und mal eben zu Benni rübergehen, die Sache klarstellen. Aber den Plan hatte ich ohne Lotte gemacht. Vor lauter Schreck drückte sie mit dem Bleistift so fest auf, dass ihr Indianer ein Loch in der Nase hatte. Sah aus, als hätte er ein Piercing.

Sie krallte sich in meinem Pulli fest und zerrte mich auf den Stuhl zurück, von dem ich mich bereits halb erhoben hatte.

»Bist du von allen guten Geistern verlassen?«, fauchte sie mich an. »Du willst wohl, dass ich auswandern muss?!«

Ich starrte Lotte an und dann schaute ich zu Benni rüber, der neben Tommi und vor Nadine saß. Ups. Da hatte Lotte wohl recht. Das war nicht die passende Umgebung für ein klärendes Gespräch.

»Okay, ich schnapp ihn mir, sobald es läutet.«

So weit der Plan. Aber Benni spannte was. Der war ja sowieso schon den ganzen Vormittag vor mir auf der Flucht. Pünktlich vier Minuten und dreiunddreißig Sekunden vor Unterrichtsende packte er seine Tasche und fragte um Erlaubnis, ausnahmsweise früher gehen zu dürfen. Er stammelte was von einer familiären Verpflichtung blabla. Und da unser lieber Dr. Puck die Großzügigkeit in Person war, winkte er ihn zur Tür hinaus. Und tschüss!

Verdammt!

Lotte sank in sich zusammen, als hätte jemand die Luft aus ihr herausgelassen. Ich klopfte ihr aufmunternd auf die Schulter.

»Pass auf, so einfach kommt der nicht davon. Ich gehe später zu ihm nach Hause und dann rede ich mal Klartext mit dem Bürschchen. Der stellt sich ja schlimmer an als ein Mädchen.« Und ich musste das wissen, denn ich war eins.

Grimmig packte ich Matheheft und Kunstkrempel zusammen und machte mich bereit loszusausen. Unterrichtsende. Von der kostbaren freien Zeit durfte man nichts vergeuden und länger Schulluft einatmen als nötig, galt in Schülerkreisen als sehr ungesund.

»Kommst du später zu mir?«, fragte Lotte. »Ich glaube nicht, dass Mom mich heute rauslässt. Sie weiß, dass wir morgen Mathe schreiben.«

Ich verzog das Gesicht. Mathe lernen unter Aufsicht! Und das, wo ich doch sturmfrei hatte. Nein danke!

»Ich glaube, wir telefonieren lieber, da laufe ich nicht Gefahr, dass Conni plötzlich ihre Muttergefühle für mich entdeckt und sich um meine Noten sorgt. Mir reicht es, wenn Eva wieder da ist.«

12.54 Uhr

Was für ein Vormittag! Ich bin fix und alle und fühle mich einmal durch den Thermomix gedreht und aufgekocht. Auf alle Fälle werde ich jetzt erst mal die Füße hochlegen und ausspannen. So einen Stress hält ja kein normaler Mensch aus!

Der Wohnzimmertisch war ziemlich voll mit Colaflaschen, Chips und anderen Knabberzeugtüten. Die Kerze hatte beim Runterbrennen Wachs vergossen, das über den Ständer hinaus auf die Tischdecke gelaufen war. Verdammt! Das musste ich auf jeden Fall wegmachen, Eva würde mich umbringen, wenn sie wüsste, dass ich Kerzen brennen hatte.

Ich schob den Krempel zur Seite, um Platz für meine Füße zu bekommen, und wollte mich erst einmal in aller Ruhe durch die Programme zappen. Aber kaum flimmerte die Mattscheibe, sprang Paul auf mich drauf und miaute mir frech mitten ins Gesicht. Gleichzeitig setzte er auf meiner Brust zum Milchtritt an. Aua!

»Ach komm, Paul. Zehn Minuten. Machs dir gemütlich und schau mit mir zusammen fern.« Ich klopfte einladend auf den Platz neben mir, da lagen noch Handtücher von unserer Beautyaktion gestern. Aber der aufdringliche Kater dachte gar nicht daran, Ruhe zu geben. Er versuchte, eine meiner Locken zu fangen, und ratschte mir dabei über mein Ohr.

»Okay! Du hast gewonnen.« Ich hievte mich hoch und schlurfte in die Küche. Nachdem ich seinen Wassernapf ausgespült und ihm frisches Wasser hingestellt hatte, füllte ich noch sein Mittagessen in den zweiten Napf. Ob es wohl vegetarisches Katzenfutter gab? Das musste ich unbedingt recherchieren.

Mein Magen knurrte lautstark. Fast so laut wie Tommis Furz heute Morgen. Der Gedanke brachte mich zum Kichern.

Zögernd schaute ich mich in der Küche um. Hier herrschte beinahe so viel Chaos wie im Wohnzimmer. Und das, obwohl Lotte das Geschirr von gestern in die Spülmaschine geräumt hatte, die im Übrigen immer noch vor sich hin blinkte.

Der Herd und die Kacheln dahinter waren rot gefleckt. Übersehenes Popcorn lag auf dem Boden. Kaffeetassen standen herum, die leere Katzenfutterdose hatte ich in der Eile heute Morgen einfach in die Spüle geschmissen.

Wirklich merkwürdig, ich war nur allein, aber ich hatte viel mehr zu tun, als wenn Eva da gewesen wäre. Vielleicht unterschätzte ich es ja ein bisschen, was sie alles so den ganzen lieben Tag jonglierte und managte?

Mein Magen knurrte schon wieder und ich ging an den Kühlschrank. Mal sehen, was für Leckereien dort zu finden waren. 2,48 Minuten später machte ich die Kühlschranktür wieder zu. Ohne Ergebnis. Mist. Ich brauchte dringend was zu essen. Das Einzige, was mich am Kühlschrankinhalt gereizt hätte, war ein No-Go. Wurst. So ein leckeres Wurstbrot mit dick Butter. Aber nein! Ich war schließlich Vegetarierin. Dann also Pizza. Ich öffnete das Tiefkühlfach unter dem Kühlschrank und da lachten mir vier Packungen Pizza und eine Lasagne entgegen. Mensch, Eva! Das ist so was von fies. Das wusste ja sogar ich, dass Lasagne mit Hackfleisch gemacht wurde. Ich zog eine Pizza raus. Salami!

Mein Bauch grummelte inzwischen gefährlich und der Hunger machte mir weiche Knie. Fühlte sich völlig anders an als liebesweiche Knie. Interessant. Dem Phänomen musste ich bei Gelegenheit mal auf den Grund gehen, es gab bestimmt noch mehr Arten von weichen Knien. Aber das musste warten. Jetzt brauchte ich Futter! Paul lag bereits satt und zufrieden auf der Eckbank und putzte sich. Der hatte es gut. Das würde mir auch gefallen, wenn mir jemand einfach so das Essen servieren würde, ohne dass ich was dafür tun musste. Im gleichen Moment fiel mir ein, dass genau das normalerweise mein Alltag war. Ich kam heim und Eva hatte bereits gekocht oder zumindest ein Essen vorbereitet, das ich mir in die Mikrowelle schieben konnte. Also nur kein falscher Neid, schließlich hatte ich mich über die Freiheit gefreut. Und das tat ich immer noch.

Ich drehte die Pizzapackung in der Hand und schaute auf die anderen, die noch im Tiefkühlfach lagen. Alle mit Salami. Okay, liebe GABi, du hast es so gewollt. Ich würde mir also eine Salamipizza aufbacken und dann einfach die Salami runternehmen.

Zufrieden mit meinem Plan studierte ich die Zubereitungsanleitung. Backofen vorheizen, stand da. Und dann gab es komische Bilder und dazu unterschiedliche Gradzahlen. Ach du liebe GABi, was sollte das nun wieder? Die Angaben variierten zwischen 175 und 220 Grad, also nahm ich die ungefähre Mitte und stellte den Ofen auf 200 Grad. Würde schon passen. Und jetzt? Vorheizen. Wie lange denn? Wieso stand das nirgends? Fünf Minuten? Zehn? Ich beschloss, einen Beitrag bei Britt zu schauen und in der nächsten Werbung würde ich die Pizza reinschieben, damit gab ich die Entscheidung in die Hand höherer Kräfte.

Mit einem wohligen Seufzer ließ ich mich in die Sofakissen sinken und verfolgte interessiert die Geschichte einer 17-jährigen zweifachen Mutter, die wissen wollte, ob ihr Exkerl denn nun der Vater von ihrem Gör sei oder nicht. Am Ende hatte Britt drei Vaterschaftstests verlesen und noch immer keinen Erzeuger ausfindig gemacht. Wow! Entweder waren die Gäste in der Talkshow besondere Früchtchen oder ich war ein besonderes Schaf. Ich hatte noch nicht mal einen Jungen nackt gesehen, also in echt, meine ich, auf Bildern natürlich schon, und die Kleine da auf der Mattscheibe, mit gerade mal knapp drei Jährchen Leben mehr als ich, konnte schon bald ihre eigenen Kinder aufklären. Mir reichte es völlig, dass ich für einen Kater und zwei Goldfische verantwortlich war. Mehr wollte ich mir lieber gar nicht erst vorstellen.

Werbung.

Schnell flitzte ich in die Küche und schob mein Mittagessen in den Ofen.

Zehn Minuten, in der Zwischenzeit konnte ich weiterverfolgen, wie die Kleine bei Britt verzweifelt versuchte, nicht als total verdorbene Schlampe dazustehen. Schwierig, bei inzwischen fünf potenziellen Vätern für zwei Kinder. Wobei drei ja bereits ausgeschlossen werden konnten. Blieben also noch zwei übrig, von denen sie allerdings lediglich Vornamen und Stammdisco nennen konnte.

Ein gedämpftes Löwengebrüll störte mich in meinen Überlegungen. Eva!

Ich kramte das Handy unter dem Mathebuch hervor.

»Hallo, Eva! Hey, was macht Robbie?«

»Ach, der schläft gerade. Franzi, wie geht's dir? Alles in Ordnung? Wie war die Schule? Hast du schon was gegessen? Denk dran, auch Gemüse!«

Ich verdrehte die Augen. Eine Fragendusche, genau das, was ich eigentlich überhaupt nicht brauchen konnte.

»Eva, jetzt hol mal wieder Luft. Es ist alles in Ordnung. Schule prima. Essen ist im Ofen und ich schnipple mir gerade einen Salat zur Pizza. Du siehst, ich komme bestens zurecht!«

Um nicht gelogen zu haben, wanderte ich mit Handy am Ohr in die Küche und legte eine Tomate, Brettchen und Messer auf den Tisch, während sich Evas nächster Fragenschwall über mich ergoss.

»Hmm«, machte ich und auch mal: »Jaaa-aa.«

Eva war so in ihrem Element, dass sie gar nicht merkte, dass ich keinen Bock auf ihr Kreuzverhör hatte. Oder sie wollte es nicht merken. Inzwischen war ich wieder im Wohnzimmer und verfolgte das Geschehen am Bildschirm als Pantomimendarstellung, da ich den Ton ausgestellt hatte. Würde Eva mitkriegen, dass ich jetzt schon vor der Glotze hockte, gäbe es die nächste Gardinenpredigt.

Ich musste husten.

»Hast du dich erkältet? Nimm sofort etwas zur Vorbeugung, bevor es ausbricht. Im Badezimmerschrank …«

»Eva, nein, ich habe mich nicht erkältet«, fuhr ich ihr dazwischen und musste schon wieder husten. Irgendwas kratzte in meinem Hals.

Und dann merkte ich, dass es merkwürdig roch.

11. KAPITEL

Bennialarm

Mit dem Pizzateller auf den Knien saß ich kurze Zeit später wieder auf dem Sofa. Den Tomatensalat hatte ich mir geschenkt und die Tomate einfach so gegessen, aus der Hand. Machte viel weniger Dreck und Arbeit.

Die Erzeugersuche war inzwischen verschoben worden und ein Pärchen zoffte sich an, weil er sie mit seinem besten Kumpel in der Kiste erwischt hatte. Das Mädchen war 15.

Ich hatte den schwarzen Rand der Pizza fein säuberlich abgeschnitten und zur Seite geschoben. Der Rest war zwar dunkel, aber genießbar. Neben die verkohlten Randstücke stapelte ich die Salamischeiben. Das erste Stück Pizza wanderte in meinen Mund. Der Salamiduft wehte mir in die Nase. Ich kam ins Grübeln.

Für diesen Pizzabelag war ein Tier gestorben. Das konnte ich nun nicht mehr ändern. Aber war es fair, die Salami jetzt einfach wegzuwerfen? Oder war es nicht vielmehr total respektlos, dem Tier gegenüber, das dafür gestorben war? Aus was wurde Salami eigentlich gemacht? Schwein oder Rind? Das Sterben wäre jedenfalls sinnlos gewesen, wenn ich aus falsch verstandener Prinzipienreiterei es nicht wenigstens würdigen würde, indem ich meine vegetarischen Bedürfnisse opferte. Dann hätte das Schweinrind zumindest post mortem noch Anerkennung gefunden.

Noch zögerte ich, aber meine Gabel schien ein Eigenleben zu entwickeln. Bevor ich es verhindern konnte, lag das erste Rädchen wieder auf der Pizza. Und 0.43 Sekunden später war die Salamischeibe in meinem gierigen Schlund verschwunden. Franzi, Franzi, wenn du so weitermachst, dann kommst du irgendwann ins Buch der Rekorde, als die Vegetarierin mit den besten Ausreden für ihren Fleischkonsum! Aber das war jetzt nebensächlich, immerhin erwies ich einem Lebewesen – wenn auch einem toten – Respekt!

Diese Logik musste sich auch dem militantesten Vegetarier erschließen. Und überhaupt. Eva war schuld, was kaufte sie auch totes Tier?

13.59 Uhr

Die Frage, wer eigentlich schuld daran ist, dass Tiere gegessen werden, finde ich durchaus überdenkenswert.

Hätte Eva keine Salamipizza gekauft, hätte ich sie nicht gegessen. Aber hätte die Fabrik sie nicht hergestellt, wäre Eva nicht auf die Idee gekommen. Würde der Metzger die Fabrik nicht mit Salami beliefern, der Bauer kein Schweinrind züchten, der Eber die Sau nicht besteigen, der Bulle die Kuh ... und ganz am Ende, wie könnte es anders sein, steht die Erschaffung der Erde. Und dank meiner Logik hat der Schuldige seit heute auch einen Namen: GABi

14.08 Uhr

Ich werde die Befürchtung nicht los, dass ich es mir mit meiner Rückverfolgung der Ursache ein bisschen zu einfach mache. Ich seh förmlich den Berkenzeder vor mir, wie er mit hängenden Schultern dasteht und mich aus seinen traurigen Hundeaugen anschaut. »Und was ist mit der moralischen Eigenverantwortung, Franzi?«, fragt er mich und mir bleibt nicht viel mehr übrig, als trotzig den Unterkiefer vorzuschieben und zu murmeln: »Ist doch aber wahr.« Und dann schüttelt er nur den Kopf, dreht sich von mir weg und ich kann sehen, wie ich das Ganze mit Moral und Eigenverantwortung selbst auf die Reihe kriege. Das ist nämlich seine Masche. Die Schüler einfach im schlechten Gewissen schmoren lassen.

Vielleicht kann ich solche Fragen mit Chris diskutieren, wenn wir erst zusammen sind? Bis jetzt war immer Lotte dabei und mit dem unmoralischen Biest kann man über solche Themen nicht reden. Die futtert einfach viel zu gern. Was man ihrem knackigen Po allerdings nicht ansieht.

Meinem zum Glück auch nicht! Also dass ich gern futtere,
natürlich. So weit sind wir noch nicht, dass Lotte futtert
und ich dafür dick werde. Zum Glück!

Die Idee, mit Chris über Vegetarierdasein und Moral zu diskutieren, hatte was. Auch wenn es jetzt nicht unbedingt als
meine Nummer eins auf der Wunsch-Hitliste stand. Da kam
erst mal Küssen und dann Küssen und dann noch ein bisschen
mehr Körperkontakt und erst, wenn wir beide satt und zufrieden
– vegetarisch erfüllte Fleischeslust sozusagen – nebeneinander
kuschelten, dann könnten wir uns auch mit weltanschaulichen
Themen beschäftigen. Wobei ich mir ziemlich sicher war, dass ein
kleiner Kuss zwischendurch und eine vielleicht auch etwas längere
Streichelpause durchaus drin waren.

Allein der Gedanke daran brachte meinen Körper zum Beben
und in meinem haarlosen Dreieck kribbelte es voller Vorfreude.

Inzwischen hatte ich bis auf die kohligen Randstücke alles
vertilgt. Mit, dank meiner Überzeugungsarbeit, nur einem ganz
kleinen schlechten Gewissen und einem zufriedenen Bauch
kuschelte ich mich bequem aufs Sofa.

Ich zog mein Notizbuch zu mir. Damit mein vegetarisches
Leben künftig etwas erfolgreicher verlaufen würde, hatte ich beschlossen, eine Liste zu erstellen.

Während ich überlegte und notierte, rollte sich Paul auf meinen
Füßen zusammen und schnurrte zufrieden.

Schwarze Liste nicht vegetarischer Lebensmittel,
bei denen man es nicht gleich vermutet:
- ♥ Kartoffelsalat (oft mit Fleischbrühe zubereitet)
- ♥ Gummibärchen (Gelatine, also totes Tier)
- ♥ Schokoküsse (sind zwar vegetarisch, aber wegen der
  Massentierhaltung nicht geeignet)
- ♥ Herrgottsbscheißerle (Ja, meine Urgroßmutter war
  Schwäbin und das sind Maultaschen, in deren Füllung
  sich Fleisch versteckt. Lecker!)

- ❤ Tortellini (Woaaaa. In Sahnesoße! Mir läuft das Wasser im Mund zusammen!)
- ❤ Fruchtjoghurt oder Fruchtquark – Lotte behauptet, da wäre in der Fruchtzubereitung oft Gelatine drin, ich weiß aber nicht, ob sie mich nur vereimern will. Muss ich mal recherchieren
- ❤ So ein Mist, mir fällt jetzt schon nichts mehr ein, dabei bin ich sicher, dass es noch ganz viel gibt.
- ❤ **Ergebnis**: Ich bin noch so weit davon entfernt, Vegetarierin zu sein, wie eine Elefantenkuh vom Spitzentanz!

Ups. Schon fast vier und ich hatte meinen Hintern immer noch nicht hoch bekommen. Nach Rumgezicke und Psychostunde hatte ich mir gerade noch eine Verhandlung über eine vorgetäuschte Vergewaltigung angeschaut. Dieses Biest! Der arme Kerl war fix und alle. Obwohl ich wusste, dass das alles nur Fake war, kochte heiße Wut in mir hoch. Wenigstens hatte das fiese Luder am Ende ihr Fett weggekriegt.

Aufdringliches Handypiepsen riss mich von meiner Empörungswelle runter. Lottes vierte SMS! Bennialarm. Sie wartete auf meinen Bericht. Ja, ja, ja, schon gut, ich geh ja!

Bin unterwegs!, tippte ich flott in die Tasten und dann machte ich das Handy vorsorglich aus, sonst würde Lotte mich in den nächsten 28 bis 29 Minuten in den Wahnsinn getrieben haben, so gut kannte ich meine Süße.

Dieses Mal zog ich eine Jacke an, es war bitterkalt und die Luft roch nach Schnee! Ich hatte keinen Bock mehr auf Winter, von mir aus könnte der Frühling sich breitmachen, aber mich fragte ja niemand.

Um mich zu wärmen, hüpfte ich über die Steinplatten den Gehweg entlang und nahm mir vor, immer nur jede zweite Platte zu berühren. Absolut kindisch, solche Hüpfspiele, aber es sah mich ja niemand.

Ich klingelte zweimal kurz und Bennis Mutter machte die Tür auf.

»Hallo, Franzi. Das ist ja nett. Dich habe ich ja schon eine Ewigkeit nicht gesehen. Willst du zu Benni?«

Bevor ich ihr antworten konnte, hatte sie sich bereits umgedreht und in den Flur gerufen: »Benni! Besuch für dich!«

Sie drehte sich wieder zu mir um. »Komm schnell rein, es ist eisig heute. Ich muss in die Küche zurück, du kennst dich ja aus!« Und weg war sie.

Ich wollte der freundlichen Einladung gerade folgen, da stürmte Benni auf mich zu und murmelte: »Hey, Franzi. Nett, dass du kommst, aber ich hab leider gar keine Zeit. Mach's gut. Tschüss.«

Er schob mich die Eingangsstufen runter und wollte allen Ernstes die Tür zumachen. Aber da hatte er sich geschnitten. Immerhin hatte ich meinen gemütlichen Kuschelsofafernsehnachmittag für ihn und sein Liebesleben geopfert. Da war es das Mindeste, dass er mir zuhörte. Kurz entschlossen stapfte ich die zwei Stufen wieder hinauf und drückte gegen die Haustür.

»Ne, mein Lieber. So einfach kommst du nicht davon. Du hörst mir jetzt zu oder ich schreie das Haus zusammen und behaupte, du hättest mir an den Busen gegrapscht.«

Ach du liebe GABi, was war denn in mich gefahren? Ich war über mich selbst erschrocken. Zu viel Fernsehen tat mir eindeutig nicht gut. Ich beschloss, künftig etwas besser auf die Wahl des Programmes zu achten. Aber jetzt hatte ich es nun mal gesagt und es verfehlte auch tatsächlich nicht seine Wirkung. Benni wurde blass und zog mich schnurstracks in sein Zimmer. Er setzte sich auf seinen Schreibtischstuhl und verschränkte die Arme vor der Brust.

»Also?«

»Tut mir leid. Das mit dem Grapschen war unfair.« Ich wollte nicht, dass er einen fiesen Eindruck von mir behielt, immerhin würden wir uns demnächst öfter sehen, wenn er erst mal mit Lotte zusammen war. Da sollte so ein dummer verbaler Ausrutscher nicht zwischen uns stehen.

Benni hatte seine bockige Haltung immer noch nicht aufgegeben. Kein Zeichen, ob er meine Entschuldigung annehmen wollte.

»Und, weiter?«

So ein Hammel! Jetzt schaute er sogar auf die Uhr, als wollte er sagen: Ich hab nicht ewig Zeit.

Na bitte, du willst, dass ich auf den Punkt komme, mein Lieber? Das kannst du haben.

»Weißt du eigentlich, dass du ein totales Schaf bist? Du bist noch ein größeres Schaf als Lotte, was angesichts Lottes unübertroffener Schäflichkeit echt was heißen will.« Ich hielt inne. Vor lauter Schafen hatte ich den Faden verloren. Immerhin hatte Benni inzwischen die Arme gelöst und sein Kinn war runtergeklappt. Aha, er hörte mir also zu.

»Lotte hat das alles doch nur erzählt, weil sie Angst hatte, dass Nadine dir erzählen könnte, dass sie – also Lotte jetzt, nicht Nadine – in dich verliebt sei. Was sie natürlich auch ist, aber sie wollte eben nicht, dass Nadine dir das aufs Frühstücksbrötchen schmiert. Logisch, oder? Immerhin wusste sie ja nicht, wie du da drauf reagieren würdest. Und dann ist Nadine hingegangen und hat dir das mit der Wette erzählt, was ja nicht gelogen war, weil Lotte es wirklich gesagt hatte, aber es war eben nur eine Erfindung für Nadine. Kapiert?«

Die Erdanziehung hatte Bennis Kinn noch weiter nach unten gezogen und jetzt sah er tatsächlich aus wie ein Schaf. Ich holte Luft.

»Und deshalb solltest du jetzt langsam mal aufhören, vor Lotte davonzurennen, und stattdessen lieber schauen, dass du deinen Hintern am Samstag pünktlich zur Party schwingst. Und zwar mit blendender Laune und geputzten Zähnen!«

Benni schaute mich verdattert an. Ich grinste und zuckte mit den Schultern. »Na ja, du willst ja wohl nicht ungeküsst bleiben. Und jetzt mach den Mund zu.«

Wie süß. Benni wurde rot. Der hatte wohl auch noch nicht allzu viel Kusserfahrung, wenn ihn nur der Gedanke dran schon zum Glühen brachte.

Und jetzt fing er an zu grinsen. Süßes Schaf! Endlich hatte er kapiert, was Sache war. Wurde auch langsam Zeit. Viel wäre mir echt nicht mehr eingefallen, womit ich ihn noch auf den rechten Weg der Liebe hätte bringen können. Ich lächelte ihn glücklich an.

Benni lehnte sich locker auf seinem Stuhl zurück und meinte total lässig: »Na, dann kann ich dir ja jetzt verraten, dass nicht ihr mich, sondern ich euch verarscht habe.«

Gong! Wie bitte? Ich fühlte mich, als hätte ich eine mit 'nem Schminkkoffer verpasst bekommen. Hartschale, versteht sich.

Bevor ich wusste, wie mir geschah, hatte Benni mich aus seinem Zimmer und zur Haustür hinausgeschoben. Er ließ mir überhaupt keine Chance, noch irgendwas zu sagen. So ein Hornochse! Was glaubte der denn? Beziehungsweise: Wieso glaubte er mir denn nicht? Das war doch voll unlogisch. Wieso sollte ich mich für Lotte einsetzen, wenn ich dagegen gewettet hätte. Da wär ich doch eine Idiotin? Könnt ich mir ja gleich selbst das Essen vom Teller wegklauen, das machte genauso wenig Sinn.

Himmel und Hölle, was für ein Schmierentheater. Und wie sollte ich das Lotte beibringen?

Ich beschloss, mein Handy noch eine Weile aus zu lassen und erst ein mal zu Hause das Chaos zu bekämpfen. Vielleicht kam mir dabei ja eine Idee.

Ich saugte die übrigen Krümel unserer Quarkmasken auf und schmiss dabei mit dem Sauger Evas Bodenvase um. Verdammt! Ein Stück vom Rand brach ab und ich hob die Scherbe auf. Vielleicht hatten wir Porzellankleber im Haus und Eva würde nichts merken?

Beim Klebersuchen zog ich zu heftig an der Kommodenschublade und der Inhalt ergoss sich über den Boden. Saublöd, dass es ausgerechnet die Schublade war, mit dem ganzen Kleinkram drin. Inzwischen schon reichlich angesäuert, sammelte ich den Krempel zusammen. Dabei musste ich mich beeilen, weil Paul fand, dass die Ohrstöpsel ein prima Spielzeug waren. Vor lauter Hektik donnerte ich volle Kanne gegen die Ecke vom Wohnzimmertisch. So ein verdammter Mist! Jetzt hatte ich Kopfschmerzen, den halben Nachmittag verplempert und im Haus sah es schlimmer aus als vor meiner Aufräumaktion.

Und als ätzender Guss auf diese bittere Erkenntnis war Lotte zwischenzeitlich bestimmt sauer auf mich. Ich schaltete mein Handy wieder ein. 13 Nachrichten! Oh, oh! Schnell wählte ich Lottes Nummer und sofort nach dem ersten Klingeln hob sie ab.

»Sag mal, spinnst du? Ich bin gestorben! Du kannst zu meiner Beerdigung kommen!«

»Süße, es tut mir leid. Es ist nur so ...« Ich konnte Lotte nicht sagen, dass Benni sie nicht mochte. Aber ich konnte auch nicht sagen, er sei in sie verknallt. Eigentlich wusste ich auch gar nicht, was Benni fühlte. Der war doch immer noch total verblendet, weil er mir kein Wort geglaubt hat.

»Er glaubt dir nicht«, stellte Lotte punktgenau fest.

Widerspruch zwecklos.

»Und jetzt?«

Ich schaffte es einfach nicht, Lotte anzulügen. Würde auch nichts bringen. Spätestens am Samstag würde sie rausfinden, dass Benni sauer war. Dann nämlich, wenn er nicht zur Party käme.

»Lotte, mach sofort das Handy aus! Du weißt genau, wie wichtig die Arbeit morgen ist.«

Ups. Das war Conni.

»Mom, bitte. Ich habe Franzi angerufen, weil ich mit einer Aufgabe nicht klarkam. Jetzt hab ich es gerade ansatzweise kapiert, da kommst du hier reingepoltert. Jetzt muss Franzi es noch mal von vorne erklären«, konterte Lotte absolut genial schlagfertig. Spitze, meine Süße! Es wirkte. Conni murmelte eine Entschuldigung und ich hörte, wie sie die Tür ins Schloss zog.

»Puh, das war knapp«, flüsterte Lotte. »Lass uns Schluss machen. Ich schicke dir eine SMS.«

6,58 Minuten und 17 SMS später waren wir immer noch so schlau wie zu Anfang.

19.45 Uhr
Ich werde noch bekloppt. Das Chaos hat sich gegen mich verschworen. Lotte dreht durch. Benni ist ein Hornochse und ich habe schon wieder Hunger!

Lotte war wirklich kurz davor durchzuknallen. Sie überlegte, ob wir Nadine entführen sollten und die Wahrheit aus ihr rauspressen. Arme liebeskranke Lotte.

Ich versprach ihr, mir über Nacht auf jeden Fall etwas einfallen zu lassen und ihr morgen den perfekten Plan zu präsentieren. Das war natürlich etwas hochgegriffen, aber verzweifelte Situationen verlangen eben manchmal verzweifelte Maßnahmen, und wenn ich Lotte nicht irgendwie ruhig bekam, würde sie die ganze Nacht kein Auge zukriegen und die Mathearbeit morgen wirklich verhauen. Und das Ende vom Lied wäre eine total angefressene Conni und vielleicht sogar Partyverbot für Lotte. Das konnte ich nicht riskieren.

Tatsächlich schaffte ich es, mein verliebtes Lotte-Schäfchen zu beruhigen. Ich versprach ihr noch, mich sofort – auch mitten in der Nacht – zu melden, wenn es irgendetwas Neues gäbe. Sinnlos, nachzufragen, was es mitten in der Nacht wohl Neues geben sollte. Lotte stand völlig neben sich.

Erschöpft von der psychologischen Schwerstarbeit schleppte ich mich in die Küche und hatte zumindest futtermäßig einen Geistesblitz. Tomaten-Käse-Toast. Kinderleicht, vegetarisch und durchaus genießbar. Auch wenn ein bisschen Schinken dabei nicht schlecht wäre.

Mein Handy brüllte. Schon wieder Eva?

»Hallo, Eva. Schon lange nichts mehr von dir gehört.« Haha, guter Witz, Franzi. »Wie geht's, wie steht's?« Ich bemühte mich, nicht genervt zu klingen.

»Franzi, Kleines, ich wollte nur noch mal hören, ob alles in Ordnung ist.«

»Aber klar doch. Alles prima«, gab ich zurück.

»Stell dir vor, heute hatte ich mein Treffen mit Tom Jones. Es war klasse. So ein netter Mann! Aber jetzt erzähl du. Was gab es zum Abendessen?«

Nein! Nein, nein, nein!

»Mensch Eva, jetzt hör aber auf. Willst du jetzt echt hundertfünfzig Mal am Tag anrufen und fragen, was ich gegessen habe? Um es genau zu sagen, ich habe Erwin und Trude in die Pfanne gehauen und das Ganze mit etwas Katzenfutter verfeinert. Sehr lecker!«

»Franziska!« Evas Stimme klang schrill.

»Eva, ich meine es ernst. Du hast gesagt, du vertraust mir, dann hör auf, mir ständig hinterherzutelefonieren. Das macht mich wahnsinnig. So. Und jetzt lege ich auf und werde das Handy ausschalten, nur damit du es weißt.«

»Entschuldige, Liebling«, stammelte Eva kleinlaut. »Du hast ja recht, ich habe nur so ein schrecklich schlechtes Gewissen, weil ich dich allein gelassen habe.« Ich hörte, wie sie schniefte, aber da musste sie jetzt durch. Sonst würden die zwei Wochen zu Terrorwochen werden. »Also gut, ich verspreche dir, ich rufe erst übermorgen wieder an. Einverstanden?«

Damit konnte ich leben.

»Prima. Also dann, gute Nacht.«

»Aber Kleines, denk dran, wenn was ist, du kannst mich jederzeit erreichen. Oder Omama oder notfalls auch Gustav. Du hast doch seine Nummer, oder? Und Omamas Nummer hast du im Handy, nicht wahr?«

»Eva, stopp! Ja, ich habe alle Nummern, und nein, ich werde ganz sicher keinen Notfall haben. Ich habe alles im Griff. Vertrau mir!« Während ich das sagte, betrachtete ich nachdenklich das ständig wachsende Chaos.

»Und vergiss nicht, dein Handy aufzuladen. Nicht, dass im Notfall der Akku schlappmacht.«

»Gute Nacht, Eva, schlaf gut.«

Eva seufzte.

»Gute Nacht, Franzi. Ich hab dich lieb!«

»Ich dich auch und jetzt kümmere dich wieder um deine Stars. Gute Nacht. Und viel Spaß noch mit Robbie.« Bevor Eva neu ausholen konnte, unterbrach ich die Verbindung. Uffz!

Ich kicherte, das mit Robbie war inzwischen echt ein Running Gag geworden. Besser als Tom Jones war der allemal!

Merkwürdig. Endlich hatte ich Ruhe, kuschelte vorm Fernseher und schaute einen Krimi, und jetzt konnte ich es gar nicht genießen. Schade, dass Lotte nicht die ganze Zeit bei mir schlafen durfte. Weil ich mich ein klitzekleines bisschen einsam fühlte, versuchte ich Paul zu überreden, sich wieder auf meinen Füßen einzukuscheln. Aber sturer Kater bleibt eben sturer Kater, wie ich zwei Kratzspuren auf meiner Hand später einsehen musste.

Okay, dann würde ich jetzt eben schlafen gehen. Kurz vor elf, mit einer Mathearbeit am Horizont vielleicht nicht die falscheste Entscheidung.

Ich schaltete den Fernseher aus und hörte ein merkwürdiges Kratzen vor dem Haus. Mein Blut gefror. War da jemand? Mit pochendem Herzen schlich ich über den Flur und wollte an der Tür lauschen, als die Klingel loslegte.

Heilige GABi, mein Puls machte einen Salto. Wer konnte das denn sein?

Es klingelte noch mal. Stürmisch.

»Wer da?«, rief ich durch die geschlossene Tür.

»Jetzt mach schon auf, Franzi. Ich bin's, Lotte!«

Mit einem heftigen Ruck riss ich die Tür auf und tatsächlich, da stand Lotte vor mir. Bibbernd und von einem Bein aufs andere tippelnd.

»Was …?«, setzte ich zur logischsten aller Fragen an.

Aber Lotte ließ mich nicht ausreden.

»Quatsch keine Opern. Zieh dir was an und komm. Wir gehen zu Benni. Die Sache muss geklärt werden und wenn er dir schon nicht glaubt, dann vielleicht mir oder uns beiden zusammen.«

Lotte war so in Fahrt, dass es keinen Sinn gehabt hätte, ihr den Plan auszureden. Und so dumm fand ich es eigentlich auch gar nicht. Vielleicht würde eine Kamikaze-Nacht-und-Kälte-Aktion ihn ja endlich zur Vernunft bringen.

Zehn Minuten später stiegen wir über den Gartenzaun und schlichen ums Haus herum in den Garten. Klingeln konnten wir um diese Uhrzeit unmöglich.

Aber ich wusste, welches Fenster zu Bennis Zimmer gehörte. Schnell sammelte ich ein paar Kieselsteine zusammen, als ein tiefes Knurren erklang.

Erschrocken griff ich nach Lottes Arm und drehte vorsichtig den Kopf. Direkt hinter mir stand ein Zähne bleckendes Monster von einem Rottweiler. Scheiße!

12. KAPITEL

Lottes Auftritt

Und jetzt?«, wisperte Lotte. Wir standen beide vollkommen regungslos. Okay, fast vollkommen. Meine Zähne schlugen unkontrolliert aufeinander. Da ich nicht scharf drauf war, das Reißzahnvieh an meinem Hintern zu provozieren, presste ich den Kiefer so fest wie möglich zusammen, aber ich klapperte trotz aller Anstrengung weiter.

Bleib cool, Franzi, redete ich mir per Gedankenkraft gut zu. Du kennst das Vieh, du hast es schon mal gesehen. Du weißt sogar, wie es heißt. Los! Denk nach!

Aber der Name war mir durchgerutscht, da hatte jemand Format C: gedrückt und die Festplatte gelöscht.

Ich grübelte weiter, während Rotti hinter mir ohne Pause knurrte. Meine Beine froren fast ab, ganz langsam und möglichst unauffällig verlagerte ich das Gewicht und bewegte die Wadenmuskeln, um zu spüren, ob sie noch gehorchten. Sofort vervielfachte sich die Knurrstärke. Mist. So ein verdammter Mist.

»Püppi!«, rief ich im gleichen Moment halblaut.

Festplatten werden eben nie ganz gelöscht. Irgendwo schlummern die Infos, man muss sie nur finden. Der Rottweiler machte 1,34 Sekunden Knurrpause.

Ich nutzte die Chance und flüsterte so liebevoll, als wäre dieses Monster auf vier Pfoten mein süßer Chris: »Brav, Püppi, du kennst mich doch. Weißt du nicht mehr? Wir haben uns mal getroffen. Und heute Mittag war ich auch hier. Aber ich habe dich nicht gesehen. Wo warst du denn?«

Vollkommen idiotisch, wie ich da auf das Tier einredete. Das fand Püppi wohl auch und knurrte wieder los. Unterhaltung beendet, sollte das wohl heißen.

Lotte schniefte.

»Nicht niesen! Um alles in der Welt, bloß nicht. Das könnte Püppis Signal sein.«

»Hatschi!«

Ich machte mich bereit, den Schmerz zu empfangen. Gleich würden sich die Zähne im Fleisch versenken. Ade, mein lieber Hintern. Fast 15 Jahre waren wir unzertrennlich, jetzt kam die Zeit des Abschieds.

»Püppi, aus!«

Bennis Engelsstimme drang durch die Dunkelheit und schlagartig war Püppi die Gelassenheit in Hundeperson.

»Hier!«, kam der nächste Befehl und Püppi drehte sich um und trabte zu ihrem Herrchen. Nicht ohne sich noch mal bedauernd über die Lefzen zu lecken, ich konnte es an ihren Augen sehen!

Pech gehabt, du Schoßhündchen, keine Franzizwischenmahlzeit. Ich versuchte, mich zu sammeln. Lotte hing an meinem Hals und schluchzte.

»Das Monster wollte uns fressen«, jammerte sie.

Ich tätschelte ihr den Rücken.

»Stimmt. Das Vieh hatte sich schon auf den Imbiss gefreut«, bestätigte ich.

»Könnt ihr mir mal verraten, was ihr hier treibt?«

Benni hielt Püppi am Halsband fest und kam auf uns zu. Ich merkte, wie Lotte sich straffte. Sie ließ mich los und stolperte Richtung Benni.

»Du!«, fauchte sie. »Du bist schuld!«

Benni machte verdattert zwei Schritte rückwärts. Püppi knurrte wieder, aber Lotte schien es gar nicht mitzubekommen. Sie war voll in Fahrt.

»Ich hab Nadine den Mist mit der Wette doch nur erzählt, weil ich Angst hatte, dass sie dir erzählt, dass ich in dich verliebt bin. Und wieso hatte ich wohl Angst? Na?«

Ihr Zeigefinger stach durch die eisige Nachtluft auf Benni zu. Püppis Nackenfell sträubte sich.

»Ganz einfach. Weil ihr ach so coolen Jungs immer so schrecklich angeben müsst. Alles zieht ihr ins Lächerliche und macht euch über uns Mädels lustig. Ich hab gehört, wie du mit Tommi durchgehechelt hast, wie welches Mädchen knutscht. Wie hätte ich da sicher sein können, dass du mich nicht verarschst?«

»Äh.« Mehr brachte Benni nicht raus.

Lotte sprühte Funken!

»Und jetzt weißt du es. Ich – bin – in – dich – verliebt. Punkt. Aus. Ende. Denk doch, was du willst. Wenn du meinst, ich würde mich so blamieren, nur wegen einer Wette, dann bitte, dann bist du es eh nicht wert. Und wenn du endlich kapiert hast, dass ich nicht so eine bin, dann weißt du ja, wo du mich findest.« Meine unglaubliche Lotte drehte sich zu mir um. »Komm, Franzi. Wir gehen.«

Und dann stolzierte sie – allerdings in etwas größerem Bogen – um den sprachlosen Benni herum und zum Gartentürchen hinaus.

Ich stolperte völlig überwältigt hinterher.

Dienstag, 17. April
0.52 Uhr – Glück!
Lotte hat mir eine SMS geschickt, sie ist wohlbehalten und unbemerkt wieder in ihr Zimmer geschlüpft. Glück gehabt! Dieses verrückte Weib hat Kopf und Kragen und Party riskiert! Unglaublich!

01.24 Uhr
Aha, Lottes Adrenalinschub lässt wohl nach und jetzt kommt der große Benni-Jammer. Woher um meiner lieben GABi willen soll ich denn wissen, was Benni jetzt denkt? Lotte sollte lieber mal schlafen, in fünf Stunden ist die Nacht rum. Vor allem will ICH endlich mal schlafen!

5.33 Uhr
Scheißnacht! Echt komisch, so allein im Haus. Und der Gedanke an Chris hat mir auch nicht gerade zu süßen Träumen verholfen. Leider. Was er wohl damit sagen wollte: stubenrein? Das war bestimmt nicht wörtlich gemeint.

Aber wie dann? Mensch, wie leicht war das Leben, als ich noch ein Kind war. Könnte ich nicht vielleicht bitte noch mal die Zeit zurückdrehen?

Aber die Zeit richtete sich nicht nach meinen Wünschen. Im Gegenteil, statt zurück, stürmte sie in irrem Tempo vorwärts. Da konnte ich schon nicht schlafen und war eine Stunde vor dem Weckerklingeln aufgestanden, und jetzt behauptete die Uhr trotzdem wieder, dass es kurz vor knapp war.

Lotte klingelte, als ich meine Schminkaktion noch nicht ganz vollendet hatte. Aber zumindest steckten die Haare heute gekämmt unter der Beanie. Ich öffnete die Tür und raste sofort ins Bad zurück. Schnell noch ein bisschen Puder. Heute durften wir nicht zu spät kommen. Auf keinen Fall. Jacke und Tasche unterm Arm, stürmte ich in die Küche, wo Lotte zusammengesunken am Tisch saß. Sie sah zum Kleine-Kinder-Erschrecken aus!

»Sorry Süße! Aber wir können jetzt nicht Trübsal blasen. Wir sind schon wieder voll spät dran.« Erbarmungslos zog ich das Häuflein Elend vom Stuhl und hinter mir her zum Haus raus.

»Ich will nicht«, protestierte Lotte.

Ich ließ mich auf keine Diskussion ein: »Frag mich mal. Aber jetzt geht es nicht um Wollen, sondern um Müssen. Wir haben keine Wahl.«

»Benni hat bestimmt schon allen erzählt, wie ich mich zum Schaf gemacht hab.«

Ich stoppte.

»Sag mal, bist du jetzt in ihn verknallt oder nicht? Und wenn du ihn magst, wieso unterstellst du ihm dann, so ein Arschloch zu sein? Und wenn er echt so drauf ist, wieso solltest du ihn dann noch mögen? Dann kannst du ihn getrost auf den Kompost werfen. Oder besser in den Sondermüll!« Ich gab ihr einen freundschaftlichen Stoß. »Und jetzt kneif deinen süßen Hintern zusammen und komm. Wenn wir uns obendrauf noch Ärger mit der Hilbricht einhandeln, wird die Sache auch nicht besser.«

Tommi stand in der Tür, als wir ins Klassenzimmer wollten.

»Na, ihr kleinen Hüpfmädels«, feixte er.

»Hä?« Das war Lottes Kommentar.

Ich ignorierte seine Bemerkung komplett und versuchte, ihn zur Seite zu schieben. Aber er ließ nicht locker.

»Ich dachte, mit 14 seien die Weiber über Gummitwist und dieses komische Hüpfspiel weg. Aber manche spielen wohl immer noch mit Puppen, oder Franzi?«

»Was willst du?«, fauchte ich ihn an. Aber ich ahnte es bereits und merkte, wie mein Gesicht heiß wurde. Verdammt!

»Süß, wie du da auf einem Fuß über den Gehweg gesprungen bist. Echt niedlich.«

»Rutsch mir den Buckel runter.« Energisch schob ich ihn weg und ließ das Lachen der Jungs an mir abprallen. Idioten! Alle zusammen.

»Hüpfspiel?«, fragte Lotte, als wir endlich am Platz saßen.

»Vergiss es. Unwichtig.« Ich machte eine wegwerfende Handbewegung. »Und vergiss nicht, groß und deutlich zu schreiben, sonst kann ich wieder nichts entziffern.«

Lotte war mein Mathe-Netz.

Und dann hieß es: Schluss mit Gequassel! Die Hilbricht marschierte energisch ins Zimmer und ein paar Minuten später hatten alle ihre Köpfe über die Aufgaben gebeugt. Nur einer nicht. Bennis Platz war leer.

Der Deutschtest in der Vierten entpuppte sich als Klacks, da war ich Lottes Netz. Und als wir um kurz nach eins endlich aus dem Schulhaus kamen, hatte sich sogar die Sonne zwischen den Wolken durchgekämpft und wärmte uns den Heimweg. Abgesehen von Lottes Bennigejammer im Minutentakt lag ein annehmbarer Vormittag hinter mir.

»Bestimmt ist er wegen mir nicht zur Schule gekommen«, legte Lotte schon wieder los.

Und ich antwortete ungefähr zum millionsten Mal: »Ich glaube da eher an eine Matheallergie. Ziemlich sicher!«

Und Lotte, vollkommen in ihrem Karussell gefangen, knubbelte ihr Ohr und antwortete: »Meinst du?«

So lief das seit Stunden. Jetzt würde sie etwa eine Minute grübeln und dann wieder loslegen mit ihrem: »Bestimmt ...«

Himmel und Hölle, eine liebeskranke Freundin war ja schlimmer als fünf Mathearbeiten! Ich stöhnte.

»Bei dir oder bei mir?«, fragte ich, als wir an die Kreuzung kamen, an der sich unsere Heimwege trennten.

»Bei dir. Sturmfrei will ausgenutzt werden.« Endlich konnte meine Süße wieder grinsen. Gut so.

»Dann bis nachher. Beeil dich!«

Noch ein Küsschen, und schon war Lotte um die Ecke verschwunden.

Ich holte mir beim Bäcker zwei süße Teilchen und freute mich auf einen heißen Kakao dazu. Bei der Kälte genau das Richtige und ich musste mir keinen Kopf machen, was ich essen könnte.

Gut gelaunt stellte ich den Topf mit der Milch auf den Herd und schaufelte in der Wartezeit Paul sein Futter in den Napf. Ob ich die Spülmaschine vielleicht einfach trotz Blinken laufen lassen sollte? Das Geschirr fing langsam an zu müffeln und es gab keine sauberen kleinen Löffel mehr. Entschlossen drückte ich den Startknopf. Die Maschine legte los wie immer. Na also.

Es klingelte. Nanu? Hatte Lotte etwa einen Schnellfutterrekord aufgestellt? Als ich die Tür aufriss, stand ich einem Anzugmenschen gegenüber. Der sah amtlich aus. Mein Puls stolperte. Jugendamt?! Wer konnte mich verpfiffen haben?

»Junges Fräulein, heute ist Ihr Glückstag. Was Sie gleich erleben werden, wird alles über den Haufen werfen, was Sie bislang über Hausarbeit wussten.«

Wie bitte? Ich starrte den Krawattenheini an und wartete gespannt ab, was er aus der Tasche zaubern würde.

»Ich habe das Wunder dabei, das Ihr Leben künftig bequem und angenehm machen wird. Lassen Sie uns am besten im Wohnzimmer beginnen. Sie werden staunen!«

Ein Zischen aus der Küche erinnerte mich an meine Milch.

»Tut mir leid. Ich habe überhaupt keine Zeit für Wunder. Schönen Tag noch.«

Bevor der verdutzte Vertreter auch nur Luft holen konnte, knallte ich ihm die Tür vor der Nase zu und stürmte zurück in die Küche. Die Milch schäumte fröhlich über den Topfrand und tropfte auf den Herd, von dort gab es ein Rinnsal Richtung Boden. Paul fand es lecker und schleckte zufrieden.

Verdammt. Wieso klingelte eigentlich immer jemand an der Tür oder rief an, sobald ich den Herd einschaltete? Gab es da eine geheime Verbindung? Hatten sich die Kochgeister gegen mich verschworen?

Ich kippte neue Milch in den Topf. Den Herd würde ich später putzen. Auf ein bisschen Angebranntes mehr oder weniger kam es nicht mehr an.

Dieses Mal durfte die Erde beben und das Haus über mir zusammenstürzen. Ich würde mich keinen Schritt wegbewegen!

Meine Entschlossenheit schreckte die frechen Geister wohl ab, denn ich schaffte es tatsächlich unfallfrei und mümmelte 6,53 Minuten später zufrieden an meinen Stückchen, schlürfte Kakao und schaute dabei Talkshow.

Als ich die halb leere Tasse neben meine Füße auf den Tisch stellen wollte, kippte ich mir aus Versehen etwas vom Kakao über die Jeans. Oh Mann! Ausgerechnet meine Lieblingsjeans. Die brauchte ich auf jeden Fall am Samstag für die Party. Da würde ich gleich waschen müssen. Aber erst mal in Ruhe Mittagspause genießen.

Die Talkshow war vorbei und die Psychotante legte los, das war für mich das Signal. Ich schaltete die Flimmerkiste aus und reckte mich. Jetzt fühlte ich mich bereit für die nächste Tagesetappe.

Als ich meine Jeans in die Waschmaschine packen wollte, kam mir der Vorleger entgegen, den ich am Sonntag gewaschen hatte. Und mit ihm ein unangenehmer Muff. Igitt! Den hatte ich ja total vergessen. Ich zog das feuchte Ding raus. An manchen Stellen hatten sich dunkle Flecken gebildet. Ob ich ihn einfach noch mal waschen sollte? Aber nicht mit meiner Jeans zusammen, sonst müffelte die am Ende auch noch. Also hängte ich den Vorleger erst mal über den Badewannenrand. Aber da konnte er nicht bleiben. Innerhalb kürzester Zeit verpestete er die gesamte Badluft. Kurz entschlossen machte ich das Fenster auf und warf den Stinkteppich auf die Terrasse.

Ein Klirren sagte mir, dass ich vielleicht vorher hätte schauen sollen, ob nichts im Weg stand. Zu spät.

Die Jeans wanderte in die Maschine und mir fiel ein, dass ich ja noch das Tischtuch mit den Wachsflecken waschen musste. Das konnte gleich mit dazu. Und jetzt? Ich musterte die Knöpfe der Maschine. Wie viel Grad brauchte so eine Jeans? 30 schien mir zu wenig und 95 vielleicht zu viel. Ich beschloss, es mit 60 zu versuchen.

Dann schrieb ich einen großen Zettel: »Wäsche aus der Maschine nehmen!« Den legte ich mir aufs Bett. Eine muffige Jeans war wirklich das Letzte, was ich brauchen konnte.

Ein Poltern und Scheppern drang an mein Ohr.

Hatte ich etwa schon wieder was angerichtet? Nein. Es kam von draußen. Was war denn da los? Ich ging auf meinen Balkon und sah die Müllabfuhr.

Verdammt! Ich hatte die Tonne nicht an die Straße gestellt. Das wäre das perfekte Fressen für Eva. Ich hörte sie schon, wie sie mir erklärte, dass sie es ja gewusst hätte, ich sei eben doch noch ein Kind und nicht in der Lage, auf mich selbst aufzupassen. In einem Affenzahn raste ich aus dem Haus raus, schnappte die Mülltonne und zerrte sie hinter mir her über den Gartenweg. Als ich auf der Straße stand, bog der Müllwagen gerade ums Eck.

Frustriert und schlotternd, weil ich in der Eile natürlich nichts übergezogen hatte, marschierte ich zum Haus zurück und zog die Tonne hinter mir her. Die Haustür war zu und ich tastete meine Hosentasche nach dem Schlüssel ab. Verdammt. Den hatte ich auf meinen Schreibtisch gelegt, als ich die Jeans gewechselt hatte. Und da lag er immer noch! Vielleicht hatte ich wenigstens die Terrassentür aufgelassen? Ich ging ums Haus. Zu.

Jetzt war guter Rat teuer. Ich überlegte, ob ich einen Schlüsseldienst rufen sollte, aber das würde bestimmt schweineteuer werden. Und außerdem hatte ich kein Handy dabei. Ich müsste bei unseren Nachbarn klingeln und die würden dann am Ende noch dumme Frage stellen und überhaupt. Ne, keinen Bock!

Mein Blick wanderte am Haus entlang nach oben und ich entdeckte meine offene Balkontür. Im Schuppen musste eine Leiter sein. Zum Glück war die Schuppentür nicht abgeschlossen. Leider reichte die Leiter aber nur bis an das untere Ende vom Balkongeländer. Dort war mein sportlicher Einsatz gefragt. Als ich gerade das zweite Bein rüberschwingen wollte, hörte ich von unten die Stimme der Nachbarin.

»Aber Franzi, was machst du denn da? Hast du keinen Schlüssel? Wieso sagst du nichts? Wir haben doch den Reserveschlüssel, für Notfälle.«

So ein Mist. Vor Schreck verlor ich an Spannkraft und blieb an einem Haken hängen. Ratsch.

Ich wimmelte die Nachbarin mit ein paar netten Worten ab und machte, dass ich ins Haus kam, bevor mir Eiszapfen auf den Brustwarzen wachsen konnten. Die taten schon voll weh, vor lauter Kälte. Inzwischen mit unterirdischer Laune schlüpfte ich in Jeans Nummer drei.

Lotte kam und gemeinsam bemühten wir uns, im Wohnzimmer klar Schiff zu machen. Dann überlegten wir, wie wir die Möbel rücken könnten, damit wir am Samstag eine kleine Tanzfläche hätten. Dabei jammerte Lotte, dass sie sowieso nicht tanzen, sondern vermutlich einsam und als ewige Jungfrau in der Ecke sitzen und sich in der Bowle ertränken würde.

»Abwarten. Und jetzt will ich die nächsten 1,48 Stunden kein Wort von Benni hören. Okay?«

Wir machten es uns auf dem Sofa gemütlich und ich zog eine von Mamas Zeitschriften aus dem Stapel. Da hatte ich einen spannenden Test entdeckt.

»Also, pass auf. Hier steht: Was für ein Sexpartner sind Sie?«

Lotte kicherte.

Ich las die Fragen vor und Lotte und ich antworteten. Das erwies sich als sehr schwierig, denn die meisten Sachen, die da gefragt waren, hatten wir noch nie gemacht und wir mussten auf unsere Phantasie zurückgreifen.

Leider war das nicht so witzig, wie ich es mir vorgestellt hatte. Im Gegenteil. Mein Unmut wuchs.

»Mensch. Das ist doch alles Kinderkram. Ich will jetzt endlich wissen, was mit Chris los ist. Mag er mich nun oder nicht? Ich sag dir, wenn er mich am Samstag nicht küsst, dann ... dann ...« Ich überlegte. Ja, was dann?

»Dann küsst du ihn?«, warf Lotte vorsichtig ein.

»Genau! Und dann werden wir ja sehen, ob ihm das gefällt oder nicht.«

Ich sah es vor mir. Wild entschlossen und sehr sexy würde ich quer durchs Wohnzimmer auf ihn zugehen. Mit locker schwingenden Hüften. Die Luft um mich herum würde vor Erotik prickeln. Chris könnte seinen Blick nicht von mir losreißen. Unsere Lippen würden sich magisch anziehen. Und dann ...!

Lotte riss mich aus meinem Tagtraum.

»Wie das wohl ist? So mit einem Jungen. Hattest du eigentlich schon mal ..., also ich meine, bist du schon mal ..., als du weißt schon, das mit den Sternen und so ...«

Ich schaute sie fragend an. Wie bitte?

Lotte wurde knallrot und knubbelte ihr Ohr.

»Na, das Ultimative eben. DAS! Du weißt schon, dieses Gefühl der Gefühle.«

Das? Was, das?

»Du meinst, ob ich schon mal einen Orgasmus hatte?«

13. KAPITEL

Schwarze Schuhcreme

Nachdem ich Lotte erklärt hatte, dass ich Selbstbefriedigung für etwas völlig Normales hielt und mir hin und wieder durchaus ein vergnügliches Stündchen mit mir gönnte, stand sie kurz davor, wie ein überhitzter Dampfkessel zu explodieren. Hihi, von wegen aufgeklärt und so.

»Glaubst du etwa, die Jungs machen das nicht?«, fragte ich sie und kicherte. Ich stellte mir gerade vor, wie Tommi an sich rumrubbelte und dabei Fußballergebnisse aufsagte. Kreisch! Zu Hilfe, was für Bilder ich im Kopf hatte!

Und dann wurde ich ernst.

»Ich bin echt gespannt, wie es mit Chris sein wird. Ich meine, es ist bestimmt etwas total anderes, sich selbst anzufassen, als wenn ein Junge das macht. Allein die Vorstellung, dass seine Hände …« Ich musste schlucken.

»Hör auf!«, schrie Lotte und lachte sich halb schlapp. »Chris ist mein Bruder. Ich will das nicht hören!«

»Na, dann stell dir Benni vor«, konterte ich und grinste.

Lotte kreischte laut auf und warf mir ein Kissen an den Kopf. »Schluss!«

Verklemmtes Schäfchen, hihi. Aber für den Moment hatte ich sie genug gefoltert. Ich ließ mich auf einen Themenwechsel ein.

»Lass uns mal Kühlschrank und Vorratsschränke inspizieren und überlegen, was wir für die Party noch kaufen müssen.«

Lotte ergriff den Strohhalm sofort und während wir die Vorräte durchschauten, nahm ihr Gesicht langsam wieder eine normale Farbe an. Eva hatte wirklich vorgesorgt. Der Kühlschrank und die Vorratsschränke präsentierten sich gut gefüllt und obendrauf hatte sie mir 100 Euro dagelassen. Für Obst, Gemüse und was sonst noch fehlt, stand auf dem Zettel, der bei dem Schein in der

Tasse lag. Die Snoopytasse war unsere Haushaltskasse. Da steckte immer ein bisschen – oder, wie jetzt gerade, auch mal ein bisschen mehr – Bargeld drin.

Natürlich erwies sich das meiste von dem Zeug, das Eva eingekauft hatte, als nicht für eine Party geeignet. Wer wollte schon grüne Bohnen oder Apfelschnitze und Vollkorntoast, wenn es darum ging, einen coolen Samstagabend zu haben?

Wir mussten auf jeden Fall noch mal los. Aber nicht gleich, das reichte Freitag noch.

Lotte hing gerade halb im Vorratsschrank, als ihr Handy loslegte. Sie zog es aus ihrer Gesäßtasche.

»Hey, Mom. Was gibt's?« Ihre Stimme klang dumpf zwischen Mehl und Frühstücksflocken hervor.

0,34 Sekunden später saß meine Süße mit sorgenumwölkter Stirn auf dem Boden und versuchte, den Redeschwall ihrer Mutter irgendwie zu bremsen. »Mom, ich … nein … jetzt hör doch mal zu …«

Pause. Lotte ließ, ihrem Gesichtsausdruck nach zu deuten, eine eiskalte Dusche über sich ergehen.

Ich drückte mein Ohr an ihr Handy, aber da war das Gespräch auch schon vorbei. Ich hörte gerade noch, wie Conni sagte: »Unverzüglich, sonst kannst du dein blaues Wunder erleben!«

Liebe GABi, so sauer hatte ich sie lange nicht erlebt. Nicht, seit sie uns beim Kaugummiklauen erwischt hatte, und das war vor zehn Jahren. Und eigentlich hatten wir gar nicht richtig geklaut. Dieser dicke Junge hatte die Packung einfach im Gras liegen lassen und war zur Schaukel gelaufen. Hubba Bubba Cola. Wer hätte da widerstehen können? Lotte und ich jedenfalls nicht. Ich weiß noch, wie ich versucht hatte, Eva und Conni die Situation zu erklären. Im Grunde hatten wir die Kaugummis ja nur gefunden und deshalb auch einen Finderlohn verdient. Aber unsere Mütter erwiesen sich als furchtbar stur. Diebstahl bleibt Diebstahl, sagten sie einstimmig. Heilige Moral. Man konnte echt alles übertreiben. Was es für eine Strafe gab, weiß ich gar nicht mehr. Zumindest hatte es keine bleibenden Schäden hinterlassen.

Lotte ließ das Handy sinken und starrte auf einen nicht vorhandenen Fleck auf der Küchenwand.

»Ich bin tot«, murmelte sie und riss mich damit aus meinen nostalgischen Erinnerungen. »Erledigt. Geliefert. Diese verdammte Müller. Neugieriges altes Miststück!«

Aha. Daher wehte also der Orkan. Mir schwante Fürchterliches! Da platzte Lotte schon der Kragen.

»Wie kommt diese dumme Hexe dazu, mich bei meiner Mom anzuschwärzen? Soll die ihre neugierige Warzennase doch in ihre eigenen Angelegenheiten stecken. Ich sag dir, der werde ich, werde ich …« Lotte überlegte und dann fuhr sie fort. »Hundescheiße werde ich ihr in den Briefkasten stecken. Genau!«

Verdammt! Das hörte sich nach richtig Ärger an. Aber mit unüberlegten Aktionen wurde die Sache auch nicht besser. Im Gegenteil! Natürlich wäre Lotte die Erste, die verdächtigt würde. Und obendrauf war das auch ziemlich eklig.

»Jetzt komm erst mal runter, Süße. Conni weiß also, dass du dich aus dem Haus geschlichen hast?«

Lotte nickte und starrte wieder den Fleck an, den es nicht gab.

»Und jetzt musst du nach Hause?«, vermutete ich weiter.

Lotte nickte wieder.

»Hey, auf jeden Fall lässt du den Mist mit der Hundescheiße mal schön stecken. Wenn du so was machst, dann weiß doch auch der eseligste Esel in 1,22 Sekunden, dass du das warst. Und außerdem bringt es überhaupt nichts, am Ende hast du noch ein schlechtes Gewissen.«

Das mit dem schlechten Gewissen wusste ich aus Erfahrung. Ich hatte Eva mal die Luft aus den Fahrradreifen gelassen, weil sie mir verboten hatte, *Tom und Jerry* zu schauen. Da war ich acht oder neun. Ausgerechnet an dem Tag hatte sie einen wichtigen Termin und kam zu spät zu ihrem Vorstellungsgespräch. Prompt hatte sie die Stelle nicht bekommen und ich konnte nächtelang nicht schlafen, weil ich mir einbildete, schuld daran zu sein, dass wir nun verhungern müssten. Und wenn ich doch endlich eingeschlafen war, dann hatte ich Albträume und wachte schreiend wieder auf.

Erst als Eva mit mir zum Arzt wollte, wegen meiner Schlafstörungen, legte ich ein umfängliches Geständnis ab. Das gab zwar noch mal Tom und Jerry-Verbot, aber Eva rettete auch meinen Schlaf, sie erzählte mir nämlich, dass sie den Job gar nicht gewollt hatte, weil der Chef dort ein Riesenrindvieh sei. Abgesehen von dem schlechten Gewissen war die Aktion damals natürlich auch irgendwie cool. Ich weiß noch, wie ich hinter der Hecke gesessen und mir fast ins Höschen gepinkelt hatte, vor lauter stummem Kichern, während Eva fluchend die Reifen aufgepumpt hatte.

Ich fasste einen Entschluss.

»Pass auf. Ich gehe mit und helfe dir, Conni die Umstände zu erklären. Mensch, die war doch auch schon mal verliebt. Bestimmt versteht sie es, wenn wir sie erst mal dazu gebracht haben, dass sie uns zuhört.«

3,46 Minuten später marschierten wir zu zweit Richtung Lottes Zuhause. In meiner Tasche steckte eine Dose schwarze Schuhcreme und Tempos. Lotte hatte davon aber nichts mitbekommen. Was für die Ausführung meines schnell geschlossenen Plans unglaublich wichtig war, denn würde meine Süße auch nur etwas ahnen, wäre alles zum Scheitern verurteilt. Lotte sah man ein schlechtes Gewissen nämlich auf fünf Kilometer Entfernung an.

Auf der Treppe bückte ich mich und fluchte vor mich hin, von wegen mistiger Schnürsenkel.

»Geh du schon vor, ich komme sofort«, sagte ich zu Lotte, die auf mich warten wollte. Kaum war sie außer Sichtweite, kramte ich in meiner Tasche nach der Schuhcreme und lauschte das Treppenhaus hinauf. Als Conni die Tür aufriss, war das mein Startsignal. Blitzschnell fuhr ich mit einem Tempo durch die zähe Pampe, schlich mich gebückt an Frau Müllers Tür und – zack – war der Türspion schwarz angeschmiert. Mit zwei großen Sprüngen setzte ich die Treppe hinauf und präsentierte ein extrabreites Connibeschwichtigungslächeln.

Natürlich erwartete uns eine Strafpredigt und Lotte bekam Hausarrest für den Rest der Woche. Bis Sonntag!

»Aber Conni, wir wollten doch am Samstag einen Mädchenabend machen«, protestierte ich. Beinahe hätte ich »Party« gesagt, liebe GABi, da hätte ich drauf warten können, dass Conni Eva alarmierte. Echt nervig, wenn Mütter untereinander klüngeln.

»Von mir aus könnt ihr den Mädchenabend hier machen, Lotte geht jedenfalls nicht aus dem Haus. Schule und Zimmer. Punkt. Das war mein letztes Wort.«

Es klingelte Sturm. Conni, die der Wohnungstür am nächsten stand, öffnete und ihre Stirn legte sich in Falten.

»Frau Müller«, sagte sie in eisigem Tonfall. »Erlauben Sie, aber das mit meiner Tochter regle ich schon selbst. Danke, dass Sie mich informiert haben.«

Aus Lottes Augen schossen Blitze in Frau Müllers Richtung.

»Ja, danke, dass Sie meine Mutter informiert haben«, fauchte sie.

»Du!«, schrie die olle Müller und reckte ihre Faust in unsere Richtung. »Ungezogenes Pack!«

»Jetzt reicht es aber, Frau Müller. Wer gibt Ihnen das Recht, meine Tochter zu beleidigen?«

»Anzeigen werde ich die Göre, damit Sie es nur wissen. Sachbeschädigung ist das nämlich. Jawoll!«

Lotte schaute mich an und tippte sich an die Stirn. »Jetzt ist die Alte übergeschnappt«, flüsterte sie mir halblaut zu. Ich bemühte mich, so überrascht zu schauen, als verstünde ich die Welt nicht mehr.

Conni musste sich nicht bemühen, die verstand wirklich nichts. »Frau Müller, ich weiß nicht, was Sie meinen. Meine Tochter hat sich heimlich aus dem Haus geschlichen, dafür wird sie ihre Strafe bekommen. Was soll das jetzt von wegen Sachbeschädigung?«

»Kommen Sie! Ich zeige es Ihnen. Und ihr beiden«, sie schaute an Conni vorbei zu uns, »ihr kommt gleich mit. So einfach kommt ihr mir nicht davon.«

Beim Rausgehen *stolperte* ich kurz über den Türvorleger. Ich fing mich mit der Hand am Schirmständer auf und ließ dabei unauffällig die Schuhcreme und das schwarze Tempo hineinfallen. Dann folgte ich den anderen die Treppe hinunter.

»Da! Schauen Sie sich die Sauerei an! Und Ihre missratene Göre, die war das. Zusammen mit diesem anderen Balg. Als ich vor einer Stunde durchgeschaut habe, war alles noch in Ordnung.«

Vor einer Stunde. Haha. Aber die Alte konnte ja nicht zugeben, dass sie quasi an ihrem Türspion wohnte. Eins zu null für mich!

Conni begutachtete den zugeschmierten Spion und drehte sich zu Lotte um. »Hast du was damit zu tun?« Der Ton war halb eisig, halb flehend. Im Unterton schwang mit: »Bitte sage mir, dass du das nicht warst.« Und genau das tat Lotte, und zwar sehr überzeugend.

»Mom, ehrlich. Wann soll ich so einen Mist denn gemacht haben? Ich bin geradewegs mit Franzi heimgekommen, nachdem du angerufen hast. Echt jetzt.« Lotte klang richtig empört. Dass sie vor 8,43 Minuten noch Hundescheiße in Frau Müllers Briefkasten hatte stopfen wollen, war ihr wohl entfallen. Umso besser.

Conni drehte sich zu mir. »Franzi?«

Ich riss meine Augen auf. »Glaubst du Lotte etwa nicht, Conni? Sie sagt absolut die Wahrheit. Wir kommen direkt von mir zu Hause und Lotte hätte überhaupt keine Gelegenheit gehabt, das zu machen. Wann denn?«

»Frau Müller, Sie haben es gehört. Meine Tochter war das nicht. Aber bei den vielen *Freunden*, die Sie im Haus haben, sollte es nicht schwierig sein, einen anderen Verdächtigen zu finden. Viel Erfolg.« Conni drehte sich um und wollte uns schon die Treppe hochscheuchen, als Frau Müller wieder loskeifte.

»So einfach kommt Ihre Göre mir nicht davon. Ich bestehe darauf, die Taschen zu durchsuchen. Sonst rufe ich die Polizei!«

Conni verdrehte die Augen und schnaufte laut durch.

»Meinetwegen. Auch das noch. Lotte.«

Lotte protestierte und schimpfte, aber da sie nichts zu verbergen hatte, zeigte sie dann unter viel Gemotze ihre Tasche her. Natürlich fand sich nichts Verdächtiges. Dann war ich dran.

»Franzi«, sagte Conni. »Ich kann dich nicht zwingen. Aber würdest du mir den Gefallen tun? Sonst holt Frau Müller am Ende wirklich noch die Polizei.«

Ich strahlte Conni an. Vielleicht konnte ich meine Hilfsbereitschaft ja einsetzen, wenn es um die Strafminderung für Lotte ging. »Klar, Conni, kein Problem. Bitte schön.« Mit breitem Lächeln hielt ich ihr meine geöffnete Tasche hin. Die Damen wühlten sich durch Schminkzeug, Notizbuch und sonst noch allerlei Kram, aber natürlich fanden sie nichts Verdächtiges.

»Zufrieden?« Conni schob uns Richtung Treppe. »Damit sollte es jetzt aber geklärt sein. Meine Tochter und ihre Freundin haben nichts mit dieser Schmiererei zu tun. Guten Tag, Frau Müller.«

Oben angekommen zog Lotte mich sofort hinter sich her in ihr Zimmer und knallte die Tür zu.

»Was für ein Affentheater.« Sie kicherte los. »Wenn ich rauskriege, wer das war, dem spendiere ich eine Pizza.«

Ich fläzte mich auf ihr Bett, stützte das Kinn auf meine Hände und grinste.

»Oh, ich nehme eine mit Paprika und Peperoni, bitte.«

»Aber du musst selbst zahlen, sonst reicht mein Taschengeld nicht.«

»Wie jetzt, ich dachte, du willst spendieren?«

»Ja, aber doch ...« Lotte stoppte mitten im Satz und schaute mich an wie ein Schaf, wenn's donnert. Sie brauchte 6,79 Sekunden. Dann hauchte sie: »Du?« Ihr Blick strahlte absolute Ehrfurcht aus. »Franzi, du bist ... du bist ... du bist ...«

»Ja, ich weiß, dass ich bin.« Ich prustete los. »Hast du das Gesicht von der ollen Kuh gesehen?«

»Aber? Aber?« Lotte hatte offensichtlich ihre Fähigkeit, ganze Sätze zu sprechen, verloren.

»Mach's dir gemütlich. Tante Franzi erzählt dir mal, wie raffiniert sie ist.«

Lottes Augen wurden rund und runder. Sie kicherte und klopfte mir bewundernd auf die Schulter. Ich winkte ab.

»Rache muss man heiß genießen. Die olle Müller hat ja richtig drum gebettelt.« Ich zupfte an Lottes Beanie. »Und jetzt muss ich mir wenigstens keinen Kopf mehr machen, dass meine durchgeknallte Freundin mit Hundescheiße spielt.«

Lotte winkte ab. »Das hätte ich mich doch eh nicht getraut«, gab sie kleinlaut zu. Und dann zog sie ihr Handy raus, schaute auf das dunkle Display und seufzte dramatisch. »Benni hat sich immer noch nicht gemeldet.«

»Vielleicht ist er wirklich krank. Ich meine, abgesehen von der Matheallergie.«

»Meinst du?« Sofort hüpften Hoffnungspunkte in Lottes Augen.

»Möglich ist alles. Vergiss ihn jetzt einfach mal für eine Weile, dann vergeht die Zeit viel schneller und schwupps, kommt eine SMS oder ein Anruf.« Ich wühlte nach meinem Notizbuch. »Und in der Zwischenzeit schreiben wir erst mal die Einkaufsliste. Irgendwie werden wir Conni schon noch überzeugen, dass du kommen darfst.« Und dann notierte ich auch gleich, was mir in den Sinn kam.

Party-Einkaufsliste
- Cola
- Limo
- Chips
- Luftschlangen
- Luftballons
- Teelichter
- Bier und Wein

»Ich weiß nicht. Wenn du Bier und Wein hinstellst, dann saufen sich alle den Kopf weg und um zehn liegen sie dann besoffen im Eck. Am Ende kotzen sie dir noch das Haus voll.«

Ich leckte über meine Lippen und überlegte.

»Aber ganz ohne ist auch Mist. Dann denken die Gäste doch, sie sind beim Kindergeburtstag.«

Lotte schaute verstohlen auf ihr Handy und legte es enttäuscht auf den Tisch zurück. »Und wenn wir was hinstellen mit weniger Umdrehungen? Falls ich überhaupt dabei sein werde.« Die Idee fand ich gar nicht so schlecht, allerdings fiel mir nichts ein, was da infrage käme. Die ganzen Alkopops hatten es durchaus in sich.

»Ich hab's. Wir machen Bowle. Natürlich ohne harten Stoff und strecken können wir sie mit Limo, dann schmeckt sie fein süß und ist nicht so heftig.« Lotte strahlte mich an.

»Und trotzdem cool! Lotte, du bist ein Genie!«, jubelte ich.

Vor lauter Freude über meine Begeisterung knubbelte Lotte eine Runde an ihrem Ohr.

Ich nutzte die Zeit und schrieb weiter an der Einkaufsliste. Das Bier strich ich wieder durch. Den Wein auch, weil es Ärger geben würde, wenn die Verkäuferin den Ausweis sehen wollte. Da musste Evas Vorrat herhalten. Stattdessen kam Ananas mit drauf. Entschlossen klappte ich das Notizbuch zu und stand auf. »Und jetzt gehe ich zu Conni und versuche mal, was an dem Hausarrest zu drehen. Immerhin hast du keine kleinen Kinder gefressen und auch nicht die Katze am Schwanz an den Türrahmen genagelt. Du bist nur mal eben aus dem Haus geschlichen.«

Wäre doch gelacht!

9,87 Minuten später hatte sich mein Lachen allerdings verabschiedet. Ich hatte alles in die Waagschale geworfen, sogar das selbst getöpferte Muttertagsblumentöpfchen, das Lotte Conni vor ein paar Jahren geschenkt hatte. Half alles nichts. Conni ließ sich nicht erweichen.

Lotte und ich saßen auf ihrem Bett und grübelten, als Chris kurz anklopfte und gleich darauf den Kopf ins Zimmer streckte.

»Schlechte Stimmung? Soll ich wieder gehen?«, fragte er.

»Komm rein, vielleicht hast du ja eine Idee«, sagte Lotte.

Chris setzte sich zu uns.

Wow! Er quetschte sich zwischen uns und war mir so nahe, dass mein Denkzentrum den Dienst verweigerte. War es hier schon die ganze Zeit so heiß gewesen?

Lotte legte Chris unsere Probleme offen. Er hörte sich alles an und überlegte 5,43 Sekunden, dann grinste er.

»Bin gleich wieder da!« Schwupps, war er draußen und mich fröstelte, wegen der plötzlichen Kälte.

»Und ich hatte gehofft, du könntest vielleicht noch mal bei mir pennen. Allein ist es echt doof«, jammerte ich.

»Das wäre cool. Aber ich glaube, das schafft selbst Chris nicht, obwohl er Mom echt um den Finger wickeln kann.«

Ich wollte was dazu sagen, aber da stand Chris schon wieder da.

»Alles easy. Ihr habt gute Vorarbeit geleistet, sie war schon fast gar gekocht und mit etwas Nachhilfe von mir wurde sie dann vollends weich. Mom hat den Hausarrest ausgesetzt, bis Eva wieder da ist. Franzi zuliebe.«

»Chris, du bist ein Schatz!« Mit einem Satz war ich auf den Beinen und hing an seinem Hals. Mein Hirn funktionierte erst wieder, als meine Lippen sich auf seine Wange gedrückt hatten.

Ach du liebe GABi! War ich von allen guten Geistern verlassen?!

Chris lächelte sehr intensiv und ich nahm ein Vollbad im Gletschersee. Am liebsten wollte ich genau jetzt sterben.

»Äh, also, ich muss dann mal.«

Die Tür machte leise klong, als er sie hinter sich ins Schloss zog. Was war denn das? Hatte ich ihn etwa vergrault? Mochte er mich doch nicht und ich hatte mir alles alles alles nur eingebildet?

»Wow!«, hauchte Lotte. »Den hast du jetzt aber umgehauen.« Sie kicherte los. »So sprachlos hab ich mein Brüderchen ja noch nie erlebt.«

Himmel und Hölle, peinlicher ging es ja wohl nicht mehr!

»Hat Benni sich inzwischen gemeldet?« Themawechsel mit der Brechstange, Hauptsache, Lotte hörte auf, vor sich hin zu kichern. Sie schaute sofort auf ihr Handy und schüttelte den Kopf.

»Wenn er sich nicht meldet, dann gehe ich ins Kloster«, verkündete sie.

»Okay.« Manchmal war es einfacher, ihr nicht zu widersprechen, und außerdem war ich ziemlich sicher, dass Benni sich melden würde. Das Risiko, künftig Schwester Lotte zu ihr sagen zu müssen, war gering. »Wie wäre es, wenn wir vorher noch ein paar Frisuren ausprobieren, damit wir für die Party richtig schick sind?«

Damit konnte man Lotte immer kriegen. Sie liebte es, sich die Haare flechten zu lassen, und hatte auch immer tolle Ideen, was man mit meinem Wuschelgedöns alles anstellen konnte. Die nächste Stunde arbeitete sie konzentriert und am Schluss hatte ich einen französischen Zopf und rechts und links hingen zwei Strähnen mit Schillerlocken herunter. Total süß!

»Wenn du Lust hast, könnte ich dir noch ein schickes Oberteil nähen, das perfekt zu der Frisur passt. So eine Art Hängerchen mit Ausschnitt und Spitze.« Lotte blätterte in einem Katalog und hielt mir ein Bild unter die Nase. »So in etwa.«

»Wahnsinn! Das ist fantastisch.«

Lotte kramte bereits in ihrer Nähkiste. »Schau mal, ich habe hier noch ein Stück Stoff, das müsste reichen.« Sie hielt mir einen zart geblümten rosa Stoff hin. »Was meinst du?«

»Perfekt!«

»Okay. Dann raus aus dem Pulli, ich muss Maß nehmen.«

Das ließ ich mir nicht zweimal sagen. Mit einer schnellen Bewegung zog ich mir Pulli, Shirt und Unterhemd gleichzeitig über den Kopf und stand mit nacktem Oberkörper da.

In der gleichen Sekunde schwang Lottes Zimmertür auf.

»Ach, übrigens …«

Chris blieb wie angewurzelt stehen. Seine Gletscheraugen wurden dunkel wie das Meer bei Nacht.

14. KAPITEL

Mäuschenalarm

För einen Moment schien die Welt stillzustehen. Irgendjemand hatte die Zeit angehalten. Und dann donnerte das Leben mit Lichtgeschwindigkeit in mich zurück. Innerhalb von 1,35 Sekunden streifte ich meine Sachen über, raffte meinen Kram zusammen, und hetzte ohne ein weiteres Wort auf und davon. Einfach nur raus! Dabei musste ich mich an Chris vorbeiquetschen, der immer noch regungslos dastand.

Aus den Augenwinkeln sah ich noch Lotte, die mir mit schäflich nach unten geklapptem Unterkiefer hinterherschaute.

Mist. So ein verdammter Mist. Mehr konnte ich nicht denken. Meine Füße trugen mich von allein nach Hause. Ich hatte wieder mal die Jacke vergessen, deshalb klapperten meine Zähne vor Kälte, aber das nahm ich nur am Rande wahr. Ich schloss die Haustür auf, stürmte an dem maunzenden Paul – klar, der hatte schon wieder Hunger – vorbei und warf mich aufs Sofa.

Mist! So ein verdammter Mist!

Mein Handy piepste.

Alles okay?

Lotte, meine Süße! Logisch, dass sie sich Sorgen machte. Ich hatte ihr vor lauter Schreck nicht mal Tschüss gesagt.

Mit zitternden Fingern tippte ich: *Nichts ist okay. Ich wandere aus!*

46 Sekunden später kam die Antwort: *Prima. Wie wäre es mit Südamerika? Dort soll es niedliche Jungs geben ;-)*

Jungs! Genau das, was ich jetzt nicht brauchte!

20.34 Uhr
Nie wieder werde ich Chris unter die Augen treten können. Liebe GABi, peinlicher geht es nicht. Und wie er geschaut

152

hat! Ich fass es nicht. Ich glaube, der war total entsetzt. Bin ich echt so hässlich?!

20.44 Uhr
Lotte meint, er war nicht entsetzt, sondern überwältigt, geplättet, hin und weg. Sie behauptet, er hätte jetzt voll den Zombieblick drauf und würde durch die Wohnung schweben wie ein Alien. Bin ich so eine Show?

20.48 Uhr
Lotte behauptet: ja. Ich bin nicht so sicher. Und überhaupt. Eins ist doch klar: Ich bin in Chris verknallt. Nein, Quatsch, das stimmt nicht. Meine Gefühle sind viel mehr. Ich bin total in ihn verliebt. Und wenn er mich auch mag, wieso macht er dann nicht endlich Schluss mit dem Geplänkel, küsst mich und gut? Ich versteh die Welt nicht mehr. Andererseits hat er sich heute auf dem Bett ja sehr nah zu mir gequetscht. Egal was passiert, am Samstag will ich wissen, woran ich bin. Und wenn ich mich mit ihm im Klo einschließen muss, damit er nicht mehr abhauen kann.

Um mich abzulenken, beschloss ich, mich um das Chaos zu kümmern und es ausnahmsweise nicht zu vergrößern, sondern einzuschränken. Als Erstes stand die Wäsche auf meinem Programm. Ich zog die Jeans aus der Maschine. Komisch. Die roch gar nicht so frisch wie sonst immer.

21.34 Uhr
Von wegen: das bisschen Haushalt. Hab Lotte gefragt, ob sie eine Ahnung hat, was mit der Jeans sein könnte, und sie fragt zurück, welches Waschmittel ich genommen habe. Waschmittel? Hallo? Gar keins, ich hab's vergessen. Frau kann doch echt nicht an alles denken! Noch mal waschen habe ich keinen Bock. Ich trockne das Ding jetzt und sprüh dann ein bisschen von Evas Parfüm dran. Das riecht auch gut.

Die Tischdecke, die mit meiner Jeans zusammen in der Maschine gesteckt hatte, roch nicht nur nicht frisch, die hatte auch immer noch diesen verräterischen Wachsfleck.

Oh Mann, konnte eigentlich nicht einfach mal was glatt laufen? Hatte ich vielleicht einen Scheißemagnet an mir kleben? Seit Evas Abreise klappte irgendwie gar nichts mehr. Zumindest kam es mir so vor.

Eins schwor ich mir: Wenn Eva erst mal wieder aus England zurück war, dann würde ich alle viere von mir strecken und die liebe GABi einen guten Mann/Frau/Wasauchimmer sein lassen. Aber bis dahin war noch ein Weilchen hin und wollte ich die Entspannung nach Evas Heimkehr tatsächlich genießen, dann musste dieser Wachsfleck weg, sonst hätte ich nicht nur Entspannung, sondern Ruhe im Überfluss. In meinem Grab.

Mein Hilferuf an Lotte blieb ohne Erfolg. Mit Wachsflecken kannte sie sich nicht aus. Dafür jammerte sie mir 22,43 Minuten vor, dass Benni sie bestimmt nicht mochte, sonst hätte er sich längst gemeldet.

Frag Mutti brachte den entscheidenden Hinweis. Löschpapier und Bügeleisen lauteten die Zauberwörter. Kein Problem, Löschpapier hatte ich stapelweise und das Bügeleisen fand sich nach längerem Wühlen in Evas Schrank. Andere Frauen versteckten ihre Reizwäsche, Vibrator oder sogar auch mal einen Lover im Schrank, bei Eva feierte das Bügeleisen neben Miederwäsche Party. Sehr erotisch.

Kurze Zeit später stand ich wie die Superhausfrau am Bügelbrett und ließ das heiße Eisen sanft über das Löschpapier gleiten. Dabei spielte mir mein Hirn immer wieder die schrecklichsten Sekunden meines bisherigen Lebens vor: Ich nackt und Chris, der mich anstarrt. Mist. Das Handyklingeln riss mich aus meinen Träumereien. Lotte.

»Hi, Süße. Ich bin schon beim Kofferpacken.«

»Erhatsichgemeldetunderdenktanmichundmeingottichsterbe!«

»Äh? Geht das auch fünf Takte langsamer? Ich versteh kein Wort. Was für eine Kuh hat ihr Kalb gefressen?«

»Benni! Hörst du? Beeeeennnnniiiii!« Und dann kiekste sie so
laut, dass ich vor Schreck das Handy fallen ließ. Ich hob es wieder
auf und hielt es etwas auf Abstand ans Ohr.

»Sag mal, spinnst du? Willst du, dass ich taub werde?«

»Sorry, tut mir leid, echt, aber Franzi, hast du es jetzt mitgekriegt? Benni! Er ist krank. Ist das nicht toll? Und er schreibt, er
denkt an mich.« Und dann fing sie doch tatsächlich an zu trällern:
»La, la, la, Benni denkt an mich, la, la, la.«

»Erde an Lotte, Erde an Lotte«, versuchte ich, mich wieder in
Erinnerung zu bringen. »Jetzt erzähl mir endlich, was er genau
geschrieben hat. Am besten liest du es mir vor.«

»Okay, hör zu!« Haha. Was tat ich denn die letzten 34,55
Sekunden? Und dann lenkte etwas meine Aufmerksamkeit ab. Ich
schnupperte. Heilige GABi, das Bügeleisen!

Ich ließ das Handy fallen und riss das Bügeleisen vom Löschblatt,
wo ich es vor lauter Lotte und Benni vergessen hatte. Es qualmte
ordentlich und das Thema Wachsentfernung hatte sich damit in
Rauchschwaden aufgelöst. Blöd, dass es bereits bis auf den Bezug
des Bügelbretts durchgeschmurgelt war. Andererseits konnte Eva
das anscheinend auch, denn mein dunkler Brandfleck befand sich
in geselliger Runde. Mit etwas Glück würde Eva gar nicht merken,
dass da eine magische Fleckvermehrung stattgefunden hatte.

»Franzi, was ist denn?!« Gedämpft klang Lottes Stimme zu
mir durch. Himmel, das Handy. Vor lauter Schreck hatte ich ganz
vergessen, dass Lotte noch in der Leitung hing.

»Kein Problem, ich habe alles im Griff. War nur kurz abge-
lenkt. Jetzt lies noch mal, bitte.«

Das brauchte ich Lotte nicht zweimal sagen. Vermutlich würde
sie mir Bennis Worte noch fünf Millionen Mal vorlesen, wenn
ich das wollte. Allerdings konnte ich mir durchaus eine nettere
Abendbeschäftigung vorstellen. Wenn auch nicht gerade Bügeln,
aber das hatte sich eh erledigt.

»›Hey Lotte, ich bin krank. Voll Fieber und so. Wir sehen uns.
Tschau. Benni.‹ Er ist krank, juhuuu! Ist das nicht der Wahnsinn.
Wir sehen uns. Stelldirdasmalvor. Das hat er echt geschrieben!«

Wahnsinn. »Wir sehen uns« von einem Klassenkameraden geschrieben zu bekommen, war jetzt echt ein Sechser im Lotto.

Aber vermutlich hatte er eher nicht die Schule gemeint. Mit etwas Glück war er am Samstag wieder fit und würde zur Party auftauchen. Besser wäre es, sonst hätte ich es nicht nur mit Chris – dem ich ohnehin nie wieder unter die Augen treten konnte –, sondern auch mit einer vollkommen aufgelösten Lotte zu tun. Die Party könnte ein voller Erfolg werden.

»So, so, du freust dich also, dass der Kerl, in den du angeblich verschossen bist, krank ist«, zog ich meine Süße auf. Ich wusste natürlich, dass sie das so nicht gemeint hatte, aber gesagt war gesagt.

Wir quasselten noch ein bisschen und ich fläzte mich auf meiner Decke. Da kam Paul ins Zimmer geschossen. Er flitzte unter mein Bett. Ich hörte etwas quietschen und kurz darauf huschte etwas Kleines Graues unterm Bett vor und unter den Kleiderschrank.

»Oh nein, Paul hat eine Maus gefangen«, brüllte ich ins Handy. »Ich muss Schluss machen. Tschüss, bis später, Süße!«

Okay, ich wusste, dass Katzen Mäuse fangen, und ich wusste auch, dass Katzendosenöffner sich normalerweise dafür bedanken sollten, bevor sie die zermatschten Überreste dann unter Begeisterungsstürmen entsorgten. Aber Himmel, mussten es lebende Mäuse sein? Und wieso ausgerechnet in meinem Zimmer?!

Paul hatte vor dem Schrank Stellung bezogen. Ein klägliches Fiepen erklang. Der Kater machte sich so platt wie möglich und wischte mit der Pfote unter den Schrank. Mäusefischen.

Ich legte mich neben ihn auf den Boden, um die Lage zu sondieren. Das Mäuschen hatte sich ins hinterste Eck gedrückt und zitterte am ganzen Leib. Armes kleines Ding. Ich musste es unbedingt retten und damit natürlich auch meinen Schlaf. Sonst müsste ich in Evas Bett umziehen. Eine Maus, die mir vielleicht nachts übers Gesicht huschte oder an den Zehen knabberte, war wirklich nicht nach meinem Geschmack.

Aber Paul musste das Mäuschen auch nicht unbedingt fressen, dem hatte ich sein Abendessen längst hingestellt. Oder etwa nicht?

Ich überlegte. Als ich nach Hause gekommen war, hatte Paul seinen Hunger mit lautem Maunzen verkündet. Und dann? Ich hatte mich um die Jeans gekümmert, um die Tischdecke – wenn auch nicht ganz erfolgreich – und dann hatte Lotte angerufen. Mist. Ich hatte Paul doch noch kein Futter gegeben. Und Erwin und Trude auch noch nicht. Eine feine Tiermama war ich. Bei mir würden sogar die Stofftiere verhungern, wenn sie was zu essen bräuchten.

Die Türklingel erschreckte mich fast zu Tode. Wer konnte um diese Zeit noch was von mir wollen? Mein Puls raste. Ich versuchte, mich zu beruhigen. Einbrecher und Meuchelmörder pflegten normalerweise nicht höflich zu klingeln. Oder doch? Vielleicht wollten sie so herausfinden, ob jemand zu Hause war.

Ach du liebe GABi. Wie war doch gleich die Nummer vom Notruf? Wo war nur der Zettel von Eva? Aber was, wenn ich jetzt die Polizei rief und am Ende stand nur die Nachbarin vor der Tür, die sich eine Tasse Zucker ausleihen wollte? Aber was wollte meine Nachbarin mitten in der Nacht mit Zucker? Meine Gedanken überschlugen sich. Das Mäuschen fiepte weiter leise vor sich hin.

Es klingelte wieder. Länger dieses Mal.

Ich konnte nicht ewig hier stehen und überlegen. Los, Franzi, entscheide dich, versuchte ich mich selbst anzuspornen. Mit zitternden Wabbelknien – da waren sie wieder, und dieses Mal fühlten sie sich vollkommen anders an! – schlich ich zur Tür. Ich legte mein Ohr dran und genau im gleichen Moment hämmerte von außen jemand dagegen.

AchdumeineGüte! Mein Herz setzte zwei Schläge aus und machte dann vier aufs Mal. Ich machte einen Satz nach hinten und schrie!

»Franzi? Alles in Ordnung?« Die dumpfe Stimme kam mir bekannt vor. Gustav! Ich riss die Tür auf.

»HimmelGABinocheins, Gustav, hast du mich erschreckt! Was machst du denn hier?« Ich zog ihn am Ärmel ins Haus. »Egal. Das kannst du mir später sagen. Jetzt darfst du mir erst mal helfen, ein Leben zu retten.«

Gustav sah ziemlich fertig aus. So etwa wie nach drei Schachteln Zigaretten und einer Flasche Whisky. Nicht, dass ich genau wüsste, wie man danach aussieht, aber frau hat ja Fantasie. Auf Gustavs ramponiertes Erscheinungsbild konnte ich aber im Moment keine Rücksicht nehmen. Nicht, solange ein kleines graues Mäuschen unter meinem Schrank um sein Leben zitterte. Ich schnappte mir Besen und Eimer und schleppte Gustav hinter mir her die Treppe hoch in mein Zimmer.

»Pass auf. Paul setzen wir vor die Tür. Dann machst du dich bereit und ich fahre mit dem Besen unter den Schrank. Wenn das Mäuschen vorkommt, stülpst du den Eimer drüber. Alles klar?«

»Ihr habt Mäuse im Haus?« Er schaute mich mit wässrigen rot geränderten Augen an.

»Nicht Mäuse. Eine Maus. Ein Katergeschenk sozusagen.«

Paul fand den Rauswurf absolut nicht in Ordnung. Mist. Hoffentlich stand Chris auf zerkratzte Mädels. Ich leckte die Bluttröpfchen weg, die aus dem Kratzer drängten, und konzentrierte mich dann auf die Mausfangaktion.

Ganz vorsichtig stocherte ich mit dem Besen unter den Schrank. Um überhaupt was sehen zu können, lag ich bäuchlings davor.

»Komm schon, kleines Mäuschen. Niemand tut dir was. Der böse Kater ist weg. Komm, putt, putt«, wisperte ich zärtlich.

Die Maus machte einen Satz und – war unter meinem Bett verschwunden, bevor Gustav auch nur gezuckt hatte.

»Oh nein. Du musst aufpassen!«, maulte ich ihn an. »Okay, wir wechseln die Rollen. Du stocherst, ich fange.«

Geschafft! 4,32 Minuten später kippte ich den Eimer langsam gegen ein Gebüsch. Ein kurzes Rascheln und Mäuslein hatte seine Freiheit wieder.

»Und lass dich nicht wieder fangen, hörst du. Schöne Grüße an deine Familie!«, rief ich ihr hinterher, aber da war sie schon verschwunden. Zurück im Haus bekamen Paul, Erwin und Trude endlich ihr Futter. Dann setzte ich mich mit Gustav ins Wohnzimmer. Ich hatte uns Cola und Gläser hingestellt. Mit angezogenen Beinen saß ich auf dem Sessel und wartete gespannt.

»Du wunderst dich bestimmt, was ich hier will. Noch dazu um die Uhrzeit.«

Kurz vor elf, na ja, Besuchszeit war das wirklich nicht.

»Kein Problem, ich bin eher eine Nachteule.«

»Gut.« Gustav hatte die Fingerspitzen gegeneinandergelegt und nickte vor sich hin. »Gut, gut.«

Ich wartete weiter, als er nach 2,36 Minuten immer noch nicht mehr gesagt hatte, hakte ich nach: »Und? Wieso genau bist du denn jetzt hier? Doch bestimmt nicht, um eine Cola mit mir zu trinken?«

Er räusperte sich. Straffte sich und fiel dann wieder in sich zusammen.

»Das ist so verdammt kompliziert«, sagte er endlich, als mir schon beinahe der Geduldsfaden reißen wollte.

Da kam mir ein schrecklicher Gedanke.

»Himmel und Hölle, Gustav! Sag nicht, es ist was mit Eva. Ich werde wahnsinnig. Kommst du, weil ihr was passiert ist? Willst du mir irgendwas schonend beibringen?!«

Zum Glück reagierte er dieses Mal schneller.

»Nein, mit Eva ist alles in Ordnung. Es ist nur, also, ich meine, nein, es ist eben nicht alles in Ordnung.«

»Aha.« Mehr fiel mir nicht dazu ein. Zumindest schloss ich aus seinem Gestammel, dass Eva nichts passiert war.

»Also gut. Eva und ich lieben uns.«

Natürlich konnte ich mir das Grinsen nicht verkneifen. Sagte ich doch schon lange! Love-Interest! Absolut cool. Ich gönnte es Eva von Herzen. Nachdem das Arschloch von meinem Erzeuger sie hatte hängen lassen, hatte es nie wieder ernsthafte Kanditaten gegeben. Außer dem einen, der keine Zahnpasta vertrug – in den Schuhen. Aber über dieses Stadium der Kindereien war ich spätestens hinweg, seit ich selbst verliebt war.

»Hört, hört«, kommentierte ich diese Eröffnung.

»Und ich will Eva heiraten.« Gustav war aufgestanden und lief zwischen Fenster und Zimmertür hin und her. »Kurz bevor Eva nach London gereist ist, habe ich ihr einen Antrag gemacht und sie hat abgelehnt.« Gustav blieb vor meinem Sessel stehen. »Wegen dir.«

Wie bitte? Oh nein! Liebe GABi, Eva kriegte aber auch gar nichts mit, sonst müsste sie doch wissen, dass ich meine Einstellung geändert hatte.

»Aber …«, setzte ich zu einer Antwort an. Doch Gustav redete weiter.

»Sie meint, dass sie dir das nicht zumuten könne, jetzt, wo du in der Pubertät bist und ohnehin alles schwierig für dich ist. Und sie hat Angst, weil dein Vater euch verlassen hat und du auf einen Mann wohl mal etwas, ähm, sagen wir, ungehalten reagiert hast. Sie denkt, dass du einen neuen Mann in ihrem Leben nicht dulden würdest. Sie macht sich so viele Sorgen um dich und vor lauter Angst will sie auf ihr Glück verzichten. Und deshalb bin ich hier. Ich will nicht, dass Eva alles wegwirft, ohne wenigstens mit dir gesprochen zu haben.«

Aha, so langsam kapierte ich. Ich konnte das auch sofort nachvollziehen. Das war typisch Eva. So ein Quatsch. Aber so leicht wollte ich es Gustav natürlich auch nicht machen.

»Und Evas Glück, das bist du?« Hihi, ein bisschen musste er schon noch zappeln.

Er wurde noch blasser, aber jetzt wirkte er sehr entschlossen. »Franzi, deine Mutter und ich, wir lieben uns. Ich möchte mit ihr zusammenleben – und natürlich auch mit dir. Und deshalb bitte ich dich in aller Form um die Hand deiner Mutter.«

Heilige GABi. Ein Antrag!

Bevor ich etwas erwidern konnte, legte mein Handy los. Löwengebrüll.

»Hallo Eva«, meldete ich mich. »Na, wie geht's? Wolltest du nicht erst morgen anrufen?«

»Tut mir leid, Schatz. Aber ich habe Sehnsucht nach dir und wollte dir nur schnell gute Nacht sagen.«

Süß. Da konnte ich ja wirklich nicht sauer sein.

»Schon okay. Ich freu mich, dass du dich meldest. Du, stell dir vor …«

Gustav gab mir wie verrückt Zeichen, dass ich nichts verraten sollte. Ich stockte, suchte schnell nach einem Satz, der zu dem Anfang passen könnte. »Stell dir vor, ich habe die Bodenvase zerdeppert.«

Mist. Das wollte ich ihr doch gar nicht sagen. Na, zumindest brauchte ich jetzt nicht mehr nach dem Porzellankleber zu suchen. Ich zog den Kopf zwischen die Schultern und wartete auf das Donnerwetter, aber die Geräusche, die aus dem Lautsprecher kamen, hörten sich an wie schallendes Gelächter.

»Eva? Alles in Ordnung bei dir?«

»Franzi, du bist ein Schatz«, tönte endlich Evas glucksende Stimme zu mir. »Weißt du eigentlich, wie viele Jahre ich mich schon mit dem hässlichen Ding rumplage? Das war ein Geschenk von Tante Inge zum Einzug. Ich finde das Ding potthässlich, aber ich habe es nie übers Herz gebracht, es zu entsorgen.«

Meine liebe GABi, das nannte ich mal glückliche Fügung!

»Na, dann ist ja alles in Ordnung. Gern geschehen.« Ich hatte wieder Oberwasser.

»Aber lass das Haus stehen, hörst du. Keine weiteren Verwüstungen.«

Das mit der Tischdecke erzählte ich ihr wohl besser nicht.

»Und, wie schläft es sich in fremden Betten?«, fragte ich stattdessen.

»Wunderbar, kann ich dir sagen«, schwärmte Eva. »Es ist einfach himmlisch!«

»Klar«, konterte ich. »Wenn man sich an so ein Schnuckelchen wie Robbie kuscheln darf.«

Im gleichen Moment traf mein Blick den von Gustav und ich sah das blanke Entsetzen. Mist.

15. KAPITEL

Hosenschisser-franzi

Es ist nicht das, was du denkst, Gustav. Wirklich nicht.« Ich hatte mich an seinen Arm gehängt und zog ihn ins Wohnzimmer zurück. Der verrückte Kerl wollte wirklich einfach so davonstürmen. Und dann hieß es immer, die Jugend sei ungestüm und neige zu überstürzten Handlungen.

Auf Gustavs Wangen zeichneten sich rote Flecken ab. Seine Augenbrauen hatten sich zu einem schwarzen Strich zusammengezogen.

»Ich Idiot! Es war gar nicht wegen dir. Eva hat dich nur vorgeschoben. Und ich habe nichts gemerkt. Hab mir noch eingebildet, sie würde mich wirklich lieben!« Gustav schlug sich mit der flachen Hand gegen die Stirn.

»Aber das tut sie doch auch.« Davon ging ich zumindest aus, zugegeben hatte sie es mir gegenüber bis jetzt ja noch nicht. Ich zerrte und zog, bis Gustav endlich wieder auf dem Sofa saß. »Glaubst du im Ernst, Eva wäre so ein Luder und würde dir frech ins Gesicht lügen? Hey, überleg dir, wie du über die Frau denkst, die meine Mutter ist und die du liebst und heiraten willst!«

Gustav schwieg und starrte vor sich hin. Hörte er mir überhaupt zu? Ich redete auf Verdacht einfach weiter.

»Robbie Williams. Sagt dir das was? Mensch Gustav, das war ein Gag zwischen zwei Frauen. Seit Eva in London ist, spielen wir schon damit rum. Mehr nicht.«

»Robbie Williams? Der Robbie Williams? Aber ...« Gustav schüttelte den Kopf.

»Genau«, bestätigte ich. »Aber!« Denn erstens ist der, glaube ich, gar nicht bei dem Festival dabei und zweitens würde Eva den mit Sicherheit nicht auf ihre Bettkante lassen. Und woandershin schon überhaupt mal nicht. Eine unter Hunderten zu sein, glaubst du im Ernst, das wäre was für Eva? Und außerdem hat sie dich.«

»Mich.« Gustav schaute mich verwirrt an. »Aber mich will sie ja nicht.«

AchduliebeGABi! Wenn ich mir je Illusionen gemacht hatte, dass die Liebe mit den Jahren leichter werden würde, dann hatte Gustav heute alles zerstört. Die Wahrheit sah anders aus. Es war kompliziert und es würde immer, immer, immer kompliziert bleiben. Zumindest so lange, bis man endlich den Richtigen geküsst hatte. Aber so wie es aussah, schwammen da viele Frösche im Teich; bis man endlich den Prinzen rausfischte, konnte es dauern. Und selbst dann blieb es kompliziert. Der lebende Beweis saß vor mir.

Oder auch ganz schnell gehen, ertönte ein Stimmchen in mir. Samstag vielleicht? Samstag! Wie sollte ich das überstehen? Ich konnte Chris nicht gegenübertreten. Ich würde im Boden versinken. Aber wenn ich je erfahren wollte, wie es mit uns stand, dann musste ich da durch.

23.19 Uhr

Das muss ich jetzt echt erst verdauen. Immer habe ich mich damit getröstet, dass alles ein bisschen leichter wird, wenn ich mal erwachsen bin. Und was ist?! Im Gegenteil! Es wird eher schlimmer, weil Erwachsene sich nicht mehr einreden können, dass es besser wird, wenn sie mal älter sind. Vielleicht sollten wir die Liebe doch einfach abschaffen, Retortenbabys produzieren und ein entspanntes No-Sex-Leben führen? Aber wer will das schon? Ich jedenfalls hätte schon gern Sex. Und Gustav offensichtlich auch. Und dann auch noch mit Trauschein. Meine liebe GABi, was für ein Chaos.

»Aber das hat sie doch nur so gesagt, in ihrem verdrehten Mutterwahn. Weil sie dachte, ich hätte was dagegen oder so. Hast du mir doch selbst erklärt.«

Endlich sah ich Hoffnung in Gustavs Augen aufleuchten.

»Wenn das alles stimmt, dann fehlt mir immer noch deine Antwort, Franzi.« Jetzt war sein Blick wieder klar und erwartungsvoll.

»Stimmt. Die fehlt noch.«

Ich grinste, wollte ihn noch ein bisschen zappeln lassen.

Und dann traute ich meinen Augen nicht. Gustav, Mamas Chef und immer souveräner Redaktionsleiter, knibbelte an seinen Fingernägeln. Ich kicherte.

»Jetzt spann mich doch nicht ...«

Die Türklingel unterbrach ihn. Himmel und Hölle, hier ging es ja zu wie auf dem Bahnhof. Wer konnte das denn sein?

Zum Glück war ich nicht allein und blieb deshalb gelassen. Trotzdem wollte ich nicht leichtsinnig werden.

»Wer ist da?«, rief ich durch die geschlossene Tür.

»Franzi, mach auf. Es ist saukalt und ich friere mir den Hintern ab.«

Sofort riss ich die Tür auf und schmiss mich in ihre Arme.

»Omama, was machst du denn hier?«

»Da staunst du, was. Tja, auch alte Frauen sind immer mal für eine Überraschung gut.«

»Alt? Wer ist denn hier alt?«, konterte ich und Omamachen lachte.

»Du und deine Schmeicheleien. Bestimmt spekulierst du auf mehr Taschengeld. Aber wo du recht hast, hast du recht.« Omama drückte mich an sich und bedeckte mein Gesicht mit tausend Küssen. Dann schob sie mich ein Stückchen von sich. »Was ist jetzt, muss ich hier im Flur Wurzeln schlagen oder hast du vielleicht Männerbesuch und ich störe?«

Sie zwickte mich in den Hintern und versuchte, mich Richtung Wohnzimmer zu schieben. Ich stemmte mich dagegen.

»Also, um ehrlich zu sein ...«, stammelte ich.

Oma kicherte.

»Aber Franzi, Schätzchen, ich mag zwar ein bisschen älter sein, aber ich bin keine Nonne. Wenn du also wirklich einen Freund hier hast, dann ist das absolut in Ordnung für mich. Solange ihr aufpasst.«

»Oma!« Hatte ich das gerade richtig verstanden? Omama zwinkerte mir zu.

»Los jetzt, dann stell mich mal vor.«

Also gingen wir ins Wohnzimmer und Omama wurde blass, als sie Gustav sah. Er stand etwas verlegen mitten im Raum.

»Also das ist jetzt doch … ich meine, ich will ja nichts sagen, aber … Franzi, weiß deine Mutter …«

Kreisch! Oma dachte echt, Gustav wäre mein Lover! Sofort war mein Teufelchen geweckt.

»Oma, darf ich vorstellen, das ist Gustav. Gustav, das ist meine Omama. Gustav ist ein echter Schatz, du wirst ihn bestimmt mögen, Omamachen.«

Die beiden gaben sich die Hand. Omama war deutlich steifer als normal.

Draußen heulte Wind auf. Eine Tür knallte zu. Mist, ich hatte noch Fenster auf und da braute sich was zusammen.

»Bin gleich wieder da. Brav sein, ihr beiden.«

In einem Affentempo raste ich durchs Haus und kontrollierte die Fenster. Der Sturm hatte weiter zugelegt, ziemlich weit weg sah ich das erste Wetterleuchten. Auch das noch: ein Frühlingsgewitter!

Etwas außer Atem stand ich 1,31 Minuten später wieder im Wohnzimmer. Gustav und Omama saßen sich schweigend und unbeweglich gegenüber.

»Omama, Gustav ist übrigens dein zukünftiger Schwiegersohn«, erklärte ich locker und ließ mich in den Sessel fallen.

Gustav wurde tatsächlich rot.

»Schwiegersohn?«, hauchte Omama.

»Es tut mir wirklich leid, Frau …« Gustav stockte, ich hatte vergessen, ihm Omas Namen zu sagen.

»Cornelia, sagen Sie einfach Cornelia zu mir. Und jetzt wäre ich euch dankbar, wenn ihr mich endlich aufklären würdet. Was soll das Gefasel von wegen Schwiegersohn. Nennt man das überhaupt so, wenn die Enkelin heiratet? Und Franzi, du willst doch wohl nicht allen Ernstes, ich meine, Kind, du bist 14. Du dürftest ja noch nicht mal, ich meine, selbst ...«

»In sechs Wochen werde ich 15. Dann verloben wir uns und nach einem Jahr Verlobungszeit darf ich mit Erlaubnis meiner Mutter ganz offiziell heiraten.«

Hihi, Omama schüttelte stumm den Kopf. Ich konnte sehen, wie sie versuchte, Fassung zu bewahren.

Erwachsene glaubten einem echt fast alles, man musste es nur nachdrücklich genug präsentieren. Aber dass Oma mir das zutraute. Mit einem Grufti! Ich meine, Gustav war okay, aber mit etwas Ehrgeiz konnte der mein Opa sein. Ich war entsetzt! Hihi, ihrem Gesichtsausdruck nach zu urteilen, Omama anscheinend auch.

»Franzi, ich glaube, das reicht. Wir sollten deine Großmutter jetzt wirklich mal ins Bild setzen. Sonst glaubt sie am Ende noch, ich hätte eine Minderjährige verführt, und ruft die Polizei.«

»Spaßbremse«, maulte ich. Der Scherz hätte sich noch ausbauen lassen, von wegen Urenkel und so.

Aber ich sah ein, dass Gustav recht hatte. Genug war genug. Ich wollte ja nicht, dass Oma vor lauter Schreck noch in Ohnmacht fiel.

»Also gut, Omama, genug Märchenstunde für dich. Gustav ist nicht mein Lover, sondern der von Eva. Und weil Eva dachte, ich hätte was dagegen, ist er jetzt einfach hinter ihrem Rücken zu mir gekommen und hat bei mir um ihre Hand angehalten. Ist das nicht romantisch?«

Omama brauchte 3,28 Sekunden, bis die Erklärung in ihr Bewusstsein gesackt war. Ich konnte es ganz genau an ihrem Gesicht ablesen. Und dann fing sie an zu lachen, wie nur meine Omama lachen konnte. Sie schmiss sich quasi weg vor Lachen. Sie gluckste und japste, Tränen liefen ihr übers Gesicht und sie schnappte nach Luft.

»Du kleines Biest«, presste sie zwischen den Lachern hervor. »Wie kannst du mich so aufs Glatteis führen?« Omama lehnte sich zu mir rüber und zog mich am Ohr.

»Och«, sagte ich. »Das war ganz einfach.«

Omama kicherte und japste immer noch, sie konnte sich kaum einkriegen. Völlig von der Rolle!

Gustav unterzog seine Schuhspitzen einer eingehenden Musterung. Seine gesamte Körperhaltung drückte aus, wie unwohl er sich gerade fühlte. Tja, mein Lieber. Wer Franzis Stiefvater werden will, der muss schon was aushalten können, dachte ich und grinste zufrieden in mich hinein.

»Na ja, eigentlich bin ich ja selbst schuld, wenn ich gleich das Schlimmste annehme«, lenkte Omama ein, nachdem sie endlich wieder normal atmen konnte.

»Auf jeden Fall ist es praktisch, dass du da bist. Dann kannst du deinen Schwiegersohn in spe gleich begutachten und den Turteltäubchen deinen Segen geben. Ich jedenfalls habe nichts dagegen, wenn Gustav und Eva heiraten. Meinen Teil von Evas Hand kann er haben. Jetzt bist du dran.«

»Ach was.« Omama winkte ab. »Ich habe da schon lange nichts mehr zu melden. Wenn Eva Ja sagen will, dann geht mich das nichts an. Aber die Tatsache, dass Sie hier bei meiner Enkelin sitzen, bestätigt wieder mal, dass meine Tochter ein harter Brocken ist. Da wünsche ich Ihnen viel Glück.«

Bevor Gustav was sagen konnte, mischte ich mich ein.

»Weich gekocht hat er sie schon lange, nur vorm Heiraten hat sie Schiss. Denkt, es könnte mir was ausmachen. Dabei bin ich froh, wenn sie unter der Haube ist. Dann ist sie beschäftigt und ich hab meine Ruhe.«

»Oder zwei, die künftig auf dich schauen«, warf Gustav ein.

Holla, der hatte aber schnell wieder Oberwasser. Das konnte ja heiter werden. Aber sein Grinsen schwächte die Drohung ab und so wie ich Gustav kannte, wäre es ein Kinderspiel für mich, ihn um den Finger zu wickeln.

»Omama, jetzt verrat mir mal, was du eigentlich hier machst – mitten in der Nacht.«

»Ach, ich war im Theater und weil Eva mir ständig vorjammert, wie besorgt sie um dich ist, dachte ich mir, ich schau einfach mal rein und sage Hallo. Nur damit ich Eva sagen kann, ich war mal da.« Oma beugte sich zu mir rüber und gab mir ein Küsschen. »Und? Wann steigt die Party?«

Party? AchduliebeGABi! Woher wusste sie das denn jetzt? So ein Mist. Party mit Erwachsenenaufsicht, das konnte ich voll vergessen. Total peinlich. Dann lieber gar keine!

Das Frühjahrsunwetter nahm Fahrt auf, das erste Donnergrummeln ließ sich hören.

»Ich, äh, also …«, stammelte ich.

»Gustav?« Omama hatte sich zu ihm umgedreht.

»Von mir aus, so schnell wie möglich. Sobald Eva wieder da ist, werde ich das mit ihr besprechen.«

Wie jetzt? Und dann ging mir ein Licht auf.

»Ach so, du meinst die Hochzeit!« Ich lachte erleichtert und merkte erst an Omamas Grinsen, dass ich mich verraten hatte. Mist!

»Und wann steigt die geheime Party?«, setzte Omama sofort nach.

»Ach Oma!« Ich seufzte theatralisch und legte meine Stirn in Falten.

»Jetzt komm mir nicht mit deinem Dackelblick. Das ist doch wohl klar wie Himbeergeist, dass du die Chance nicht ungenutzt vorüberziehen lässt. Keine Angst. Von mir erfährt Eva nichts. Keinen Piep. Und Gustav hält auch dicht. Das ist doch wohl Ehrensache, oder, Gustav?« Omama zwinkerte mir zu. »Der wird es sich doch nicht gleich mit seiner Stieftochter verderben wollen.« Omama lehnte sich sehr zufrieden in die Polster und atmete tief durch. »Kinder, bei euch ist doch immer was los. Klasse! Jetzt wär mir nach einem Schlückchen Sekt. Was meinst du, Gustav? Wollen wir auf die Familienzusammenführung anstoßen?«

Ich schaute verstohlen auf die Uhr. Kurz vor Mitternacht. Das würde ein harter Schultag werden. Aber da das Gewitter immer näher rückte, würde ich ohnehin kein Auge zumachen können. Gewitter und Lakritzschnecken standen auf meiner Horrorliste ganz oben.

»Ich geh mal schauen, ob Eva noch was im Keller hat«, sagte ich und ging auf Sektsuche.

Kurz darauf ließen die beiden die Gläser aneinanderklingen und prosteten sich zu. Um halb eins raffte Oma ihre Tasche und hievte sich ächzend hoch.

»Du hast morgen Schule und für alte Damen wird es auch langsam Zeit. Gute Nacht, mein Liebes.« Oma umarmte mich und drückte mich ganz fest. »Gute Nacht, Schwiegersohn. Und wehe, du machst meine Mädels nicht glücklich.« Die beiden waren inzwischen zum Du übergegangen.

»Keine Angst, Cornelia. Ich werde alles dafür tun, dass es Eva und Franzi gut geht.«

Gustav ging direkt mit Omama zur Tür raus.

»Danke, Franzi, für alles«, sagte er zum Abschied und streckte mir die Hand hin. Das war mir zu steif. Ich umarmte ihn und gab ihm einen Kuss auf die Wange.

»Den Rest musst du jetzt aber allein hinkriegen. Lass dir was Romantisches einfallen, dann kann sie nicht Nein sagen.« Und dann hatte ich eine Idee. »Wusstest du, dass Eva schon lange von einer Fahrt im Heißluftballon träumt? Das wäre doch eine Gelegenheit.«

»Du bist ein Schatz!«

Ich machte die Tür hinter meinen Besuchern zu, das heißt, ich musste richtig gegen die Windböen ankämpfen, bis ich sie endlich zu hatte. Dann lehnte ich mich erschöpft dagegen und atmete erst mal durch. Wahnsinn, was bei uns alles los war, Langeweile sah jedenfalls anders aus. Ich beschloss, den nächsten Tag sehr geruhsam vor dem Fernseher zu verbringen – also nach der Schule natürlich, schlurfte in mein Zimmer und schlüpfte aus meinen Klamotten. In der hinteren Jeanstasche entdeckte ich einen 100-Euro-Schein. Omama! Cool. Jetzt würden die Partyeinkäufe kein Loch mehr in die Haushaltskasse reißen.

Ich legte mich ins Bett und schnappte mir das Handy.

Hey, Süße. Demnächst habe ich einen Stiefvater und unser Partyeinkauf ist gesichert. Omama sei Dank!

2,55 Sekunden später hatte ich Lotte an der Strippe.

»Dich kann man echt keine fünf Minuten allein lassen! Los, erzähl. Was soll das von wegen Stiefvater?«

Prima. Auf Lotte war eben Verlass und während ich mit ihr quatschte und ihr alles haarklein erzählte, fühlte ich mich wenigstens nicht so allein. Leider war nach 8,49 Minuten alles durchgehechelt und obwohl ich sehr geschickt das Thema auf Benni lenkte, gähnte Lotte immer öfter.

»Franzi, ich schlaf schon fast. Bis morgen! Träum schön.«

Mist. Bevor ich mir was ausdenken konnte, hatte sie schon aufgelegt.

Draußen grummelte es inzwischen ziemlich laut. Ein Blitz zuckte über den Himmel und ich zog mir die Decke bis zur Nasenspitze.

Paul hasste Gewitter mindestens so sehr wie ich. Schon kratzte er an meiner Tür. Normalerweise schlief er in Evas Bett, aber das war ihm jetzt wohl unheimlich, so allein. Konnte ich jedenfalls gut verstehen. Dankbar ließ ich ihn ins Zimmer und kuschelte mich mit ihm zusammen unter die Decke. Die Blitze wurden mehr, der Donner ließ nicht mehr auf sich warten. Das Gewitter nahm Anlauf und musste fast direkt über mir sein.

»Weißt du was?«, fragte ich Paul, der sich eng an mich kuschelte. »Wir gehen rüber zu Eva.«

Auch wenn sie nicht da war, hatte ich das Gefühl, in ihrem Bett gut aufgehoben zu sein.

Mittwoch, 18. April
0.58 Uhr

Es ist echt cool, mal ganz allein alles entscheiden zu dürfen. Aber auch wenn ich es nicht gern zugebe, ich bin doch froh, wenn Mama wieder da ist. Ganz allein ist nicht der Jackpot. Abgesehen von der Party natürlich!

1.12 Uhr

Wenn Mama je erfährt, dass ich mich vor lauter Schiss mit Paul in ihr Bett verkrochen habe, dann fall ich tot um! Voll peinlich. Da wäre es vorbei mit Respekt und Anerkennung. Von wegen: Ich bin alt genug. Alt genug, um mir vor Angst in die Hosen zu machen vielleicht. Wenigstens duftet die Decke nach Mamas Parfüm. Das hilft.

Leider konnte ich auch in Mamas Bett nicht einschlafen, der Donner war viel zu laut, die Blitze zu grell. Da halfen nicht mal die zugezogenen Vorhänge.

Vor den Fernseher konnte ich mich auch nicht legen, also schon, aber anmachen ging nicht, zu gefährlich. Deshalb huschte ich noch mal in mein Zimmer zurück, holte den Discman und kramte meine alten Kinder-CDs raus. Benjamin Blümchen. Sein fröhliches Törööö hatte mich jahrelang in den Schlaf gelullt, vielleicht funktionierte es immer noch. Einen Versuch war es auf alle Fälle wert.

1.48 Uhr

So viel zur mutigen Franzi. Meine liebe GABi, ich hatte keine Ahnung, was für ein erbärmlicher Hosenschisser ich bin!

16. KAPITEL

Schlafentzug mit Katerstimmung

3.55 Uhr

Paul hat sich quer über mein Gesicht gelegt. Superklasse. Kein Wunder, dass ich einen Erstickungsalbtraum hatte. Wie hält Mama diesen aufdringlichen Kater nur Nacht für Nacht aus?

04.01 Uhr

Wie das wohl wird, wenn Gustav bei Mama schlafen will? Himmel, hoffentlich versuchen sie nicht, mir Paul als Schlafpartner aufs Auge zu drücken.

06.32 Uhr

Was für eine schreckliche Nacht. Ich fass es nicht. Da behauptet dieser bekloppte Wecker doch ohne eine Spur von Mitgefühl, es wäre Zeit aufzustehen. Die spinnt doch, die Zeit!

Mühsam schleppte ich mich ins Bad. Der Spiegel zeigte mir ein fremdes Gesicht. Irgendein Mädchen mit dicken Augenringen und wild abstehenden Haaren hatte sich da ins Bild geschlichen. Ich streckte dem Wesen – vielleicht war es ein Alien? – die Zunge raus.

»Okay, ich kenne dich zwar nicht, aber ich putz dir trotzdem die Zähne«, murmelte ich und gähnte erst noch mal ausgiebig. Dann gab ich Zahnpasta auf die Bürste und bevor ich das Hirn einschalten konnte, versuchte ich, mir mit der geladenen Zahnbürste die Haare zu kämmen. Was für eine Schweinerei! So ein Mist. Haare waschen stand nicht auf dem Plan. Das würde ich garantiert nicht schaffen, zumal alles in Zeitlupe ging, ich fand einfach den Hebel nicht, um in einen schnelleren Gang zu schalten.

Fluchend wusch ich die Zahnpasta aus der Haarsträhne und unternahm den nächsten Zahnputzanlauf. Diesmal klappte es, aber den Zeitverlust konnte ich unmöglich wieder aufholen.

Schon schrillte die Türklingel.

Lotte hatte auf Dauerläuten gestellt.

»Jaaa doch, ich bin gleich da!«, schrie ich die Treppe runter Richtung Haustür. Das war ja nicht auszuhalten! Mein Kopf dröhnte, als hätte ich die Flasche Sekt gestern allein getrunken, dabei hatte ich nicht einmal daran genippt.

»Ups, bist du Franzi oder nur ein Geist?«, begrüßte mich meine beste Freundin von allen, nachdem ich es endlich geschafft hatte, ihr die Tür zu öffnen. »Hey, hab ich das geträumt, oder hat Gustav gestern wirklich um die Hand deiner Mutter angehalten? Hach, das ist so romantisch!« Lotte hüpfte aufgeregt auf der Stelle.

»Uaaaa«, stöhnte ich, »ist ja grausam, wie wach du bist. Und ja, es stimmt wohl. Ansonsten hätten wir beide den gleichen Traum gehabt.« Ich schlappte in die Küche, löste eine Aspirin in einem Glas Wasser auf und kippte das Zeug auf ex, nur um mich gleich darauf zu schütteln. Pfui Teufel, war das eklig! Was so schmeckte, musste ja helfen.

Nicht mal einen Kaffee hatte ich gekocht. Stattdessen spülte ich den Aspiringeschmack mit einem Glas Cola runter und schaufelte schnell – haha – Paul sein Futter in den Napf.

»Beeil dich, sonst schaffen wir es nicht mehr. Die Hilbricht ist doch immer oberpünktlich.«

»Besonders, wenn's drum geht, uns die schlechten Mathenoten um die Ohren zu hauen«, motzte ich und schnappte meine Jacke. »Na, dann los. Auf an die Front.«

»Ähm.« Lotte rührte sich nicht vom Fleck.

Ich drehte mich ungeduldig zu ihr um. »Was? Ich denke, wir haben es eilig?« Meine Laune ließ keinen Platz für Höflichkeiten.

»Willst du echt im Schlafanzug gehen?«

Scheiße! Vor lauter Eile hatte ich total vergessen, mich anzuziehen. Was für ein Stress!

Am frühen Morgen schon fix und fertig mit der Welt standen wir 8,24 Minuten zu spät und ziemlich außer Atem vor der Klassentür.

Der Zug war abgefahren. Das würde einen Eintrag geben. Ungefähr den fünfhundertachtundsiebzigsten. Bei vier hatte ich aufgehört zu zählen. Der Text klang immer gleich: »Die Schülerinnen

177

Lotte Hengstler und Franziska Obermüller kamen zum wiederholten Mal zu spät zum Unterricht.« Okay, manchmal variierte es auch: »Die Schülerinnen Lotte Hengstler und Franziska Obermüller stören trotz Ermahnung mit ihren Privatgesprächen den Unterricht.«

Ja, ja, schon gut, manche Dinge ließen sich eben nicht ändern, selbst wenn man einen noch so guten Draht zu GABi hatte.

Ich klopfte, machte die Tür auf und – welch Wunder – schaute direkt in die Hundeaugen vom Berkenzeder.

»Ah, Franzi und Lotte kommen doch noch. Habt ihr verschlafen?«

»Ja, nein, also eigentlich nicht, aber ...« Mist. So schnell konnte ich am frühen Morgen mein Denkzentrum nicht aktivieren. Schon gar nicht nach so einer Nacht.

»Nicht verschlafen, Herr Berkenzeder, aber wir sind heute Morgen total unfit. Das Gewitter letzte Nacht war so laut, dass Franzi nicht schlafen konnte und weil ich sie ja immer abhole, hab ich natürlich auf sie gewartet, was wäre ich sonst für eine Freundin? Und weil sie eben so müde war, ging das alles ein bisschen langsamer und ich hab ihr geholfen, aber schneller ging es trotzdem nicht. Das Gewitter war wirklich heftig. Sogar der Kater hatte Angst. Und die Goldfische vielleicht auch. Aber wir haben uns wirklich ...«

»Stopp!« Der Berkenzeder biss sich auf die Lippen. Ich sah ihm an, dass er sich das Lachen verkneifen musste. Lotte war echt eine Show, die konnte ohne Luft zu holen im Kreis reden. Irre! »Okay, ihr habt mich überzeugt. Zumal sowieso kein richtiger Unterricht ist. Frau Hilbricht ist krank und ich bin eingesprungen. Setzt euch, wir sprechen gerade über die Klassenfahrt.«

Wunder passieren eben immer total unverhofft. Danke, liebe GABi!

Wir quetschten uns unter allgemeinem Grinsen auf unsere Plätze und die Diskussion ging weiter.

»Die von uns, die eine Ehrenrunde gedreht haben, sind doch schon 16 oder zumindest kurz davor. Ich find es scheiße, dass wir

nicht mal ein Bier mitnehmen dürfen!« Tommi blies eine Kau-
gummiblase und ließ sie knallen. Das konnte man straflos echt
nur beim Berkenzeder bringen.

»Und wieso glaubst du, dass du unbedingt ein Bier brauchst,
um die Klassenfahrt zu genießen?«, konterte der Relilehrer. Dabei
hatte er diesen ätzenden Missionsblick drauf.

Ich gähnte und der Berkenzeder musterte mich.

»Geht es dir nicht gut, Franzi?«

»Doch, alles in Ordnung. Aber eins von den acht Bieren gestern
muss schlecht gewesen sein. Ich hab voll den Schädel.«

Mist. Verdammter Mist! Du blöde Kuh, schalt ich mich selbst,
kannst du nicht einmal deine vorlaute Klappe halten?

Der Berkenzeder war eine Seele von Mensch, aber bei manchen
Themen verstand er einfach keinen Spaß.

»Komm mal bitte eben mit raus, Franzi.«

»Muss das sein? Das war doch nur ein Scherz, verstehen Sie?
Ein Scheherz!«

Aber der Berkenzeder hielt die Klassenzimmertür auf und
wartete. Unter Gemotze stand ich auf und stapfte an ihm vorbei
auf den Flur.

»Okay, Franzi. Jetzt sind wir unter uns. Sag mal, kann es sein,
dass du Probleme hast? Du bist in letzter Zeit oft so unkonzen-
triert und heute bist du so blass. Das mit dem Gewitter war doch
nur ein Ablenkungsmanöver von Lotte. Glaub nur nicht, ihr
könntet mich an der Nase rumführen.«

Vor lauter Müdigkeit wabbelten meine Knie wieder mal. Weil
ich mich echt flau fühlte, lehnte ich meinen Rücken gegen die
Wand und schloss einen Moment die Augen.

»Franzi, ich sehe doch, dass es dir nicht gut geht. Was bedrückt
dich denn, Mädchen? Du kannst wirklich über alles mit mir sprechen. Auch wenn du Probleme mit Alkohol hast. Oder Drogen.
Nichts ist so schlimm, dass wir nicht eine Lösung finden könnten.
Gib dir einen Ruck.«

Am liebsten hätte ich gesagt: »*Mit* Alkohol nicht, Herr Berkenzeder, aber ohne.« Zum Glück konnte ich mich beherrschen.

Der Spaß würde nach hinten losgehen, so gut konnte ich meinen Lehrer einschätzen. Und weil ich echt keinen Bock hatte, ihm ohne Scherz zu antworten, schüttelte ich den Kopf.

»Soll ich deine Mutter anrufen? Möchtest du, dass sie dich abholt?«

Ich riss die Augen auf. Himmel, was für bescheuerte Ideen konnten Lehrer denn haben?

»Nein, mit mir ist alles in Ordnung, echt, Herr Berkenzeder, Sie irren sich, wenn Sie denken, ich hätte was. Bin einfach nur müde.« Demonstrativ gähnte ich.

»Ist etwas mit deiner Mutter?« Wie ein Bluthund hatte er Fährte genommen und ließ nicht locker.

»Nein, alles bestens. Meiner Mutter geht es prima. Sie wird sogar demnächst heiraten.« Ach du Schreck! Die Müdigkeit blockierte mein Denkzentrum doch nachhaltiger, als ich erwartet hatte. War ich denn von GABi und allen guten Geistern verlassen, so einen Mist zu erzählen. Was ging das denn den Berkenzeder an?

Prompt sprang er auf das Thema an.

»Ist es das? Hast du Probleme damit, dass deine Mutter wieder heiratet?«

Bevor ich noch mehr Bullshit von mir geben konnte und die Sache noch schlimmer machte, als sie eh schon war, beschloss ich, vorsorglich zu schweigen. Der Berkenzeder versuchte, mich mit seinem Blick zu hypnotisieren. Nach 1,27 Minuten gab er auf.

»In Ordnung. Komm. Wir gehen wieder rein. Wenn du mit mir sprechen willst, weißt du, wo du mich findest.«

Und dann ließ er wieder alles hängen, Kopf, Schulter und überhaupt, und machte mir damit ein schlechtes Gewissen. Zu Hilfe, fürsorgliche Lehrer konnten echt anstrengend sein!

Als er die Tür aufmachte, flog ihm geradewegs ein Papierkügelchen an den Kopf. Klar, die anderen hatten ihren Spaß gehabt, während ich durch die Mangel gedreht wurde.

»Jetzt beruhigt euch alle mal wieder«, ermahnte der Berkenzeder die tuschelnde Meute. »Lasst uns das Thema wechseln. Ich möchte mit euch über die heutigen Familienformen sprechen. Insbesondere über die Familien, die man neudeutsch als ›Patchwork-familie‹ bezeichnet.« Dabei hing sein Blick wie Kaugummi an mir. Danke auch, wirklich, vielen Dank! »Kann mir jemand von euch sagen, was der Begriff bedeutet?«

Innerhalb kürzester Zeit war eine heiße Diskussion im Gange. Es gab sage und schreibe nur zwei Mädels in meiner Klasse, die noch in einer intakten Familie lebten. Alle anderen waren Waisen, Scheidungskinder oder kannten ihren Erzeuger gar nicht.

Ich schaltete auf Durchzug. Was ging mich das an? Gustav war vollkommen okay, das Leben zu dritt würde bestimmt spaßig werden. Und wenn dann noch Chris dazukam …

Um mir die Zeit zu vertreiben, griff ich das Thema Wabbelknie wieder auf und machte endlich die Liste.

Gründe für Wabbelknie:
- ❤ Liebe
- ❤ Prüfungsangst
- ❤ Schreck
- ❤ Müdigkeit
- ❤ Angst
- ❤ Hunger

Wie sich die Wabbelknie anfühlen:
- ❤ Zittrig
- ❤ Schwach
- ❤ Weich
- ❤ Instabil
- ❤ Kribbelig
- ❤ Unkontrollierbar

Ich betrachtete meine Stichworte und kaute dabei auf dem Bleistift rum. Langsam wurde mir klar, dass die Auswirkungen auf jede Art von Wabbelknie passten. Es war lediglich das Grundgefühl, das die Wahrnehmung völlig veränderte. Wow! Vielleicht hatte ich da eine wichtige psychologische Erkenntnis gezogen?

181

Ich grübelte weiter. Wenn ich vor Liebe weiche Knie hatte, dann kam es noch darauf an, ob diese Liebe glücklich oder unglücklich war. In beiden Fällen waren die Knie zwar wabblig, aber das begleitende Gefühl veränderte sich total. Irre. Völlig aus dem Häuschen über meine tiefgründige Entdeckung, tippte ich Lotte an, die unterm Tisch an ihrem Handy rumfummelte.

Während der Berkenzeder immer noch über die Vaterrolle von Stiefvätern und ihre Auswirkungen auf die kindliche und jugendliche Entwicklung diskutierte, erklärte ich Lotte flüsternd meine tiefenpsychologische Analyse.

»Hä?«, war allerdings nicht gerade der Kommentar, den ich mir erhofft hatte.

»Hör doch zu!«, fauchte ich zurück. Musste ich jetzt echt alles noch mal erklären?

Lotte tippte sich an die Stirn. »Franzi, sorry, aber das ist total bekloppt. Das ist keine Erkenntnis und schon gar nichts Psychologisches. Das ist einfach …« Sie überlegte, suchte nach dem richtigen Wort. »Das ist einfach total normal und jedes Kind weiß das. Ich glaube, dir tut der Schlafmangel nicht gut.«

Echt jetzt? Wenn ich schon Lotte nicht mit meinen Wabbelforschungen begeistern konnte, wen dann? Ich studierte die Liste und mir dämmerte, dass das keine Glanzleistung war. Vollkommener Schwachsinn hoch hundertundfünf.

Irgendwie aber doch klar, dass nach so einer Nacht nichts Gescheites beim Denken rauskommen konnte. Ich riss den Zettel ab, zerknüllte ihn und zielte auf den Papierkorb im Eck. Treffer!

Die Pausenklingel erlöste mich und ich beschloss, den Rest des Tages frei zu nehmen. Ich fühlte mich einfach nicht in der Lage, Unterrichtsstoff aufzunehmen, und wenn ich das Geschwafel an mir vorbeiplätschern ließe, lief ich Gefahr, dabei einzuschlafen. Nicht auszudenken, wenn ich plötzlich leise vor mich hin schnarchen würde.

Lotte versprach, nachmittags mit einer DVD vorbeizukommen, und ich meldete mich auf dem Sekretariat ab. Blass wie ich war, ging das völlig problemlos.

»Du armes Ding, du siehst ja aus wie das Kätzchen am Bauch«, kommentierte die Sekretärin mitleidig mein Erscheinungsbild.

Gemächlich schlurfte ich nach Hause. Das Gewitter hatte die Kälte vertrieben und etwas mildere Frühlingsluft wehte mir ins Gesicht. Ich streckte die Nase in die noch schüchterne Sonne. Die Straßenbahn quietschte, als sie hinter mir um die Kurve kam. Ich blinzelte ins Gegenlicht und schaute in die Fenster. Mit einem Schlag war ich hellwach. War das Chris? Mit wem saß er dann da? Und wo wollte er hin? Wenn mein trüber Blick mich nicht täuschte, war das doch ein Mädchen, das da verdammt eng neben ihm saß! Scheiße! Das durfte doch nicht wahr sein! Bevor ich mich vergewissern konnte, dass ich wirklich richtig gesehen hatte, war die Straßenbahn schon vorbei. Sofort zückte ich mein Handy.

Ist Chris heute nicht in der Schule?

Es dauerte ewig lange 2,31 Minuten, bis Lotte endlich antwortete.

Die haben heute Museumsbesuch oder so. Wieso?

Museumsbesuch? Und wieso saß er dann in der Straßenbahn? War da etwa die ganze Klasse drin gewesen? Ich versuchte, mir das Bild ins Gedächtnis zu rufen, aber ich konnte es nicht sagen. Logisch. Ich hatte mich auf Chris konzentriert.

Vielleicht hatte ich aber auch einfach nur Gespenster gesehen? Halluzinationen, weil sich die Müdigkeit wie ein Krake über mich gestülpt hatte?

Zu Hause ließ ich Tasche, Jacke und Schuhe einfach auf dem Weg in mein Bett fallen. Schlafen!

Erst die Türklingel holte mich aus meinen Träumen.

»Wenigstens hast du jetzt wieder ein bisschen Farbe im Gesicht, aber du siehst reichlich zerstrubbelt aus«, kommentierte Lotte, als ich sie reinließ. »Ich hab uns *Notting Hill* mitgebracht. Genau das Richtige zur Vorbereitung für einen romantischen Partyabend.« Sie wedelte mit der DVD in der Luft und dann wechselte sie das Thema. »Sag mal, meinst du, ich soll Benni besuchen? Ob es ihm wohl sehr schlecht geht? Er hat sich noch nicht wieder bei mir gemeldet. Vielleicht wartet er darauf, dass ich was mache? Aber ehrlich, was ist, wenn Püppi mich wieder in Empfang nimmt? Und eigentlich ist er auch dran, mit dem nächsten Schritt, oder?«

Zu Hilfe! Lotte redete ohne Punkt und Komma. Wie konnte ein einzelner Mensch nur so viel Energie haben? Das gehörte verboten! Ich gähnte.

»Lotte, halt mal die Luft an, ja? Ich brauche jetzt einen Kaffee und was zu essen.«

Meine Süße war sogleich Feuer und Flamme.

»Soll ich dir was kochen?«

Ich winkte ab. Die Erinnerung an die Tomatensoße war noch zu präsent. »Lass mal. Ich esse Cornflakes, da kann nichts anbrennen.«

Wie machten das eigentlich die Erwachsenen? Das war doch purer Stress, jeden Tag die Entscheidung, was man essen wollte, und dann das Zeug auch noch kochen. Vielleicht sollte ich nicht nur Vegetarier werden, sondern lieber gleich Rohköstler? Das würde mir jede Menge Zeit und Aufwand sparen.

Unter meinem Slip juckte es. Die nachwachsenden Schamhaare machten sich bemerkbar. Ich schob meine Hand in die Hose und kratzte. Zu Hilfe, ich hatte mich zum Igel entwickelt, total stachelig.

Nach der zweiten Tasse Kaffee fühlte ich langsam das Leben in mich zurückkehren. Lotte und ich lungerten auf dem Sofa, während Hugh Grant und Julia Roberts sich liebten und stritten und wieder liebten. Wir seufzten synchron an den romantischen Stellen.

»Sag mal, meinst du, Conni erlaubt dir, morgen noch mal bei mir zu schlafen? Dann könnten wir alles in Ruhe für die Party vorbereiten und meine Freiheit noch ein bisschen genießen.«

Irgendwie hatte ich mir die sturmfreie Zeit anders vorgestellt. Wilder.

»Ich glaub schon, nachdem wir letztes Mal pünktlich in der Schule waren und es auch sonst keinerlei Ärger gab. Und das mit dem Hausarrest hat sie ja aufgeschoben, damit braucht sie also nicht zu kommen.«

Lotte versprach, gleich am Abend zu fragen. Kurz vor neun verabschiedete sie sich. Neun Uhr war Deadline und wenn man was wollte, erwies es sich als ratsam, überpünktlich zu sein.

Kurz darauf kam die SMS.

Alles klar, Mama hat sich gewunden, aber Chris hat mir geholfen und jetzt darf ich! *tanz*

22.12 Uhr

Mist. Jetzt hab ich vergessen, mit Lotte über Chris in der Straßenbahn zu reden. Aber vielleicht hab ich mir das wirklich nur eingebildet? Ob ich Lotte ansetzen soll, ihn zu fragen? Heute denke ich nicht mehr. Morgen vielleicht.

22.19 Uhr

Ich bin so müde, dass es nicht mal Spaß macht, die Freiheit auszunutzen. Ich will einfach nur schlafen! Bin ich froh, wenn ich diesen ganzen Verantwortungskram wieder los bin. Das ist voll stressig!

Donnerstag, 19. April
0.54 Uhr

So ein leeres Haus ist nachts echt unheimlich. Zum Glück ist Evas Bett ziemlich bequem.

17. KAPITEL

Hormonalarm und heiße Küsse

22.45 Uhr

So was Blödes. Ich hatte mir meine sturmfreie Zeit wirklich lustiger vorgestellt. Stürmischer irgendwie. Jetzt ist noch nicht mal 23 Uhr und ich bin schon wieder müde. Wozu stellt Mama denn Regeln auf, wenn ich nicht mal Spaß dran habe, sie zu brechen? Von wegen Mitternachtsparty und so. Hätte sie nicht während der Ferien verreisen können? Dieses frühe Aufstehen bringt mich um.

Den Tag heute kann man jedenfalls voll in der Pfeife rauchen. Nichts passiert. Null. Nada. Niente. Chris lässt sich nicht mehr sehen. Ich glaube, der geht mir aus dem Weg. Lotte denkt nur über Benni nach und außerdem hatte sie Reitstunde und hinterher Stallarbeit. Dann musste sie gleich heim, weil Conni meinte, sie würde sonst die Schule vernachlässigen. Haha, in Wirklichkeit vernachlässigt doch die Schule uns! Ich meine, ist doch wahr, was die uns beibringen ist total am Leben vorbei. Kussunterricht wäre cool. Da würde sicher keiner schwänzen!

Auf jeden Fall war es heute einfach nur öde, aber immerhin ist in Wohnzimmer und Küche klar Schiff. Da können Lotte und ich morgen nach dem Einkaufen direkt mit Umstellen und Dekorieren loslegen. Aber vorher holen wir uns eine Pizza oder so. Mensch, ich brauch echt mal wieder was Gescheites zum Essen. Karotten mit Reis heute war so Pfui Teufel, dass ich es nicht mal Paul hätte anbieten können. Und als Belohnung für die ungenießbare Pampe gab es einen Berg Geschirr. Das ist echt unfair. Vielleicht sollte ich einen Kursus für Vegetarier belegen, falls es so was überhaupt gibt. Die Cornflakes wachsen mir langsam zu den Ohren raus. Gute Nacht, du langweilige Welt!

Freitag, 20. April – der Tag davor!
6.12 Uhr

Wahnsinn. Ich habe so gut geschlafen wie lange nicht. Total kuschelig und gemütlich. Ich muss Mama ihr Bett abschwatzen. Oder noch besser, ich wünsche mir ein französisches Bett zum Geburtstag. So eine richtig schicke Kuschelwiese. Hach. Früher Morgen und ich habe schon die genialsten Ideen.

6.16 Uhr
Ich glaube, das wird ein guter Tag! Ich fühle mich voll fit und immerhin ist es jetzt fast geschafft!

Morgen ist Party!

Was für eine ätzende Warterei. Die Zeit ist echt hinterlistig: Wenn man wartet, dass sie vorbeigeht, dann schleicht sie extra langsam. Und wenn man sie anhalten will – bei einem Bad in Chris' Gletscherseen zum Beispiel –, dann rast sie extra schnell.

Vielleicht hätte ich die ganze Woche über so tun sollen, als würde ich gar nicht warten und es wäre mir total schnurz, ob endlich Samstag ist oder nicht. Aber das hätte ich eh nicht geschafft, dazu bin ich viel zu aufgeregt!

Lotte klingelte pünktlich und ich riss nur 0.23 Sekunden später die Tür auf.

»Taraaaa!«, schmetterte ich ihr entgegen.

Meine Süße machte einen erschrockenen Hüpfer rückwärts. Sie zog einen Flunsch und auf ihrer Stirn leuchtete ein dicker fetter Pickel. So wie es aussah, war ich heute mal die Energiegeladene von uns beiden. Tatsächlich hatte ich bereits, ich konnte es selbst kaum glauben, abmarschbereit und ohne jeden Hauch von Morgenmuffligkeit hinter der Tür gelauert.

Wir gaben uns unsere Begrüßungsküsschen und dann legte Lotte sofort los: »Meinst du, er meldet sich heute? Oder ist er so krank, dass er nicht mal mehr das Handy bedienen kann? Vielleicht geht es ihm ja richtig, richtig schlecht und er wurde ins Krankenhaus eingeliefert. Intensivstation und so. Der arme Benni!«

Aha, da lag der Hase also im Pfeffer. Horrorfantasien mit Panikalarm. Puh.

Lotte bekam tatsächlich feuchte Augen, während sie wild an ihrem Ohr rumknubbelte. Musste sie echt am frühen Morgen schon so im Kreis reden? Ich versuchte, sie auf andere Gedanken zu bringen.

»Guten Morgen, liebe Franzi!«, übernahm ich mit verstellter Stimme ihren Text. Dann redete ich normal weiter: »Guten Morgen, liebe Lotte. Schön, dass du pünktlich bist. Ich bin schon fertig. Wir können direkt weiter.«

Lotte schaute schäflich durch mich durch.

Ich machte noch einen Versuch. Wieder mit verstellter Stimme: »Wow, Franzi, das ist ja klasse. Gut siehst du aus. So frisch!«

Dabei tätschelte ich meine Wangen, als Beweis für meine Worte. Aber Lotte reagierte immer noch nicht. Ich gab mich geschlagen.

»Okay, Süße. Du bist also überzeugt davon, dass dir der Himmel auf den Kopf fällt.«

»Hä?«

Na, immerhin hörte sie mir zu. Wir setzten uns in Bewegung und redeten im Gehen weiter.

»Sollen wir noch eben bei Benni vorbei? Nachdem ich heute endlich mal superpünktlich bin, könnten wir es schaffen.«

»Bist du wahnsinnig?« Lotte zeigte mir einen Vogel. »Dann denkt er doch, ich renne ihm hinterher.«

»Aha. Also steigerst du dich lieber in deine Horrorfantasien und wirst hysterisch. Auch gut. Und was für eine Rolle habe ich dabei?«

»Du nimmst mich überhaupt nicht ernst«, protestierte Lotte und kickte wütend einen Stein vor sich her.

»Ach Süße, komm. Wenn es was richtig Ernstes wäre, dann hätten wir das bestimmt mitgekriegt. Der Buschfunk funktioniert doch immer und einer von Bennis Freunden hätte ganz sicher geplaudert.« Ich hakte mich bei ihr unter und gab ihr einen sanften Schubs. »Wenn du mich fragst, dann liegt Benni zufrieden im Bett und lässt sich bedienen. Und wenn er allein ist, dann überkommt ihn so eine Art Wunderheilung und er spielt Playstation oder so einen Kram und genießt, dass er schulfrei hat.«

»Und wenn nicht?«

Lotte hatte heute eindeutig ihren Jammertag. Mir kam ein Verdacht.

»Sag mal, kann es sein, dass deine Hormone gerade Tango tanzen?«

»Willst du damit sagen, ich bin nicht zurechnungsfähig?«

Treffer versenkt. Meine ansonsten mopsfreundliche Lotte war gegen den Strich gebürstet. Das kannte ich schon. Einmal im Monat, immer kurz bevor sie ihre Tage kriegte. Da half nur Ruhe bewahren.

»Hey, ich hab die Idee! Und lass mich ausreden, bevor du losmotzt!«

»Pff. Als ob ich motzen würde«, maulte meine hormongeplagte Lotte.

»Also, pass auf. Ich ruf jetzt bei Benni an und frag nach, wie es ihm geht und ob er bis zur Party wieder fit ist. Dann bist du fein raus, hast aber die Info, die du haben möchtest.«

Lottes Stirn mit dem Leuchtpickel drauf runzelte sich. Aber immerhin sagte sie keinen Ton. Ich nahm das als Zustimmung und zog mein Handy raus.

Kaum hatte es geklingelt, ging Benni auch schon dran.

»Hey, Benni. Ich wollte mal hören, wie es dir geht? Was meinst du, bist du morgen wieder fit?«

»Hey, Franzi. Ach, ich glaube schon. Falls mir heute nicht der Himmel auf den Kopf fällt.«

Ich wurde stutzig. Hatte ich das nicht eben zu Lotte gesagt?

»Ich freu mich schon richtig auf die Party. Du sag mal ...« Bennis Stimme klang komisch, als ob sie gar nicht aus dem Handy käme, und im gleichen Moment, als ich das dachte, tippte mir jemand auf die Schulter. »Soll ich eigentlich irgendwas mitbringen? Getränke, Knabberzeug, Mucke?«

Ich fuhr rum und schaute direkt in Bennis grinsendes Gesicht. Scheiße, hatte der mich erschreckt.

»Mann, Benni, bist du wahnsinnig?«, fauchte ich ihn an, nachdem ich wieder Luft bekam. Lotte war zur Salzsäule erstarrt.

Immerhin fiel der Pickel jetzt nicht mehr sehr auf, weil ihr ganzes Gesicht rot leuchtete.

»Nö«, konterte Benni, »nur wieder gesund.« Er grinste sein extrabreites Bennilächeln und fixierte Lotte. »Hi!«

Mein Gefühl sagte mir, dass ich störte, deshalb drehte ich auf dem Absatz um und marschierte Richtung Schulhaus. Sollten die beiden sich mal ordentlich begrüßen. Ihnen blieben 2,36 Minuten bis zum Schulbeginn. Nicht genug für einen Kussrekord, aber immerhin genug Zeit für einen ersten Lippenkontakt.

8,58 Minuten später klopfte es zaghaft und Lotte und Benni schlichen ins Klassenzimmer.

»Entschuldigung«, flüsterte Lotte und beide huschten unter blöden Kommentaren der Jungs auf ihre Plätze. Lotte hatte ihren Flunsch gegen eine Strahlegrinsen eingetauscht.

»Und?«, flüsterte ich, wurde aber sofort vom Räuspern der Oberst gestoppt. Lotte zog nur vielsagend die Augenbrauen hoch.

Okay, dann eben auf die altmodische Art. Ich zückte Stift und Zettel und schrieb:

Was?

Den Block schob ich möglichst unauffällig in Lottes Richtung. Die ließ sich nicht zweimal bitten.

Wahnsinn!

Super. Das konnte ja alles und nichts bedeuten.

Ich will Fakten!

Himmlisch!

Nicht Tinte sparen. Fakten!

Ein Naturtalent. Echt!

Oder genug Übung.

Das war nicht nett, aber es war mir so aus dem Kuli gerutscht. Lotte reagierte prompt und streckte mir ihren Mittelfinger entgegen. Ich streckte ihr die Zunge raus.

»Sind die Damen jetzt dann fertig mit ihrem privaten Geplänkel?«

Ups. Nicht schon wieder unangenehm auffallen. Schnell zog ich den Block richtig zu mir rüber und schaute nach vorne. Zu spät.

Die Oberst stand bereits hinter mir und nahm den Block hoch. Sie las unseren kurzen Austausch und – ich konnte es kaum fassen, aber sie grinste.

»Lotte und Franzi werden uns zur nächsten Stunde ein Liebesgedicht schreiben.«

Lautes Gejohle setzte ein, aber die Oberst reagierte lässig.

»Natürlich kann jeder, der meint, sich jetzt dazu äußern zu müssen, gern auch ein Gedicht abliefern. Die Liebe hat viele Gesichter.«

Schlagartig herrschte Ruhe.

Wir hatten schon blödere Strafen hinter uns gebracht, das würden wir sicher lässig hinbekommen. Immerhin hatten Lottes Hormone das Feld geräumt. Der Rest des Schultages verlief in leise plätschernden Wellen. Lotte und Benni warfen sich, wann immer es möglich war, unauffällige Blicke zu. Mehr tat sich nicht. Sie hatten beschlossen, ihr süßes Geheimnis erst einmal für sich zu behalten. Chris blieb weiterhin wie vom Erdboden verschluckt. Meine auf Wolke 123 schwebende Lotte konnte mir auch nicht helfen.

Endlich verkündete der Gong das Unterrichtsende.

»Und, kommst du heute Mittag zu mir oder hast du jetzt keine Zeit mehr für deine Freundin?«

Lotte wurde rot.

»Quatsch. Natürlich komme ich. Was denn sonst? Aber was meinst du, wäre es okay, wenn ich zwischendurch mal ein Stündchen verschwinde? Wir hatten noch überhaupt keine Zeit, richtig miteinander zu reden.«

»Reden. So, so.« Ich grinste und Lotte wurde rot. Ihr armes Ohr musste wieder mal herhalten.

»Bis gleich. Ich ess schnell was und hol meine Sachen. Du weißt schon, Schlafzeug, Partyoutfit und Schminkkram und so.«

Ich schlurfte Richtung Einkaufszentrum. Hoffentlich würde ich da irgendwas Vegetarisches zu futtern finden, das nicht wie Hühnerfutter schmeckte. Mein Körper brauchte endlich mal wieder eine vernünftige warme Mahlzeit – und meine Seele auch. Es heißt nicht umsonst: Essen hält Leib und Seele zusammen.

Neben mir hupte es. Immer diese genervten Autofahrer. Die hatten null Toleranzfähigkeit, als hinge ihr Leben davon ab, ob sie 1,42 Sekunden schneller oder langsamer von A nach B kamen. Es hupte wieder und ein Wagen fuhr neben mir rechts ran.

»Franzi, hallo!«, rief eine Männerstimme. Ich stoppte und schaute rüber. Gustav winkte mich zu sich heran.

»Hey, Franzi. Ich hatte gehofft, dass ich dich erwische. Hast du Lust auf Döner? Ich hab welche dabei. Stell dir vor, ich habe heute morgen … ach was, das erzähle ich dir, während wir essen. Komm, hüpf rein.«

Döner! Sofort steigerte sich mein Speichelfluss um das 8,3-fache. Armes Tier, dass du für mich sterben musstest. Aber ich verspreche dir, ich werde jeden Bissen genießen und dir damit Respekt zollen.

»Aber ich muss nach Hause, Lotte kommt gleich«, wandte ich ein.

»Kein Problem. Dann machen wir es uns bei dir gemütlich und ich erzähle dir die Neuigkeiten.«

4,22 Minuten später saßen wir am Küchentisch. Jeder einen Döner und eine Cola vor sich.

»Eigentlich bin ich Vegetarierin«, erklärte ich Gustav. Der machte ein bestürztes Gesicht, aber ich hob grinsend den Döner hoch und biss ein großes Stück ab. »Leider eine, die Fleisch liebt«, ergänzte ich meine Aussage. Dann wechselte ich das Thema. »Und?«, fragte ich mit vollem Mund. »Wasch schind dasch jetscht für Neuigkeiten?«

Gustav legte seinen Döner auf den Teller zurück, wischte sich die Hände an der Serviette sauber und zog einen Umschlag aus der Innentasche seiner Jacke. »Ich habe die Ballonfahrt gebucht. Schau. Am 1. Mai ist es so weit. Deshalb bin ich auch hier. Bis morgen muss ich die endgültige Fahrgastzahl melden. Ich muss wissen, ob du mitfahren möchtest. Immerhin heirate ich ja auch eine Tochter mit.«

Dafür, dass Gustav keine Kinder hatte, machte er seine Sache echt nicht schlecht.

»Cool. Danke, dass du fragst. Aber ich glaube, der Moment gehört euch als Paar. Da will ich nicht stören. Macht ihr das mal schön allein miteinander aus.«

»Wie du meinst. Aber es wäre auch völlig in Ordnung, wenn du dabei wärst. Wirklich!« Gustav kramte in seiner Jacke. »Schau mal, ich habe noch was.«

Er holte drei kleine Plastikkästchen hervor und klappte sie auf. Sechs wunderschöne Ringe funkelten mir entgegen. Gold, Silber und Weißgold, je einer mit und einer ohne Diamant.

»Was meinst du, welcher würde Eva gefallen?«

Wow. Wenn er so weitermachte, dann war Gustav tatsächlich Mamas Sechser im Lotto. Ich musterte die Ringe und futterte nebenher meinen Döner weiter.

Es klingelte.

»Das muss Lotte sein. Prima, da kann sie gleich bei der Auswahl helfen.« Ich rannte zur Tür. »Hey, Süße, du kommst genau richtig. Gustav ist hier und es stehen wichtige Entscheidungen an. Stell dir vor, er hat mich sogar gefragt, ob ich im Ballon mitfahre.«

Lotte trat hinter mir in die Küche.

»Guten Tag«, sagte sie reichlich schüchtern.

»Hallo, Lotte.« Gustav stand auf und streckte ihr die Hand hin. »Ich bin Gustav, der Freund von Franzis Mutter«, stellte er sich vor.

»Ihr Fast-Verlobter und mein Fast-Stiefvater«, stellte ich die Familienverhältnisse richtig.

»Wow!«, entfuhr es Lotte, als sie die Ringe auf dem Tisch entdeckte. »Haben Sie einen Juwelier überfallen?«

Gustav gluckste. »So ungefähr. Ich bin mit dem Chef des Hauses befreundet, deshalb durfte ich eine Auswahl mitnehmen. Du darfst mich ruhig duzen, das macht es einfacher.«

»Wir suchen Mamas Verlobungsring aus. Was meinst du? Mir gefällt der silberne ohne Stein total gut. Aber ich glaube, Mama mag den aus Gold lieber.«

»Die sind alle wunderschön. Aber Eva trägt viel Gold, von daher denke ich auch, der wäre der Richtige.« Lotte nahm den

Goldring ohne Diamant in die Hand und bestaunte ihn, während sie ihn zwischen den Fingern drehte. Der Ring hatte rundherum ein Muster eingearbeitet und der Schliff brachte ihn zum Funkeln.

»Wie lange seid ihr eigentlich schon ein Paar?«, fragte sie Gustav.

»Fast acht Monate.«

»Und du hast nichts gemerkt?«, fragte sie mich und schaute mich mit großen Augen an.

»Oh, ich behaupte schon lange, dass Gustav mehr von Mama will, aber sie hat mich nie ausreden lassen und immer gleich das Thema gewechselt.«

»Und hast du auch Kinder?«

Ich musste lachen. »Hey, du nimmst ihn ja richtig ins Kreuzverhör«, protestierte ich.

Nicht, dass Gustav am Ende eingeschnappt wäre und dann was gegen Lotte hätte. Aber die zeigte sich unbeeindruckt.

»Na hör mal. Schließlich will er dein Stiefvater werden, da muss ich schon wissen, ob er der Richtige ist. Ich hab ja auch so was wie Verantwortung für meine beste Freundin.«

Schallendes Lachen von Gustav war die Antwort.

»Na, wenn das so ist. Jetzt habe ich schon meine Schwiegermutter in spe und meine Stieftochter in spe überzeugt, da werde ich es mit der besten Freundin hoffentlich auch schaffen. Also. Ich habe keine Kinder und keine Haustiere. Aber ich hätte gern einen Hund, und wenn ich mehr Zeit hätte, wäre ein eigenes Pferd ein Traum.«

»Wenn du jetzt auch noch hilfst, das Wohnzimmer umzustellen, dann hast du gewonnen.«

»Ach, die geheime Party?« Er ließ sich nicht zweimal bitten und dank seiner Kraft hatten wir den anstrengenden Teil der Vorbereitung in kürzester Zeit erledigt.

»Mädels, ich lasse euch jetzt allein. Die Arbeit ruft. Viel Spaß beim Feiern!«

Ich brachte ihn zur Tür und ging zu Lotte ins halb leere Wohnzimmer zurück.

»Wir gehen jetzt einkaufen und dann machen wir es uns gemütlich. Einverstanden?«

»Aber erst, wenn du gesehen hast, was ich dir mitgebracht habe!« Lotte holte ihre Tasche und zog ein Hängerchen raus. Genau so, wie sie es mir im Katalog gezeigt hatte.

»Lotte! Für mich?!« Ich fiel ihr um den Hals und drückte sie so fest ich konnte. »Du bist so ein Schatz!«

Ich probierte es sofort an und es passte wie angegossen. »Lotte, du bist eine Künstlerin!«

Aber meine bescheidene Freundin winkte ab. »Halb so wild. Das war wirklich nicht so schwierig.«

Glücklich drehte ich mich und strich an dem Oberteil runter.

»Wenn du noch gestylt bist und Chris so die Tür aufmachst, wird es ihn aus den Latschen hauen«, meinte Lotte zufrieden.

Apropos Chris. Da fiel mir ein, dass Lotte ja zu Benni wollte.

»Weißt du was? Ich gehe gleich allein einkaufen und du gehst zu Benni. Und später treffen wir uns wieder hier.«

»Das macht dir nichts aus?«

»Ach was. Freundinnen müssen sich auch mal den Rücken freihalten«, sagte ich lässig.

Den Stich, den es mir versetzte, ignorierte ich. Daran musste ich mich gewöhnen. Blieb nur zu hoffen, dass ich auch bald jemanden hätte, mit dem ich knutschen konnte. Ach Chris, wieso brauchst du nur so lange, bis du endlich mit deinen Gefühlen rausrückst? Und dann fiel mir ein, dass ich ja genauso lange brauchte. Echt blöd, eigentlich. Ich hätte schon vor Wochen zu ihm gehen sollen und ihn küssen. Einfach so. Mitten auf den Mund. Dann hätte er entweder zurückgeküsst oder mich von sich gestoßen. Aber auf alle Fälle wüsste ich heute, woran ich wäre. Und so? Nichts. Ich hing in der Luft und hing und hing. Aber nicht mehr lange. Morgen war Tag X! Und wenn die Erde auseinanderbröseln würde, morgen würde ich der Ungewissheit ein Ende machen.

16.28 Uhr

Alle Einkäufe erledigt und jetzt sitze ich da wie bestellt und nicht abgeholt, während Lotte sich mit Benni vergnügt. Echt ein saublöder Zustand. Ich will mich auch vergnügen!

Liebe GABi, wie wäre es, wenn du mir mal ein bisschen helfen würdest? Könnte es nicht jetzt einfach klingeln und Chris vor der Tür stehen?

Aber die Klingel blieb stumm.

Um die Zeit zu überbrücken, fing ich an, das Wohnzimmer zu dekorieren. Ich pustete Luftballons auf und verteilte Teelichter. Auf den an die Seite geschobenen Wohnzimmertisch kamen Gläser und Schüsseln für das Knabberzeug. Dank Omas großzügiger Spende war die Auswahl beachtlich.

Zuerst blubberten nur einzelne Bläschen in meinem Bauch, aber mit jeder Minute wurden es mehr und irgendwann hatte ich einen Freudeblubber in mir, der prickelte wie Brause.

Party! Ob Chris mit mir tanzen würde?

Ich machte die Augen zu und drehte mich ganz langsam im Kreis. Dabei stellte ich mir vor, wie er seine Arme um mich legte. Ach Chris!

Endlich kam Lotte wieder. Ihre Wangen hatten rote Flecken.

»Und, habt ihr geredet?«, fragte ich und bemühte mich, dabei keine Miene zu verziehen.

»Hä?« Lotte grinste schäflich und drückte sich an mir vorbei ins Haus.

Aber so einfach kam sie mir nicht davon! Ich hechtete hinter ihr her, schubste sie aufs Sofa und nahm sie ins Kreuzverhör. Ich wollte alles wissen!

»Wie fühlt sich ein Zungenkuss an? Was hat er mit seinen Händen gemacht? Wo waren deine Hände? Hattest du Wabbelknie? Hat er deine Brust angefasst? Hat er nur den Mund geküsst, oder mehr? Wenn ja, was?« Meine Fragen prasselten ohne Pause auf Lotte nieder.

»Gentlefrau genießt und schweigt. Sorry, Franzi. Du wirst noch einen Tag warten müssen und es dann selbst erleben. Ich kann da jetzt nicht drüber reden. Ich bin viel zu durcheinander.« Sie rekelte sich genießerisch. »Aber eins kann ich dir sagen. Stell dir das Beste vor, was du dir ausdenken kannst. Ich meine das Allerallerallerbeste. Den schönsten Moment. Das wunderbarste Gefühl. Okay? Hast du?« Sie wartete einen Moment.

Ich schloss die Augen und suchte die besten Bilder, die mein Hirn mir liefern konnte. Dann nickte ich.

»Okay«, sagte Lotte. »Und jetzt stell dir dieses Gefühl hoch zweihundert vor. Dann kannst du vielleicht ahnen, wie es ist.«

22.43 Uhr

Ich fasse es nicht. Lotte hat tatsächlich kein Wort über Bennis Küsse verloren. Aber immerhin hat sie mir versichert, dass das mit den Nasen kein Problem ist. Irgendwie klappt das automatisch, die Köpfe drehen sich etwas zur Seite.

23.55 Uhr

Ich kann vor lauter Aufregung gar nicht einschlafen. Lotte liegt neben mir, schnarcht ein bisschen und lächelt im Schlaf selig vor sich hin. Mann, die hat es echt voll erwischt.

Samstag, 21. April – Partytag!
8.22 Uhr

Es ist so weit, ich fasse es nicht! Hab echt gedacht, der Tag würde nie kommen! Heute werde ich geküsst. Ich spüre es ganz deutlich. Mein rechter kleiner Zeh kribbelt, dass MUSS Küssen bedeuten. Was sonst?

8.55 Uhr

So ein Mist. Jetzt könnte ich endlich mal ausschlafen und dann kann ich nicht. Okay, dann steh ich halt auf und koche einen Kaffee. Lotte ist noch im Traumland unterwegs. Vermutlich knutscht sie dort gerade.

18. KAPITEL

Der Countdown läuft

Guten Morgen, Schlafmütze!« Ich hielt Lotte den Kaffee unter die Nase und wartete, bis der Duft wirkte. 45,68 Sekunden später blinzelte sie mich endlich verschlafen an.

»Schon Zeit aufzustehen? Bin noch sooo müde.« Sie gähnte ausgiebig, streckte ihre Arme über den Kopf und setzte sich dann auf. Als sie die Tasse entdeckte, lächelte sie und nahm sie mir aus der Hand. »Du bist ein Schatz, danke.«

Wusste ich doch, was meine Lotte am frühen Morgen brauchte. Meinen Kaffee hatte ich auch mitgebracht. Zufrieden kuschelte ich mich mit angezogenen Beinen ans Fußende und hielt die Tasse mit beiden Händen, während ich Lotte musterte. Meine Süße stierte vor sich hin und hatte dabei ein überirdisches Grinsen im Gesicht.

»Und? Schön geträumt?«

Du liebe GABi, da stellte ich eine ganz harmlose Frage nach ihrem Traum und Lotte lief rot an. Hatte ich es mir doch gedacht. Ganz bestimmt hatte sie im Traum geknutscht. Und wer weiß, was noch. Auf jeden Fall wusste ich mit wem!

Hach, es war einfach zu verführerisch, die Gelegenheit konnte ich nicht ungenutzt vorüberziehen lassen.

»Wie weit seid ihr denn gegangen?«

Kreisch! Sogar ihr »Hä« blieb ihr im Hals stecken. Stattdessen vertiefte sich das Rot und sie verbrannte sich den Mund, weil sie hastig einen zu großen Schluck heißen Kaffee genommen hatte. Vor lauter Schreck verschluckte sie sich auch noch.Okay, genug war genug. Sonst würde mir meine Süße gleich noch vor lauter Scham zerfließen.

Echt goldig, sonst war sie doch auch nicht schüchtern, also nicht sooo schüchtern, nur ein bisschen. Aber wenn es Wirklichkeit wurde, fühlte sich die Sache offensichtlich völlig anders an.

Liebe GABi, hoffentlich würde sich die Sache bei mir auch bald anders anfühlen.

Lotte und ich vertrödelten die nächsten Stunden, frühstückten eine Ewigkeit und ich kippte nebenher Ananas, Zucker und Wein in eine große Schüssel. Da brauchten wir abends nur noch Limo und Sekt aufzuschütten und fertig.

Das Wohnzimmer strahlte bereits in voller Partypracht, da mussten wir nicht mehr viel tun. Noch die Knabbertüten aufreißen und das Zeug in die Schüsseln verteilen, sonst nichts.

»Was Eva wohl zur Hochzeit anziehen wird?«, fragte Lotte irgendwann und hatte schon wieder diesen verträumten Blick drauf. »Glaubst du, sie wird in Weiß heiraten?«

Ich kicherte.

»Süße, Weiß steht für Unschuld. Soweit mir bekannt ist, gab es nur eine Jungfrau mit Kind und das ist schon ein paar Jahre her. So etwas mehr als 2000. Nein, ich denke, Mama wird sich ganz normal lässig-schick anziehen.« Ich versuchte, sie mir als Braut vorzustellen, aber das funktionierte nicht. Ich hatte sie ja noch nicht mal verliebt vor Augen. »Erst mal muss sie sowieso noch Ja sagen«, überlegte ich laut.

Lotte schnappte nach Luft.

»Meinst du, sie will gar nicht? Vielleicht hat sie dich ja echt nur als Vorwand genommen?«

Ich hob meinen Fuß auf den Tisch, schob den Zehentrenner zwischen die Zehen und fing an, die Nägel zu lackieren. Brillant blau, hieß die Farbe. Dabei überlegte ich.

Natürlich hatte Lotte recht. Es wäre möglich, dass Mama Gustav gar nicht heiraten wollte, aber mein Bauchgefühl sagte was anderes. Deswegen wischte ich Lottes Frage weg.

»Ach was«, sagte ich und pinselte dabei den rechten großen Zeh an. Farblos zuerst, als Grundierung. »Mama ist bis in die Haarspitzen in Gustav verknallt. Sie hat genauso ihr Herz verloren wie er. Süß irgendwie, oder? Und beruhigend, dass man sich auch im Alter noch verlieben kann. Jetzt muss sie es nur noch zugeben. Ich bin ziemlich sicher, dass sie sich wegen mir nicht traut.«

Ich lauschte dem Wort nach. Hihi. Da steckte ein Wortwitz drin. »Sie traut sich nicht, sich trauen zu lassen.«

Lotte quittierte meinen Spruch mit einem Kichern und ich konzentrierte mich wieder auf meine Argumentation.

»Seit mein Erzeuger sich vom Acker gemacht hat, habe ich immer rumposaunt, dass ich Männer scheiße finde. Du weißt doch, dass ich Mama bei jeder Gelegenheit erklärt habe, dass ich keinen Bock auf einen Stiefvater habe und alles daransetzen würde, eventuelle Kandidaten zu vergraulen. Aber das ist schon Monate her, inzwischen hat sich erstens mein Männerbild gehörig gewandelt und zweitens habe ich Gustav kennengelernt und der ist echt okay. Da hätte ich es schlechter erwischen können. Und außerdem bin ich ein Teenager UND ein Mädchen, wenn ich meine Meinung nicht ändern darf, wer dann?«

Ich streckte mich und fuhr mir mit den Fingern durch die Locken. »Was meinst du? Sollen wir uns um unser Styling kümmern? Du könntest mir die Haare machen, während meine Nägel trocknen.«

Immerhin war heute der Tag der Tage, da wollte ich unbedingt perfekt aussehen.

Lotte ließ sich nicht zweimal bitten. Sie sauste los und suchte sich ihren Frisierkram zusammen.

15.25 Uhr

Wieso heißt es eigentlich, man hat sein Herz verloren? Das klingt so absichtslos. So nach dem Motto: Ups. Mein Herz ist weg, das muss ich wohl verloren haben. Und außerdem ist es Quatsch, dann wäre ja jeder Verliebte herzlos – zumindest so lange, bis er wiedergeliebt wird. Dann hat er das Herz des anderen als Ersatz. Und was, wenn man das Herz verliert und der Falsche es findet? Ob es so was wie ein Fundbüro für verlorene Herzen gibt? Irgendwie ist das mit der Liebe und dem ganzen Drum und Dran ganz schön kompliziert. Kein Wunder, dass da immer wieder Wabbelknie angesagt sind.

15.31 Uhr

Also ich würde heute Abend mein Herz sehr sehr gern verlieren. Aber nur, wenn Chris es findet und es direkt im Gletschersee landet. Andererseits habe ich es ja vielleicht schon längst verloren, weil ich ja schon lange verliebt bin. Und dann? Irgendwie muss ich Chris dazu bringen, dass er es findet. Aber wie kriegt man einen Jungen dazu, dass er ein Herzensfinder wird? Dann müsste er ja gleichzeitig sein Herz verlieren. Zu Hilfe. Vielleicht sollte ich vorsorglich ein paar Marzipanherzen besorgen. Was mich natürlich zu der Frage bringt: Ist Marzipan vegetarisch? Ehrlich, ich habe keine Ahnung. Lecker ist es auf jeden Fall!

3,21 Minuten später stand Lotte hinter mir und machte sich konzentriert ans Werk. Geschickt flocht sie Strähne um Strähne, steckte fest und zupfte zurecht, bis sie endlich kurz zufrieden schnaufte, nur um gleich an der nächsten Strähne zu zupfen. Ich beobachtete ihre Handgriffe argwöhnisch in dem kleinen Handspiegel, den sie mir hingestellt hatte. Anfangs sah es mehr nach Vogelnest als nach Frisur aus, aber das war bei meinen Locken normal. Wenn die jemand bändigen konnte, dann Lotte. Ich atmete tief durch und bemühte mich darum, gelassen zu bleiben. Es stand ja nur mein künftiges Leben auf dem Spiel, kein Grund, nervös zu werden also.

Endlich, nach 37,36 Minuten, trat Lotte einen Schritt zurück.

»Geschafft.« Sie umrundete mich und begutachtete ihr Werk kritisch. »Man soll sich ja nicht selbst loben, aber ich finde, es ist perfekt!«

Der Nagellack war inzwischen trocken, deshalb zog ich die Zehentrenner raus und stapfte ins Bad, um mich am größeren Spiegel zu bewundern. Ich war gerade oben, als es an der Haustür klingelte.

»Lotte, mach du bitte auf. Wenn es die Heilsarmee oder die Zeugen Jehovas sind, darfst du direkt wieder zumachen. Auf keinen Fall höflich sein, sonst werden wir die nie wieder los!«, schrie ich meine Anweisungen zum Badezimmer hinaus und begutachtete mich dann ausgiebig. Das hatte sie prima hinbekommen, meine Lotte. Da musste Chris einfach anbeißen.

»Wen willst du loswerden? Etwa deine Omama?«, hörte ich 15,32 Sekunden darauf die vertraute Stimme. Ich wirbelte herum.

»Omama, was machst du denn hier?« Ich freute mich über Omas Besuch, aber beinahe hätte ich »schon wieder« gesagt. Zum Glück konnte ich mich noch bremsen. So eine große Klappe konnte manchmal echt anstrengend sein.

Und dann fiel mir das Zusatzgeld ein. Mist. Ich hatte sie nicht mal angerufen und mich bedankt. Pfui, Franzi, du undankbares Ding, schalt ich mich selbst und holte das Versäumte auf der Stelle stürmisch nach.

»Du bist ein echter Schatz, Omama. Danke für das Geld.« Ich gab ihr 22 Extra-Küsschen, über das ganze Gesicht verteilt.

»Halt, stopp. Ob du es glaubst oder nicht, ich hab mich heute schon gewaschen«, protestierte Omama, aber die hüpfenden Funken in ihren Augen verrieten mir, dass sie sich über meinen Überfall freute.

»Ich war im Einkaufscenter und wollte dir nur schnell viel Spaß für heute Abend wünschen.«

»Sie wissen …?«

Lotte war hinter Omama hergekommen und stand im Türrahmen. Ihre Augen hatte sie entsetzt aufgerissen.

»Klar, weiß sie«, antwortete ich. »Keine Bange, Omama verrät nichts.«

»Nie im Leben! Ich werde euer Geheimnis mit ins Grab nehmen.« Sie zog sich mit zwei zusammengelegten Fingerspitzen über ihre Lippen, als wolle sie einen Reißverschluss zuziehen. Dann zwinkerte sie mir zu. »Ich habe dir übrigens noch eine Kleinigkeit mitgebracht. Moment, wo hab ich es denn?«

Omama wühlte in ihrem Rucksack und zog einen kleinen schwarzen Karton raus. Ich las die weiße Schrift: »Billy Boy«. Drunter war ein lachendes Männchen.

Lotte kiekste, hielt sich die Hand vor den Mund und prustete los. 1,24 Sekunden später wurde mir klar, was sie so aus der Fassung gebracht hatte. Omama hatte mir eine Schachtel Kondome mitgebracht. Cool!

Anstandshalber tat ich empört.

»Omama, was du von mir denkst!«

Sie grinste mich an.

»Was werde ich schon von dir denken? Dass du ein verdammt hübsches und ganz sicher heiß begehrtes Mädchen bist und hoffentlich Spaß haben wirst.«

»Du bist verrückt.«

»Da bestehe ich drauf. Normal sein dürfen die Langweiler.«

Typisch Oma! Ohne sie wäre mein Leben viel weniger bunt. Ich nahm ihr die Kondomschachtel aus der Hand und schob sie mir in die Hosentasche.

»So, meine Lieben. Meine Omapflicht habe ich getan, jetzt bin ich auch schon wieder weg.«

Als die Tür hinter Oma ins Schloss fiel, lachte Lotte immer noch. Mein Handy brüllte los und ich stöhnte.

»Liebe GABi, hier geht es ja zu wie am Busbahnhof zur Hauptreisezeit.« Ich nahm den Anruf an. »Hallo, Mama! Na, wie läuft es? Machst du London unsicher?«

»Hallo, Franzi. Bei mir läuft es prima. Die Organisation ist echt klasse und die Interviews sind total spannend. So hautnah mit den Stars der Branche, das hat schon was.«

Ich lachte. »Und wie hautnah genau kommst du denen?«

»Franzi! Was du immer denkst.« Mama schnaufte empört – dachte ich zumindest – und dann setzte sie nach: »Hautnah ist für Robbie reserviert.«

Na warte. So ein Früchtchen. Erst die Kondome von Omama – gefühlsecht! Dann der eingebildete Robbie hautnah. Bei der Abstammung brauchte ich mich echt nicht zu wundern, dass ich es kaum erwarten konnte, Chris ganz nah zu erleben. Gaaanz nah!

»So, so. Dann kann ich ja mal mit Gustav telefonieren und ihm erzählen, wie sich meine Mama in der Fremde tröstet.«

Lotte hielt den Atem an. Ich biss mir auf die Lippen.

»Franziska!« Dieses Mal war Mamas Empörung nicht gespielt. »Untersteh dich. Und außerdem hab ich dir schon eine Million Mal gesagt, dass Gustav nur mein Chef ist. Nicht mehr und nicht weniger.«

»Und die Erde ist eine Scheibe. Schon klar, Mamilein.« Die würde Augen machen. Hach, ich konnte es kaum erwarten, dass endlich der 1. Mai war. Fragte sich nur, ob ich es schaffte, so lange meine Klappe zu halten.

»Jetzt mal Schluss mit den Faxen. Wie geht es dir denn, meine Kleine? Kommst du klar mit dem Haushalt? Sind die Tiere gut versorgt? Und was isst du so jeden Tag? Hoffentlich nicht nur Pizza und Döner.«

»Mama, ich bin Vegetarierin«, unterbrach ich Mamas Rede- schwall und schob die Erinnerung an den gestrigen Döner schnell beiseite. Fast Vegetarierin würde es wohl besser treffen.

»Ach, Franzi, du und Vegetarierin. Du kannst mir viel erzählen. Jemand, der so gern Döner und Salamipizza mag. Und Gulasch und Hühnersuppe.«

Mist. Was hatte ich mir da nur für eine fiese Mutter ausgesucht. Echt gemein. Mein Magen knurrte und sofort lief mir die Spucke im Mund zusammen.

»Mama!« Ich stampfte mit dem Fuß auf – was natürlich eine vollkommen sinnlose Aktion war, weil Mama es nicht sehen konnte.

»Okay, okay. Vegetarierin also. Ich bin gespannt. Und was ist mit dem Haushalt?«

Eine Flut Bilder schob sich in 0,0067 Sekunden an meinem inneren Auge vorbei. Zerdepperte Bodenvase, Brandflecken auf dem Bügelbrett, Wachsflecken auf der Tischdecke, vermoderter Vorleger – der übrigens immer noch auf der Terrasse vor sich hin gammelte, blinkende Spülmaschine, kotzender Kater, verpasste Müllabfuhr, Kletteraktion über den Balkon ...

»Prima läuft es. Ich habe alles im Griff. Total easy, echt.«

Automatisch tastete ich nach meiner Nase. Nicht, dass es mir wie Pinocchio ginge. Aber sie fühlte sich normal an.

»Du, Mama, ich muss jetzt echt Schluss machen. Lotte wartet. Ich soll ihr die Haare flechten.«

»Sag ihr schöne Grüße. Auch an Conni. Und wenn was ist …«

»Dann ruf ich dich an oder Omama oder Gustav oder die Feuerwehr, die Tierrettung, die Kindernothilfe, die japanische Botschaft oder die automatische Zeitansage. Alles kein Problem. Ich hab das im Griff. Tschüss, Mama. Und viel Spaß mit deinen Stars!«

»Tschüss, du unmögliches Kind. Ich hab dich lieb!«

»Ich dich noch viel lieberer«, gab ich zurück und warf noch ein Küsschen hinterher. Dann legte ich schnell auf, bevor ihr doch noch weitere Fragen einfallen konnten.

»Jetzt aber los, sonst stehen die Gäste vor der Tür und du hast immer noch keine Frisur.« Entschlossen schob ich Lotte vor mir her. Hundert Meter Haare zu flechten brauchte seine Zeit. Ich hatte gerade den zweiten Zopf gebändigt, da piepste mein Handy.

»Bin gleich wieder da, nicht weglaufen«, befahl ich meiner Süßen, die die Prozedur brav über sich ergehen ließ. Brav, aber nicht schweigsam. Sie quasselte mich ohne Punkt und Komma mit Benni hier und Benni da zu. Meine liebe GABi.

Mit zwei Schritten war ich bei der Kommode, auf der mein Handy lag.

Hey, Franzi. Um Punkt halb sieben stehe ich vor der Tür. Lotte bekommt eine SMS von mir, dass ich es leider doch nicht zur Party schaffe, weil mein Hals wieder wehtut. Ich möchte, dass du mir aufmachst. Ich werde NICHT klingeln. Und dann schleich ich mich an Lotte ran und überrasche sie. CU Benni

Wie süß. Ein bisschen Glatteis für Lotte. Da war ich sofort dabei. Ich sah sie schon vor mir, wie sie ihrem Benni mit lautem Gekiekse um den Hals fiel. Cool.

»Was gibt es denn?«, fragte Lotte, die langsam ungeduldig wurde.

»Ach, nichts Besonderes. Mama wollte mich nur dran erinnern, dass ich keine Kerzen anzünden darf. Sie hat Angst, ich fackle das Haus ab.«

In Windeseile tippte ich *Okay* und drückte auf »Senden«. Dann machte ich mich wieder an die Arbeit.

»Fertig«, verkündete ich 22,56 Minuten später.

18.24 Uhr

Meine liebe GABi, bin ich nervös. Gleich geht es los. Der Countdown läuft. Benni wird Lotte überraschen und Chris will auch um halb sieben schon kommen, seine Anlage vorbereiten. Die Gäste sind ab sieben eingeladen. Reichlich früh für eine Party, aber Yvonne und Frederick müssen beide um Mitternacht zu Hause sein, da können wir nicht erst um zehn anfangen zu feiern.

18.27 Uhr

Jetzt gibt es kein Zurück mehr. Egal. Angriff! Ich überlege noch, ob ich ihm erst Hallo sage oder ihn lieber gleich küsse? Aber da ist ja immer noch seine Begleitung. Wen er wohl mitbringen wird?

»Lotte, würdest du die Limo in die Bowle kippen? Ich gehe mal nach Paul schauen und geb ihm noch schnell Futter. Wenn der Betrieb gleich losgeht, haut er bestimmt ab und verkriecht sich in Mamas Bett.«

Perfektes Timing. Ich war gerade im Flur, als Lottes Handy eine SMS ankündigte.

1,02 Sekunden später schrie sie auf.

»Nein! Das darf nicht wahr sein. So ein Mist!«

»Was gibt es denn?«, rief ich. Mit drei großen Sprüngen setzte ich zur Haustür und riss sie auf. Benni wartete bereits. Ich beeilte mich, in die Küche zurückzukommen, damit Lotte nicht plötzlich im Flur stand. Aber da bestand keine Gefahr. Meine Süße hatte sich auf einen Stuhl fallen lassen.

»Was ist denn passiert?«, fragte ich und setzte mich neben sie. Ich bemühte mich, nicht auf den in die Küche schleichenden Benni zu schauen. »Hey, Lotte, komm schon, was ist los?«

»Benni«, hauchte sie. »Stell dir vor: Er kommt …«

»Überraschung!«, erklang im gleichen Moment Bennis Stimme direkt hinter Lotte.

»Iiihhhh«, kiekste Lotte drauflos. Sie sprang so ungestüm hoch, dass der Stuhl umkippte und auf den Boden polterte. Paul, der zur Küchentür reinlinste, machte einen Buckel und fauchte. Lotte hing Benni am Hals und jubelte und schimpfte gleichzeitig.

Ich hob Paul hoch und kümmerte mich um sein Abendessen. Die Verliebten brauchten ein bisschen Zeit für sich.

Während Paul in gierigen Happen fraß, hörte ich es hinter mir schmatzen und seufzen.

»Du gemeiner Schuft«, schimpfte Lotte zwischen zwei Schmatzern.

»Ach, Süße. Ich wollte nur sehen, ob du dich freust, wenn ich komme.«

»Ich mich freuen?« Lotte tat erstaunt. »Wie kommst du denn auf die Idee?!«

Die beiden lachten und endlich erinnerte sich Benni auch an mich. »Hey, Franzi. Danke für die Rückendeckung. Coole Aktion!«

»Und so was nennt sich Freundin.« Lotte ließ Benni einen Moment los, um mir einen Knuff gegen den Oberarm zu geben. »Schäm dich!«, schimpfte sie und lachte.

»Okay. Ich schäme mich.« Ich knuffte zurück. »Hauptsache, du freust dich.«

Die Türklingel unterbrach unseren kleinen Schlagabtausch. Während Lottes und Bennis Lippen schon wieder andockten, ging ich öffnen.

»Hi. Hab gehört, hier wird Mucke gebraucht für eine heiße Party?«

»Chrrrr.«

Gletscherseealarm! Himmel und Hölle! Von wegen Herz verlieren, meine Stimme war weg! Mir wurde heiß und ich wusste nicht, was ich tun sollte. Hatte ich vorhin ernsthaft überlegt, ihn einfach zu küssen? Never ever! Mir schlotterten die Knie.

Und wo war seine Begleitung? Er hatte doch gesagt, er bringt jemanden mit?

»Willst du mich nicht reinlassen?«, fragte Chris endlich.

Ich räusperte mich und machte einen neuen Sprechversuch.

»Äh, doch, natürlich. Hi.«

Mit Wabbelknien ging ich vor ihm her in die Küche.

»Hi, Schwesterchen. Benni.« Chris schaute zu den beiden Dauerknutschern rüber und grinste. »Lasst euch nur nicht stören.« Er drehte sich zu mir um. »Wo steigt denn die Fete, Franzi?«

»Im Wohnzimmer. Komm, ich zeig's dir.«

Heilige GABi, ich allein mit Chris im Wohnzimmer. Wie lange hatte ich davon geträumt?

»Meine Begleitung kommt übrigens gleich«, sagte er beiläufig und fing an, sein Notebook hochzufahren und seine CDs zu sortieren.

»Ja, also …«

Ich fühlte mich mit einem Mal vollkommen überflüssig. Chris kümmerte sich nur um seine Musik und beachtete mich nicht weiter. In der Küche knutschten Benni und Lotte. Und was war mit mir?

18.58 Uhr

Super. Der Abend fängt total beschissen an und kann sich nur noch steigern. Ich frage mich allerdings gerade ernsthaft, ob er sich nach oben oder nach unten steigern wird.

Ich bin so eine Idiotin! Wie konnte ich nur jemals überhaupt auch nur ein Fitzelchen daran glauben, Chris könnte mich mögen? Blödsinn. Schwachsinn. Vollkommener Unsinn! Hirngespinste einer hormongesteuerten Pubertierenden. Ich kaufe mir eine Schaufel und grabe mir ein Loch!

Es klingelte wieder. Fabian stand vor der Tür. Er ging mit Chris in die gleiche Klasse.

»Hi. Ich wollte nur Molly abgeben. Chris hat gesagt, er passt heute auf sie auf, weil ich einen wichtigen Gig habe.«

Jetzt erst sah ich, dass er einen Mops auf dem Arm hatte. Bevor ich etwas sagen konnte, hatte Fabian mir den Hund in die Arme gedrückt.

»Tschüss, Molly, und brav sein!«

Ich konnte nicht mehr denken. In meinem Kopf wirbelte nur ein Wort: Molly.

Molly. Molly. Molly.

19. KAPITEL

Party –
zu Hilfe!

Molly schien es nicht schwerzufallen, neue Freundschaften zu schließen. Sie wedelte begeistert mit ihrem Ringelschwanz und versuchte mir übers Gesicht zu lecken.

Ich ging in die Hocke, setzte die Kleine ab und griff die Leine.

»Na, dann schaun wir mal, wo wir dich unterbringen, was, Molly?«, redete ich freundlich auf sie ein und streichelte ihr das Kinn.

»Ach, Fabian hat sie schon gebracht.«

Chris! Wieso schlich der sich so an? Erschrocken drehte ich mich zu ihm um. Eine Gelegenheit, die Molly sich nicht entgehen ließ. Sofort machte sie Männchen und leckte mein rechtes Ohr, samt Ohrringen. Pfuiigitt! Chris lachte und bückte sich ebenfalls. Er begrüßte Molli mit einem Ohrknuddler. »Und, was sagst du zu meiner Partybegleitung? Ich hoffe, es ist okay?«

Klar, wollte ich sagen. Kein Problem. Kater Paul wird sich verkrümeln, aber das würde er bei so vielen Gästen sowieso. In Wirklichkeit sagte ich aber nichts. Keinen Piep!

Chris lächelte mich an. Seine Grübchen vertieften sich. In seinen Augen spiegelten sich Gletscherwasserfälle und ich schnappte nach Luft.

Jetzt!

Mein Herz pochte wie verrückt, ich leckte mir vor lauter Aufregung über die Lippen, auf denen schon lange kein Lipgloss mehr war. Das war er. Der magische Moment! Mein kleiner Zeh hatte es vorausgesagt! Ade, ihr kusslosen Zeiten. Schluss mit schlüpfrigen Fantasien. Ab sofort zählte die Realität!

2,33 Sekunden vergingen. Aber Chris küsste mich nicht.

Er legte eine Hand auf meine Schulter und strich mir einen Zopf nach hinten.

»Du, Franzi, ich wollte dir übrigens noch ...« Weiter kam er nicht. Wir standen immer noch an der offenen Haustür und Frederick und Sebastian trafen mit lautem Hallo ein.

Mist. Verdammter Mist.

Was wollte er? Mir sagen, dass ich süß bin? Mir sagen, dass ich aufhören sollte, in seinen Gletscheraugen zu baden? Dass ich seine Grübchen und alles drum rum vergessen sollte? Mir seine Liebe gestehen oder vielleicht einen endgültigen Korb geben? Wie sollte ich den Abend überstehen, wenn er mir nicht endlich sagte, was er mir sagen wollte?

Während die ersten Gäste das Wohnzimmer belagerten und Lotte und Benni tatsächlich mal eine kurze Knutschpause einlegten, drückte ich Chris Mollys Leine in die Hand und zog mich zurück. Ich brauchte dringend eine Liste. Vielleicht konnte ich damit Ordnung in mein Kopfchaos bringen?

Was will Chris mir sagen?
Möglichkeiten, die ich hören möchte:
- ♥ Ich hab mich in dich verliebt.
- ♥ Du bist das süßeste Mädchen, das ich kenne.
- ♥ Möchtest du meine Freundin sein? (ja, ja, jaaaaaaa!)
- ♥ Darf ich dich küssen? (jaaaaaaaaaaaaaaaaaaaaaaaaaaa!!!!)
- ♥ Ich finde dich total hübsch und extrem sexy!
- ♥ Willst du mit mir gehen? (jaaaaaaaaaaaaaaaaaaaaaaaaaa!!!!)

Möglichkeiten, die ich lieber nicht hören möchte:
- ☹ Hör auf, mir hinterherzurennen.
- ☹ Ich glaube, du bist in mich verknallt. Vergiss es, Baby.
- ☹ Franzi, du bist total nett, lass uns Freunde sein. (kotz!)
- ☹ Ich habe eine Freundin.
- ☹ Ich bin schwul.

In meinem Kopf wirbelte alles durcheinander. Ich starrte die Liste an und versuchte herauszufinden, welcher meiner Punkte wohl am wahrscheinlichsten wäre. Aber da kam ich nicht weiter. Unten tobte inzwischen voll das Leben. Ich hörte Musik, Gläser klirren und Gelächter. Zeit, mich ins Getümmel zu stürzen.

19.56 Uhr

Meine Party! Verdammt! Wieso läuft heute alles so verdammt schief? Wir haben uns so viel Mühe gegeben mit der Vorbereitung. Alles ist perfekt. Meine Lippen sind mehr als bereit, geküsst zu werden, und was ist? Nichts! Sagen will er mir was. Ja was denn, verdammt noch mal? Und überhaupt! Ich will nicht reden. Ich will endlich knutschen!!! Ist das denn zu viel verlangt?!

Das Blatt mit der Liste riss ich ab, faltete es zusammen und stopfte es in die Potasche meiner Jeans. Vielleicht hatte ich Gelegenheit, mit Lotte darüber zu sprechen. Als ich ins Wohnzimmer kam, traute ich meinen Augen nicht. Die erste Person, die ich im Blick hatte, war Nadine. Schlampe Nadine! Die mit dem dicken Hintern und den dicken Möpsen. Wieso nannte man die Dinger eigentlich Möpse? Was hatte Molly mit Nadines Brüsten zu tun?

Ich stellte mich neben Lotte und hob fragend meine Augenbrauen. Meine Süße verstand mich sofort.

»Ich weiß auch nicht, sie hat wohl mitgekriegt, wie Lisa und Yvonne sich unterhalten haben, und jetzt stand sie einfach hier. Hätte ich sie rausschmeißen sollen?«

Ich schüttelte den Kopf. Nein, so unhöflich mussten wir dann doch nicht sein. Ich ließ meinen Blick schweifen. Die Leute schienen sich bereits prächtig zu unterhalten.

Weil meine Schamhaare juckten, fing ich automatisch an zu kratzen und merkte erst, was ich da tat, als Chris fassungslos auf meine Hand starrte. Heilige GABi, was war ich für ein Trampel!

Sollte Chris je Interesse an mir gehabt haben, jetzt hatte ich garantiert ein für alle Mal verspielt. Aus. Vorbei. Erledigt. Der Gletschersee war trockengelegt. So unauffällig wie möglich zog ich meine Hand wieder in ungefährliche Regionen und tat so, als sei nichts gewesen.

Lotte schaffte es tatsächlich, von Bennis Lippen abzudocken. Sie schnappte mich und zog mich in die Mitte vom Zimmer. Dort tanzten wir ausgelassen und endlich löste sich meine Verkrampfung ein bisschen. Genau darum ging es doch. Spaß haben! Aus den Augenwinkeln sah ich Chris, der sich neben seiner Musik auch noch um Molly kümmerte. Die schien den Trubel richtig zu genießen und hüpfte herum. Von Paul konnte ich keine Spur erhaschen. Klar, der hatte sich verdrückt. Der war eben kein Party-Kater.

Trude und Erwin schwammen vollkommen unbeeindruckt ihre Runden durchs Aquarium und gaben dabei ihre tonlosen Kommentare zu dem bunten Treiben ab. Für die war es bestimmt eine nette Abwechslung.

20.33 Uhr

Scheiß drauf! Wenn Chris sich anstellen will wie Bruder Verklemmtheit in Person, dann soll er doch. Ich habe beschlossen, mich zu amüsieren. Punkt! Der wird schon sehen, was er davon hat. Jawoll. Wenn ich ungeküsst bleibe, dann bleibt er es nämlich auch. Ätsch.

So sehr ich mir auch vornahm, Chris nicht mehr zu beachten und mich um meinen eigenen Spaß zu kümmern, so wenig gelang es mir leider. Alle paar Takte musste ich schauen, ob er noch da war. Was er gerade machte. Wie er aussah. Ob er lächelte oder ernst schaute. Ob er etwas trank oder ob er mit jemandem redete.

Die Verkrampfung, die ich für ein paar Momente hatte ablegen können, hielt mich wieder voll umklammert. Wie ein Ganzkörperfluch! Seele inbegriffen.

Schluss jetzt mit dem Theater. Das war ja schlimmer als auf dem Ball der eisernen Jungfrauen. Also musste eben doch ich den Angriff übernehmen. Ich setzte mich auf die Sessellehne neben Chris.

»Hi! Coole Musik. Du hast es echt drauf«, schrie ich ihm über den donnernden Bass des Songs zu.

Chris hob seine Hand wie einen Trichter ans Ohr. Er zuckte entschuldigend mit den Schultern und lachte mir zu. Dann bückte er sich zu mir rüber, hob etwas vom Sessel auf und hielt es mir hin.

Nein! Liebe GABi, sag, dass das nicht wahr ist! Bitte!

Die Hitze schoss in meinen Kopf, dass ich das Gefühl hatte zu explodieren. Mit zitternder Hand nahm ich das kleine Päckchen entgegen und verstaute es wieder in der Hosentasche, wo es rausgefallen sein musste. Am liebsten hätte ich die Musik abgedreht und alle Leute rausgeschmissen. Vorbei. Schluss. Aus. Das war es. Die Party ist beendet, Leute.

Aber das konnte ich natürlich nicht machen. Die aufgebrachte Meute würde mich lynchen.

Vorsichtig hob ich meinen Blick. Chris stand wieder an seinen CDs, aber er hatte die Gesichtsfarbe verändert. Scheiße! Er war rot geworden! Aber eigentlich auch kein Wunder. Welcher Junge konnte schon cool bleiben, wenn er einem Mädchen Kondome in die Hand drückte.

Er dachte jetzt bestimmt, ich war eine Schlampe, die es nur drauf anlegte, einen Typen abzuschleppen. Danke, Oma. Prima Idee, dein Geschenk. Echt!

Unsere Blicke trafen sich. Der Gletschersee war dunkel geworden, wie bei einem Sturm. Schnell schaute ich wieder weg. Das war einfach viel zu peinlich. Ich holte mir ein Glas Bowle und kippte es auf ex. Teufelnocheins, war das Zeug stark! Das schmeckte ja, als wäre eine Flasche Brennspiritus drin. Ich musste husten.

»Hey, Chica, coole Bude. Echt lässig von deiner Alten, dass du hier 'ne Party schmeißen darfst«, schrie mich jemand von hinten an. Tommi? Der Fußballergebnisse aufsagende – igitt – Tommi? Der Tommi, den ich nicht eingeladen hatte?

Ich drehte mich um und sah gerade noch, wie er eine Flasche mit dem Fuß unters Sofa schob.

»Hey, Tommi, wer hat dich denn eingeladen?«

Tommi grinste breit.

»Da staunste, was. Ich hab mitgekriegt, dass hier heute der Bär steppt und dachte mir, gehste mal hin, steppste mal mit.«

Ich bückte mich und zog die Flasche wieder unterm Sofa vor.

»Aha. Und damit es gleich richtig steppt, hast du gedacht, du hilfst ein bisschen nach? Hast du etwa die ganze Flasche Kirschwasser allein gesoffen?«

Ich musterte ihn und versuchte herauszufinden, ob er besoffen war. Bei Tommi war alles möglich. Aber er grinste mich nur an und zwinkerte mit dem rechten Auge.

»Ach, ich dachte, da sollen alle was von haben. Ich hab brüderlich geteilt.«

Der brennende Geschmack der Bowle fiel mir ein. Außerdem fühlte ich mich etwas schwindelig. Mir kam ein Verdacht.

»Sag nicht, du hast den Dreck in die Bowle gekippt?!«

»Was gibt es denn?«, fragte Lotte, die sich mit Benni zu mir gestellt hatte.

»Der Vollidiot will die Party schmeißen«, polterte ich los und hielt Lotte die Flasche unter die Nase.

Die schüttelte sich.

»Igitt. Wer trinkt denn so einen Dreck?«, fragte sie.

Ich zeigte auf Lisa, die gerade ein Glas Bowle in schnellen Zügen leerte.

»Alle, die Bowle trinken, würde ich sagen. Tommi, du bist ein Riesenarschloch! Mach dich vom Acker, solche Idioten brauchen wir echt nicht.«

»Bleib mal locker, Franzi. Seit wann hast du denn so einen Stock im Arsch? Ist doch alles easy.«

Easy. Ha!

»Sag mal, raffst du es nicht? Hast du schon mal was von dem Recht auf Selbstbestimmung gehört? Ich will selbst entscheiden, ob ich Alkohol trinke und wie viel!«

Tommi schaute mich an wie eine Maus, wenn das Maul der Katze auf sie zukommt. Aber nur 1,42 Sekunden lang. Dann machte er eine wegwerfende Handbewegung, sabbelte was von wegen »verklemmte Tussi« und drehte sich von mir weg. Meinen Rauswurf ignorierte er einfach. Lisa stand schon wieder an der Bowleschüssel und schenkte sich nach.

»Lisa, warte mal. Du, pass auf, das Zeug hat es in sich. Ober-
arsch Tommi hat da Schnaps reingekippt.«

»Jaund? Bleiblockerfranzi. Das Zeug ist affentittengeil!« Lisa
lallte schon ein bisschen. Sie kicherte vor sich hin. »Affentitten-
frittenfickenhihihi.«

Scheiße. Die hatte echt schon einen sitzen.

Ich schaute mich um und überlegte, was ich machen sollte.

»Soll ich die Bowle wegtun?«, fragte Benni.

»Oh, du bist ein Schatz! Genau. Kipp das Zeug ins Klo. Sollen
die Ratten sich doch einen ansaufen. Hier gibt es jetzt nur noch
alkoholfrei.« Erleichtert lehnte ich meinen Kopf gegen Lottes
Schulter. »Was für ein Chaos, oder?«

Lisa, die offensichtlich bereits reichlich Bowle gekippt hatte,
schwankte und hielt sich an Sebastian fest. Sie lachte schrill, als er
ihr in den Hintern kniff. Na Prost. Genau das, was kein Mensch
brauchte. Besoffene Partygäste.

Vielleicht hatte Chris mitbekommen, wer noch alles zu reichlich
Bowle gekippt hatte. Und vielleicht hatte er eine Idee, wie wir das
Chaos wieder in den Griff kriegen konnten. Ich wollte ihn gerade
ansprechen, als mir die Kondome wieder einfielen. Mir blieb das
Wort im Hals stecken. Der Song war zu Ende und in die Stille
hinein hörte ich ein Würgen. Schnell suchte ich den Raum ab.
Reierte da etwa jemand auf das Sofa? Da entdeckte ich Lisa, die
sich übers Goldfischglas beugte und reinkotzte! AchduliebeGABi!
Erwin und Trude! War die blöde Kuh denn total bescheuert?

Ich schrie auf und innerhalb von 1,21 Sekunden waren Lotte
und Benni da und erfassten die Situation, während ich vor Entsetzen völlig erstarrt dastand.

»Bring du Lisa raus. Wir kümmern uns um Erwin und Trude!«
Lotte rannte bereits los, während sie das schrie. 1,43 Sekunden
später war sie mit einem Eimer wieder da. Den drückte sie Benni
in die Hand. »Los. Nimm das Netz und hol die Goldfische da
raus. Ich bring Wasser.«

Endlich konnte ich mich auch wieder bewegen. Ich schnappte
mir Lisa und zog sie reichlich unsanft neben mir her Richtung

Klo. Dort ließ ich sie los und sie sank vor der Kloschüssel in die Knie. Sollte sie doch da Wurzeln schlagen, mir war es egal. Erst mal musste ich jetzt sehen, was mit Trude und Erwin los war. Die Goldfische schwammen inzwischen in dem Eimer mit frischem Wasser. Benni schöpfte das vollgekotzte Wasser in einen zweiten Eimer und Lotte assistierte ihm dabei. Die anderen Partygäste schauten zum Teil neugierig zu, andere kümmerten sich überhaupt nicht um das Chaos und tanzten vergnügt weiter.

Frederick kam ins Zimmer.

»Ich hab die Tür einfach mal aufgelassen, da kommen ja eh ständig Leute«, meinte er total gelassen, als sei das das Selbstverständlichste auf der Welt.

Ständig Leute? Ich hatte immer mehr das Gefühl, im falschen Film zu sein. Was wurde hier gespielt?

»Komm mal mit.« Ohne auf ihren Protest zu hören, zog ich Lotte hinter mir her in die Küche.

Dort hatten sich allerdings auch schon Leute breitgemacht. Manche kannte ich nur vom Sehen. Ich bekam Wabbelknie. Aber nicht die gute Art, eher die Panik-Wabbelknie. Die, die sich total beschissen anfühlen.

»Sag mal, was sollen wir denn machen?«, fragte ich meine beste Freundin von allen, nachdem wir im Badezimmer endlich ein ruhiges Plätzchen gefunden hatten. »Wo kommen denn die ganzen Leute her?«

Lotte stand da und starrte mich verdattert mit großen Augen an. Vor lauter Aufregung knubbelte sie an ihrem Ohr. Mein Lipgloss war schon lange weggeschleckt.

»Ich weiß auch nicht. Das ging alles so schnell. Das muss sich total rumgequatscht haben.«

Jemand polterte gegen die Tür.

»Verpiss dich!«, brüllte ich und ließ mich auf den Badewannenrand sinken. »Das ist eine Katastrophe. Das haben wir doch überhaupt nicht mehr unter Kontrolle. Die nehmen mir die Bude auseinander.« Meine Stimme zitterte und ich merkte, wie mir Tränen in die Augen stiegen.

Zumindest war damit die Frage beantwortet, in welche Richtung die Party sich noch steigern wollte. Fahrstuhl zur Hölle, ohne eingebaute Bremse. Scheiße!

Es polterte wieder.

»Bist du taub, oder was?«, donnerte ich los. »Verpiss dich, hab ich gesagt.«

»Franzi? Lotte? Kommt, macht auf, ich bin es, Chris.«

Lotte drehte den Schlüssel und öffnete die Tür gerade so weit, dass Chris hineinschlüpfen konnte.

»Das läuft ein bisschen aus dem Ruder, oder? Ich dachte, du wolltest nur eine kleine Party feiern?«

»Eingeladen sind nur sechs Leute. Der Rest hat sich einfach so dazugemogelt. Und jetzt ist plötzlich das Haus voll. Stell dir vor, manche von denen kennen wir gar nicht!«, erklärte Lotte ihrem Bruder. Mir hatte es die Sprache wieder mal verschlagen.

»Ah, so was hab ich mir schon gedacht. Okay, da hilft nur die Holzhammermethode. Wir schaffen den Überschuss raus und dann schauen wir, dass wir doch noch zu unserer gemütlichen Party kommen. Einverstanden, Franzi?«

Ich hielt meinen Blick stur auf den Fliesenboden geheftet und nickte nur. Augenkontakt verboten! Ich würde vor Scham zerspringen, zerfließen, explodieren, mich in eine Million Kleinstteilchen auflösen und durch die Atmosphäre schweben.

Während ich noch darüber nachdachte, was alles mit mir passieren würde, sollte ich es jemals wieder wagen, Chris in die Augen zu schauen, nahmen meine wunderbaren Freunde das Chaos bereits in die Hand.

Mir war schwindlig und schlecht und ich konnte nicht genau sagen, ob es an der ganzen Aufregung lag oder ob ich vielleicht auch zu viel von der Teufelsbowle erwischt hatte. Auf jeden Fall schwankte der Boden beträchtlich.

Und dann merkte ich, wie es in mir anfing zu blubbern. Ein Kichern stieg in mir hoch und drängte nach draußen. Eigentlich war das alles doch ein Witz. Ein verdammt schlechter, aber ein Witz. Und je mehr ich daran dachte, desto mehr musste ich kichern.

Ich ließ mich vom Badewannenrand nach hinten rutschen, lag quer in der Wanne und lachte, bis mir die Tränen kamen. So was konnte doch echt nur mir passieren. Langsam, aber sicher war ich froh, wenn Mama wieder da war.

Unten polterte es. Die Musik stoppte abrupt, mitten im Song. Buhrufe wurden laut. Und dann hörte ich Chris, der alle übertönte.

»Die Party ist vorbei, Leute. Alle, die nicht persönlich von Franzi oder Lotte eingeladen wurden, nehmen brav ihre Siebensachen und machen sich vom Acker. Und zwar jetzt!«

Stimmen konnte ich keine unterscheiden, aber Wortfetzen setzten sich durch. Da war von Arschloch bis Wichser alles dabei. AchduliebeGABi!

Ohne Chris hätte ich mir einen Strick besorgen können oder darauf warten, dass Mama heimkam und mich umbrachte. Keine Ahnung, wie das hier ausgegangen wäre, aber gut ganz sicher nicht.

Vorsichtig öffnete ich die Badezimmertür und schaute raus. Die Luft war rein. Ich schlich die Treppe runter und schob mich in die Küche.

»Wie wäre es mit einem Kaffee?«, fragte Lotte, die dabei war, leere Gläser einzusammeln.

Ich nickte. »Gute Idee.« Dann ließ ich mich auf einen Stuhl sinken und legte den Kopf auf die Arme.

»Alles in Ordnung. Die Idioten sind weg, zwei Pärchen sind noch da und das Haus steht noch. Insgesamt kein ganz schlechtes Ergebnis, oder?« Chris hatte sich neben mich gesetzt.

»Und die Goldfische haben auch überlebt«, verkündete Benni und dockte zur Belohnung gleich wieder bei Lotte an.

»Ich habe denen drüben eine Kuschel-CD eingelegt. Die sind die nächste Zeit beschäftigt. Molly muss dringend mal raus. Kommst du mit, Franzi?«

Hörte ich Englein singen, oder hatte Chris mich wirklich gerade gefragt, ob ich mit ihm in die dunkle Nacht rausginge? Am besten, ich dachte gar nicht weiter nach. Schnell stand ich auf, musste mich aber einen Moment am Stuhl festhalten. Mir war immer noch schwindlig.

Chris hakte sich bei mir unter und zusammen mit der vor Begeisterung springenden und bellenden Molly verließen wir die Küche.

Ich dachte wieder an meinen kleinen Zeh. Dieses Mal würde nichts mehr dazwischen kommen, so wahr ich Franzi hieß!

Wir liefen die ersten Meter schweigend nebeneinanderher. Molly schnüffelte und machte Pipi.

»Du, Franzi …«, fing Chris an.

Zu meinem Schwindel kam Übelkeit hinzu. Kirschwasser und frische Luft vertrugen sich offensichtlich nicht besonders gut. Ich konnte mich gerade noch über eine Hecke beugen, dann würgte es mich, bis nur noch Galle kam.

Chris hielt mir die Haare aus dem Gesicht.

20. KAPITEL

Tofubegegnung und Schaumküsse

Nachdem ich mich wieder einigermaßen gefangen hatte, ließ ich mich einfach auf den Gehweg sinken und heulte los. Der gesamte Frust der missratenen Party, der unerwiderten Liebe und der ungeküssten Lippen brach sich Bahn.

Chris setzte sich mit Molly auf dem Schoß neben mich und wartete ab, bis mein Schluchzen weniger wurde.

»Alles ein bisschen viel, was?«, sagte er in die Stille hinein.

Es war stockdunkel. Zum Glück! Wenigstens ein Punkt, in dem das Schicksal mich verschonte.

Ich schniefte als Antwort und putzte mir lautstark die Nase.

»Franzi, jetzt hör mir mal zu. Was ich dir schon den ganzen Abend sagen wollte: Es tut mir total leid, dass ich einfach in Lottes Zimmer gepoltert bin. Ich wollte dich nicht in so eine peinliche Situation bringen. Ich möchte, dass du das weißt, und nicht denkst, dass ich einer bin, der solche Sachen provoziert.«

Wie bitte? Das war es, was er mir sagen wollte? In Gedanken ging ich meine Liste durch. Der Punkt war nicht dabei. Logisch, auf die Idee wäre ich auch nie und nimmer gekommen. Na vielen Dank auch. Schön zu wissen, dass Chris einer von den Netten war, aber was hatte ich davon? Wo blieben die Aussagen, die ich hören wollte? Wieso küsste er mich nicht endlich? Ähm. 0,11 Sekunden nach dem Gedanken gab ich mir auch schon selbst die Antwort. Kein normaler Mensch wollte jemanden küssen, der gerade Gift und Galle gespuckt hatte. Aber das beantwortete nicht die im Raum stehende Frage: Würde er mich denn überhaupt küssen wollen? Also wenn ich jetzt nicht hier versifft und stinkend mitten auf dem Gehweg sitzen würde, sondern ihm mit frisch geputzten Zähnen und leckerfeinem Zahnpasta-Atem gegenüberstünde? Verdammt noch mal, wo war eigentlich GABi, wenn man sie mal brauchte?

Ich schniefte und Chris redete weiter.

»Vorhin, als du auf dem Sessel ...«

»Stopp! Erinnere mich nicht da dran, bitte! Das war der peinlichste Moment meines Lebens. Ehrlich. Ich meine, also, die Kondome, es ist nicht so, wie du vielleicht denkst, es ist nur, meine Oma, ich, ähm ... mir wird schon wieder schlecht!« Gesagt, gekotzt.

Ich schaffte es gerade noch, auf die Knie zu kommen, damit nicht alles auf mir landete.

»Ich glaube, du gehörst ins Bett«, kommentierte Chris meinen erneuten Übelkeitsanfall, nachdem sich mein Magen etwas beruhigt hatte. Ich konnte nur schwach nicken und einen zustimmenden Grunzlaut von mir geben. Den Mund aufzumachen, traute ich mich nicht.

Mit Hilfe von Chris schaffte ich es bis ins Haus zurück. In der Küche half er mir, mein Gesicht mit kaltem Wasser abzuwaschen und den Mund auszuspülen. Nebenbei erklärte er noch Lotte und Benni, was passiert war. Himmel und Hölle, wäre ich an Chris' Stelle gewesen, hätte ich schon längst die Beine in die Hand genommen und wäre auf und davon gerannt. So eine Katastrophenfranzi brauchte doch kein Junge.

Aber Chris war eben nicht irgendein Junge, sondern ein ganz besonderer Mensch. Auch wenn er ganz offensichtlich nicht das von mir wollte, was ich mir erhofft hatte. Die Hoffnung hatte ich zwischen zwei Würgern endgültig begraben – oder besser »ausgespuckt«. Mich weiter an die Träume zu klammern, wäre Selbstbetrug gewesen. Chris hatte so viele Gelegenheiten vorbeiziehen lassen.

Ich musste schon wieder schniefen. Scheiß Liebe!

8,42 Minuten später half Chris mir die Treppen hoch. Lotte ging vorneweg. In meinem Zimmer übergab er mich an seine Schwester. Nachdem Chris draußen war, half Lotte mir, aus den Klamotten zu steigen, und verfrachtete mich ins Bett.

»Du bist total bleich. Meine arme Franzi. So ein verdammter Mist. Wer hätte aber auch ahnen können, dass dieser blöde

Tommi so einen Scheiß baut.« Lotte strich mir über die Stirn. »Gutenachtküsschen bekommst du heute keines. Um ehrlich zu sein, du riechst nicht besonders lecker.«

Ich zog mir die Decke übers Gesicht und schämte mich. Dieser verdammte Tommi. Der hatte mir alles verdorben!

Und mein blöder kleiner Zeh sollte es wagen, noch mal zu jucken! Pah! Von wegen: Heute werde ich geküsst! Haha. Wenn sogar meine beste Freundin die Nase rümpfte.

»Gute Nacht, Franzi. Mach dich nicht verrückt. So schlimm ist das alles bestimmt gar nicht. Jetzt schlaf dich aus und morgen schauen wir dann weiter. Ich gehe noch mal runter, und wenn alle weg sind, komm ich auch ins Bett. Bis später, meine Süße.«

Gleich nachdem Lotte rausgegangen war, streckte Chris den Kopf noch mal zur Tür herein.

»Darf ich?«, fragte er schüchtern.

Ich musste schon wieder heulen. Die Tränen ließen sich einfach nicht stoppen. So ein verdammter Mist. Aber auch eh schon egal, viel mehr konnte ich mich nicht blamieren.

»Es tut mir so leid«, schluchzte ich. »Ich wollte …«

»Schhhh«, machte Chris und setzte sich zu mir aufs Bett. »Vergiss es. Vergiss einfach alles. Du kannst ja gar nichts dafür. Bockmist haben da echt andere gebaut. Wir reden morgen weiter. Okay? Jetzt mach die Augen zu und schlaf. Morgen sieht die Welt wieder viel freundlicher aus. Wenn du einverstanden bist, kommen Benni und ich zum Frühstück. Wir bringen auch Brötchen mit.«

Essen. Igitt. Ich musste würgen.

»Ups. Entschuldigung. Ich glaube, es ist besser, ich lasse dich jetzt schlafen. Vertreib die Geister und träum was Schönes, Prinzessin.«

Prinzessin? Hatte Chris gerade »Prinzessin« zu mir gesagt? Das Wort zwängte sich durch meine vom Alkohol verklebten Gehirnwindungen. Bis es in meinem Bewusstsein angekommen war, hatte Chris allerdings schon längst die Tür hinter sich zugezogen. Ich rollte mich zur Seite. Das verdammte Bett drehte sich so schnell, dass mein Magen erneut rebellierte. Um es anzuhalten, streckte ich einen Fuß raus. Das half ein bisschen.

»Prinzessin«, murmelte ich noch einmal im Halbschlaf und dann senkte sich gnädige Dunkelheit über meine bis in ihr Innerstes blamierte Seele.

5.34 Uhr
Lotte schnarcht leise neben mir. In meinem Kopf dröhnen mindestens fünf Güterzüge und ich versuche gerade zu sortieren, wie viele von den Bildern, die mein Hirn mir in einer Endlos-Diashow vorspielt, ich einem Albtraum verdanke und was Realität ist. Liebe GABi, bitte mach, dass alles ein Traum war. Also fast alles, bitte.

6.23 Uhr
Jetzt liege ich schon fast eine Stunde wach – na ja, mehr oder weniger – und weiß immer noch nicht, ob ich geträumt habe oder ob der Horror wirklich passiert ist. Nur die Prinzessin, die muss ich geträumt haben. Da bin ich mir ziemlich sicher. Oder?

Leise und sehr vorsichtig tastete ich mich an Lotte vorbei und schlich zum Zimmer hinaus. Mein Kopf dröhnte. Inzwischen waren es mindestens zwanzig Düsenjets, die gerade starteten.

Mit verquollenen Augen schleppte ich mich die Treppe runter in die Küche. Dort spendierte ich mir erst einmal zwei Aspirin und setzte mich auf die Eckbank, um mich zu sortieren.

Ganz langsam erwachten meine Lebensgeister.

6.58 Uhr
Vielleicht war es doch nur ein sehr schlechter Traum. Die Küche sieht jedenfalls normal aus. Keine Spur von Verwüstung. Mir kommt gerade der Gedanke, dass alles, alles, alles nur ein Traum sein könnte! Vielleicht ist Mama gar nicht in London! Das muss ich rausfinden! Sofort!!!

Jetzt habe ich Mamas Bett und den Schrank kontrolliert. Koffer und Klamotten fehlen. Sie ist wirklich verreist. So viel von meiner Erinnerung stimmt also schon mal.

Vorsichtig drückte ich die Klinke der Wohnzimmertür runter. Ich spürte meinen Puls heftig im Hals klopfen. Ging es Erwin und Trude gut? Hatten die Möbel den Ansturm der Meute heil überstanden? Erwartete mich das totale Chaos?

Ich holte noch einmal tief Luft, dann öffnete ich die Tür. Fest entschlossen, dem Schicksal entgegenzutreten.

Wow! 4,27 Sekunden stand ich mit runterklapptem Unterkiefer da und staunte.

Das Aquarium war mit klarem Wasser gefüllt und die Goldfische drehten ihre Runden. Die Möbel standen alle an ihrem Platz und der Raum wirkte friedlich und gepflegt.

»Wieso bist du denn schon auf?«, fragte Lotte.

Ich fuhr herum und musste mich sofort am Türrahmen festhalten, weil mir von der schnellen Bewegung wieder schwindlig wurde. Vor lauter Staunen hatte ich Lotte nicht kommen hören.

»Was ist denn hier passiert? Hab ich vielleicht doch alles nur geträumt?«

Lotte grinste.

»Cool, oder? Die Jungs wollten unbedingt noch aufräumen und weil Yvonne ein schlechtes Gewissen hatte – wusstest du, dass sie Tommi das mit der Party gesteckt hat? –, auf jeden Fall hat sie auch mitgeholfen. Und weil sie geholfen hat, hat Frederick natürlich auch mit angepackt. Nur Sebastian konnte nicht, der hatte genug damit zu tun, die abgefüllte Lisa heil nach Hause zu bringen und an ihren Eltern vorbeizuschleusen. Keine Ahnung, ob er es geschafft hat. Und? Was sagst du?«

Ach du liebe GABi! Lotte redete so schnell und viel, dass ich mich ganz schwurbelig fühlte. Dieser Flut von Informationen am frühen Morgen zu folgen, wäre ja ohne Kater schon eine Herausforderung gewesen.

»Kaffee«, krächzte ich.

Lotte rümpfte ihre Nase und machte einen Schritt rückwärts.

»Okay. Vorschlag. Ich koche Kaffee und du gehst dir die Zähne putzen.«

Ups. AchduliebeGABi. Klar. Ich stank bestimmt wie ein ganzer Bottich voll ranziger Fische. Zumindest schmeckte ich so, aber das hatte ich bis jetzt noch gar nicht registriert. Ohne ein weiteres Wort verschwand ich die Treppe hoch und im Badezimmer.

47,23 Minuten später saß ich mit geputzten Zähnen und etwas frischeren Augen am Küchentisch und ließ mich von Lotte bemuttern. Sie schob mir die Kaffeetasse über den Tisch, Milch und Zucker dazu und setzte sich dann zu mir.

»Ich habe Benni schon eine SMS geschickt. Und Chris auch. Die beiden kommen gleich, dann frühstücken wir gemütlich.«

Ich stöhnte auf und versteckte das Gesicht hinter den Händen.

»Nein. Bitte nicht. Ich kann nicht! Was die jetzt von mir denken!«

»Na hör mal«, empörte sich Lotte. »Was werden sie wohl denken können? Dass du ein Mädchen bist, das keinen Alkohol verträgt, ist jetzt wirklich kein Grund, dich zu schämen. Warte mal, bis ich Tommi zwischen die Finger bekomme. Dem werde ich so was von zwischen die großen Zehen treten.«

Weil Lotte so süß war in ihrer Wut, vergaß ich für einen Moment meine Probleme und kicherte.

»Zwischen die großen Zehen?«, fragte ich und stellte es mir bildlich vor. Meine süße, wunderbare, schüchterne Lotte. »Du meinst, in die Eier?«

Lotte grinste.

»Ähm, ja, so kann man es auch sagen.«

Es klingelte. Lotte ging zur Tür und 2,32 Sekunden später stürmten die Jungs gut gelaunt mit einer großen Brötchentüte und süßen Stückchen die Küche.

»Guten Morgen, Franzi!«, sagte Chris und schaute mir für 0,002 Sekunden in die Augen und dann sofort wieder weg.

»Hi, Franzi. Alles klar?« Benni musterte mich in aller Ruhe. Aber nicht spöttisch, sondern voller ehrlicher Anteilnahme. »Echt eine miese Nummer von Tommi. Den werden wir uns auf jeden Fall noch krallen.«

Ich hob die Hand, um Benni zu stoppen.

»Können wir bitte einfach von was anderem reden?«, fragte ich und wunderte mich, dass meine Stimme mir gehorchte. Ein bisschen hörte sie sich allerdings an wie über Glasscherben gezogen.

Zwischen ungefähr 548 Knutschern schafften Lotte und Benni es, den Frühstückstisch zu decken. Chris machte sich an der Brötchentüte zu schaffen und packte den Inhalt in einen Korb. Er stand mit dem Rücken zu mir.

Mir schnürte es den Hals zu. Zum Glück kam Paul und ich musste mich um sein Frühstück kümmern. Das lenkte mich ein bisschen ab.

Schöner Mist. Wieso hatte Lotte Chris überhaupt eine SMS geschickt? War doch logisch, dass er nichts mehr von mir wissen wollte. Wütend schaufelte ich das Katzenfutter in den Napf und musste ein paar Mal heftig schlucken, weil der Geruch meinem Magen nicht gut bekam.

»Stopp. Willst du, dass es Paul wieder schlecht wird?« Lotte nahm mir die Futterdose und den Löffel aus der Hand und hob die Hälfte des Futters aus dem Napf zurück in die Dose.

»Setz dich wieder hin und lass uns das machen«, kommandierte sie mich.

Hinsetzen? Und dann?

Viel lieber würde ich mich in mein Zimmer verkriechen und mir die Decke über den Kopf ziehen. Zaghaft startete ich einen Versuch.

»Ich glaube, mir ist noch nicht so richtig wohl. Vielleicht ...«

Da kam Benni, schnappte mich an den Schultern und schob mich energisch auf die Eckbank.

»Franzi, das wird schon wieder. Jetzt iss erst mal was.«

Chris setzte sich mir gegenüber. Der Brötchenkorb wurde rumgereicht und ich krümelte unentschlossen an der Kruste rum.

Als Benni mir den Wurstteller rüberschob, schüttelte ich den Kopf.

»Ich bin Vegetarierin.« Da sah ich Lottes breites Grinsen und fügte hinzu: »Also fast.«

»Was heißt fast?«, hakte Chris sofort nach. Zumindest redete er also mit mir.

»Seit wir in Bio den Film über Massentierhaltung gesehen haben, mag ich kein Tier mehr essen. Aber ich finde, das ist gar nicht so leicht, wie es sich anhört. Es geht ja nicht nur um das Stück Fleisch oder Wurst, es steckt in so vielen Lebensmitteln Tier drin, wo ich es nicht mal ahne. Und außerdem bin ich mit Schnitzel, Gulasch und Hühnersuppe aufgewachsen, ich bin den Geschmack einfach gewohnt und mag ihn leider auch.«

Chris hatte mir interessiert zugehört und zwischendurch genickt.

»Mir ist es anfangs auch total schwergefallen. Aber mit der Zeit gewöhnt man sich dran. Und außerdem kann man tolle vegetarische Gerichte kochen, die es kulinarisch locker mit einem Schnitzel oder Gulasch aufnehmen können.«

Ich seufzte.

»Ja, wenn man es kann. Leider schaffe ich es sogar, Wasser anbrennen zu lassen.«

Chris schaute mich an. 1,00 Sekunden!

»Vielleicht kann ich heute für uns alle Tofuschnitzel braten? Mit Couscoussalat. Hättet ihr Lust?«

»Äh, Chris, nichts für ungut. Aber ein bisschen Fleisch auf dem Teller darf schon sein«, kommentierte Benni Chris' Vorschlag.

»Wie wäre es, wenn du und Franzi euch die Tofuschnitzel reinzieht und Benni und ich holen uns eine Pizza?«

»Franzi?«

Jetzt schaffte er sogar schon 1,24 Sekunden!

»Äh, ja, hört sich gut an«, sagte ich lahm.

Was sollte ich denn davon jetzt halten? Wollte er jetzt wirklich die Nummer »Lass uns Freunde sein« mit mir spielen? Das würde ich nicht lange aushalten! Ich war drauf und dran, aufzustehen und in mein Zimmer zu verschwinden. Aber bevor ich den Gedanken in die Tat umsetzen konnte, ergriff Lotte die Initiative.

»Ich brauch mal frische Luft«, jammerte sie und schnappte Bennis Hand. »Kommst du mit?«

Frische Luft. Haha. Frische Küsse vielleicht.

Superklasse!

Demnächst war ich also das fünfte Rad am Wagen. Vielleicht hatte Lotte Chris sogar darum gebeten, sich ein bisschen um mich zu kümmern, damit sie freie Bahn hatte und mit Benni rummachen konnte? Nein. Neinneinnein. Wie konnte ich so was Gemeines überhaupt denken? Das musste an meinem Kater liegen. Auf jeden Fall hatten sich meine Rückzugspläne damit erübrigt. Ich konnte Chris schlecht allein in der Küche sitzen lassen.

Kaum waren Lotte und Benni verschwunden, stand Chris auf, kam um den Tisch herum und setzte sich neben mich. Er räusperte sich.

»Du, Franzi, wegen gestern … Nein, nein, lass mich bitte ausreden«, wehrte er meinen Protest schon im Ansatz ab. »Also, auf dem Sessel …«

Ach du liebe GABi, bitte nicht. Diese verdammten Kondome!

»Chris, die Kondome …«

Aber Chris stoppte mich.

»Schhh. Ich rede nicht von den Kondomen. Du hast noch etwas verloren. Das habe ich aber erst später entdeckt, als du dich schon oben im Bad eingeschlossen hattest.«

Um es mit Lotte zu sagen: »Hä?« Aber das dachte ich nur. Sagen konnte ich in diesem Moment sowieso nichts.

Ich verstand die Welt nicht mehr. Was um der lieben GABi willen hatte ich denn noch in der Tasche gehabt? Kaugummis? Nagelfeile? Aber wieso wollte Chris mit mir darüber reden?

Er griff in seine Tasche und zog einen Zettel raus, den er auseinanderfaltete.

Mein Herz stand still und raste 2,02 Sekunden später im Schweinsgalopp los. AchdumeineGABi!

Chris hielt meine Liste in der Hand, auf der ich seine möglichen Aussagen festgehalten hatte. Und er hatte seine Antworten dazugeschrieben!

Mit zitternden Händen nahm ich ihm das Blatt aus der Hand und studierte die Worte.

Was will Chris mir sagen?
Möglichkeiten, die ich hören möchte:
♥ Ich hab mich in dich verliebt. Jaaaaa!!!
♥ Du bist das süßeste Mädchen, das ich kenne. Jaaaaa!!!
♥ Möchtest du meine Freundin sein? (ja, ja, jaaaaaaa!) Jaaaaa!!!
♥ Darf ich dich küssen? (jaaaaaaaaaaaaaaaaaaaaaaaa!!!!) Jaaaaa!!!
♥ Ich finde dich total hübsch und extrem sexy! Jaaaaa!!!
♥ Willst du mit mir gehen? (jaaaaaaaaaaaaaaaaaaa-aaaaa!!!!) Jaaaaa!!!

Möglichkeiten, die ich lieber nicht hören möchte:
☺ ALLES QUATSCH!!!
☺ Hör auf, mir hinterherzurennen.
☺ Ich glaube, du bist in mich verknallt. Vergiss es, Baby.
☺ Franzi, du bist total nett, lass uns Freunde sein. (kotz!)
☺ Ich habe eine Freundin.
☺ Ich bin schwul.
☺ QUATSCH!!! QUATSCH!!! QUATSCH!!! QUATSCH!!!

Wahnsinn! Mir wurde schon wieder schwindlig.

»Echt?«, hauchte ich und starrte weiter auf den Zettel.

»Echt!« Chris legte den Arm um mich und drückte mich an sich.

Ich drehte mein Gesicht zu ihm und versank im Gletschersee. Das Gletscherwasser wurde dunkler. Bald sah es aus wie das Meer bei Nacht, und dann trafen sich unsere Lippen und ich dachte nichts mehr.

Endlich! Seine Lippen fühlten sich wunderbar warm und weich an. Das übertraf alles, was ich mir je erträumt hatte. Meine Arme legten sich ganz von allein um Chris.

Er fühlte sich perfekt an und er roch fantastisch.

Der Kuss fing ganz sanft an, als müssten unsere Lippen sich erst kennenlernen. Dann spürte ich, wie Chris seinen Mund etwas öffnete. Seine Zunge fing an, meine Unterlippe zu necken. Ich reagierte automatisch, antwortete mit meiner Zunge und das Spiel ging weiter. Es wurde wild und das Kribbeln in meinem Bauch verstärkte sich, dehnte sich bald auf den ganzen Körper aus.

Chris' Hände gingen auf Wanderschaft. Langsam und zart wie Schmetterlingsflügel strich er mir zuerst über den Rücken und tastete sich dann nach vorne. Er liebkoste meinen Bauch, ließ seine Hände kleine Kreise ziehen und berührte dabei – beinahe wie unbeabsichtigt – auch meine Brüste.

Mehr machte er nicht.

Während ich staunend seine Hände spürte und mein Körper heftig auf die Zärtlichkeiten reagierte, wurde ich selbst immer mutiger. Zuerst spielte ich mit seinen Haaren, dann fuhr ich über seine Wangen und legte die Spitze meines Zeigefingers in sein Grübchen. Das hatte ich mir schon seit Ewigkeiten gewünscht! Ich streichelte seine Schultern und seine Arme entlang, bis unsere Hände sich trafen, die Finger verschlungen ineinander lagen.

Nach 143,37 Stunden lösten wir uns zögernd voneinander und ich legte meinen Kopf an seine Brust. Sein Herzschlag hörte sich an wie die Trommeln der Liebe. Ganz nah kuschelte ich mich an ihn heran, schloss die Augen und ließ mich in den Takt seines Herzens fallen.

Chris streichelte mir über den Rücken. Er zupfte an meinen Locken und fuhr mit der Fingerspitze die Konturen meines Gesichtes nach.

Irgendwann, ich hatte inzwischen jegliches Zeitgefühl verloren, meldete sich mein Magen mit lautstarkem Knurren.

»Ich weiß zwar nicht, wie andere das machen, von wegen Luft und Liebe, aber ich glaube, du brauchst demnächst mal was mit ein paar mehr Kalorien. So laut, wie dein Bauch grummelt, könnte ich ja Angst bekommen«, kommentierte Chris die Knurrattacke.

Ich wollte ihn nicht loslassen.

»Wir können ja noch ein Brötchen essen«, schlug ich vor. Aber da hatte ich die Rechnung ohne meinen Freund – oh wow! Das klang absolut obermegacool – gemacht.

»Ich habe meiner Freundin Tofuschnitzel versprochen und die bekommt sie auch.« Er löste sich sanft von mir. »Wie sieht es aus? Bist du fit genug für einen kleinen Spaziergang? Ich muss von zu Hause die Zutaten holen.«

»Glaub ja nicht, dass ich dich allein weglasse. Never ever!« Und zur Bekräftigung meiner Worte legte ich gleich wieder meine Arme um ihn und forderte mit gespitzten Lippen den nächsten Kuss. Immerhin war ich schon mindestens 20,21 Sekunden ungeküsst!

Und so starteten wir kurz darauf Hand in Hand und alle 1,25 Meter blieben wir stehen, um uns zu küssen.

Es war schon Nachmittag, als Chris mit Kochen loslegte. Ich schaute ihm auf die Finger und ließ mir die einzelnen Arbeitsschritte erklären. Die Tofuschnitzel wurden ein bisschen dunkel, dabei hatten wir uns nur ganz kurz geküsst.

Für den Couscoussalat schnippelten wir einträchtig nebeneinander Paprikaschoten, Zwiebeln und Karotten. Ich hatte keine Ahnung, dass Kochen wirklich Spaß machen kann. Aber mit Chris würde mir vermutlich sogar Müll sortieren gefallen.

Dieser Gedankengang brachte mich auf meine von gestern noch müffelnden Klamotten, die oben rumlagen. Ach du liebe GABi, wenn Chris mit auf mein Zimmer ginge, würde es ihn gleich wieder rückwärts raushauen.

»Bin gleich wieder da, ich muss nur mal eben die Waschmaschine in Gang setzen.« Ich holte mir schnell noch zwei Küsse für auf den Weg, dann flog ich die Treppe hoch.

Wie die Maschine eingestellt werden musste, das wusste ich inzwischen ja. Und auch an das Waschmittel dachte ich dieses Mal. Nur, wie viel musste man nehmen? Ich schaute auf der Packung nach, aber da stand was von Wasserhärte und so. Woher um GABis willen sollte ich wissen, was wir für eine Wasserhärte hatten? Kurz entschlossen kippte ich ein paar Becher Waschpulver zur Wäsche.

Lieber ein bisschen zu viel als zu wenig, dachte ich mir. Und dann sauste ich wieder zu Chris in die Küche und wurde mit einem sehr intensiven Kuss begrüßt. Wir deckten den Tisch, was ein bisschen länger dauerte, weil wir immer nur eine Hand frei hatten. Aber irgendwie kriegten wir es hin. Kurz bevor alles fertig war, tauchten Lotte und Benni mit ihren Pizzaschachteln auf.

Lotte schaute auf unsere verschlungenen Hände und grinste wie ein Honigkuchenpferd.

Wir machten es uns gemütlich, und obwohl die Pizza sehr verführerisch duftete, war ich kein bisschen neidisch. Die Tofuschnitzel entpuppten sich als Volltreffer. Die waren echt eine Wucht. Total klasse gewürzt.

»So macht vegetarisch essen richtig Spaß«, erklärte ich und stibitzte Chris ein Stück Paprika vom Teller. »Wenn es nur nicht so kompliziert wäre.«

»Das stimmt, es ist nicht ganz einfach; wenn man sich ernsthaft damit auseinandersetzt, kann man manchmal echt staunen. Wusstest du, dass sogar Zucker einen tierischen Rucksack haben kann?«, fragte Chris.

»Nein. Alles, was recht ist, aber jetzt nimmst du mich auf den Arm«, protestierte ich.

Chris grinste und legte seine Arme um mich. Ich musste meinen Kopf in den Nacken legen, um ihn anschauen zu können.

»In den Arm jederzeit, aber das ist wirklich wahr.«

Ich schaute ihm fest in die Augen. Gar nicht so einfach, ohne dabei in den See einzutauchen. Kein verräterisches Funkeln, keine hüpfenden Teufelchen.

»Der Zucker wird raffiniert und mithilfe von Tierkohle entfärbt. Und brauner Zucker ist oft eingefärbter weißer Zucker, das ist also auch keine Garantie.«

Wahnsinn. Was Chris alles wusste. Ich kam aus dem Staunen nicht mehr raus. Und Vegetarierin zu sein war alles andere als einfach, wie ich wieder einmal feststellen musste.

»Aber keine Angst, soweit ich weiß, verwenden die führenden Unternehmen in Deutschland keine Tierkohle mehr.«

Wie beruhigend. Blieben also nur noch die eine Million anderen Vegetarierfallen, in die ein Neuling wie ich so reinstolpern konnte. Aber jetzt hatte ich ja einen supergenialen Nachhilfelehrer zu dem Thema. Den besten Nachhilfelehrer, den eine Franzi sich wünschen konnte!

Benni schob sich das letzte Stück Pizza in den Mund und trank seine Cola leer.

»Was meint ihr, hättet ihr Lust, heute Abend zusammen DVD zu schauen? Lotte und ich würden dann jetzt noch mal abdüsen und so gegen acht hier wieder aufschlagen.«

1,41 Minuten später standen Chris und ich allein in der Küche.

»Und jetzt?«, fragte ich und spürte Nervosität in mir hochsteigen. Ich schluckte trocken. Da stand ich nun, am Ziel meiner Träume und mit den wabbeligsten Wabbelknien, die je in meinem ganzen Leben gehabt hatte.

»Gehen wir ein bisschen Musik hören?« Chris' Stimme klang rau. Ob er auch nervös war?

»Okay. Lass uns in mein Zimmer gehen, da ist es gemütlicher.« Eng umschlungen stiegen wir die Stufen hoch.

»Geh schon mal vor, ich komme gleich.« Ich wollte noch mal schnell in den Spiegel schauen. Sicher war sicher.

Als ich die Badezimmertür öffnete, schrie ich erschrocken auf. Dicke Schaumwolken waberten über die Fliesen.

»Oh nein, so ein Mist!«

Chris, durch meinen Schrei alarmiert, stand sofort hinter mir und besah sich die Bescherung. Aber anstatt entsetzt zu sein, lachte er und wirbelte mich herum.

»Prima. Dann feiern wir eine Schaumparty!«, rief er und beugte sich zu mir runter. Meine Knie gaben endgültig nach, aber Chris hielt mich fest. Ganz langsam ließen wir uns zusammen zu Boden gleiten.

Seine Lippen fanden meine. Seine Hände machten da weiter, wo sie vorher aufgehört hatten. Der Schaum umwaberte uns. Es dauerte nicht lange, bis unsere Kleidung durchgeweicht war.

Mein Herz wummerte wie ein Presslufthammer. Zögernd fuhr ich mit meiner Hand unter Chris' Shirt, schob es ein bisschen hinauf.

»Nasse Klamotten sollte man ausziehen«, murmelte ich und zog ihm den Stoff entschlossen über den Kopf.

Ich wehrte mich nicht, als er bei mir das Gleiche machte. Und als ich seine Augen sah, die voller Ehrfurcht meine Brüste bestaunten, da wusste ich, dass ich kein Doppel D oder sonst was brauchte. Chris' Blick sagte mir, er fand sie perfekt.

19.58 Uhr

Mit den Schmetterlingen in meinem Bauch könnte ich eine ganze Farm eröffnen. Chris ist wunderbar. Und er ist MEIN FREUND!

Seinen Körper zu entdecken ist der Hammer. Und wenn er bei mir auf Entdeckungsreise geht, dann haut es mich von den Füßen! Ganz sicher werden wir bald miteinander schlafen. Aber heute noch nicht. Wir lassen uns noch ein bisschen Zeit.

20.00 Uhr

Morgen vielleicht.

23.25 Uhr

Von mir aus darf Mama ruhig wissen, dass ich in ihrem Bett geschlafen habe. Ich glaube nicht, dass ich mich schämen muss, weil es mir allein im Haus unheimlich war.

Komisch. Kann es sein, dass man erwachsener wird, wenn man liebt?

23.55 Uhr

Liebe ist einfach wunderbar!

E N D E (oder doch der Anfang?)

Steckt ein Vegetarier in dir?

Wie hältst du es mit deiner Ernährung? Isst du das, was dir schmeckt, oder achtest du darauf, was dir guttut? Setzt du auf tierisches Eiweiß und liebst den Biss in ein saftiges Stück gebratenes Fleisch oder bist du eher von der Karottenfraktion und bei einem saftigen lecker nach Kräutern duftenden Gemüseauflauf läuft dir das Wasser im Munde zusammen?

Ganz oft denken wir überhaupt nicht darüber nach, was wir wirklich wollen, sondern passen uns einfach unserem Umfeld an. Hier kommen zehn Fragen, die dir helfen, deinen eigenen Essenswünschen auf die Spur zu kommen.

1. Du sitzt in einem Lokal und möchtest essen. Welches der folgenden drei Gerichte würdest du wählen?

A – Bunter Salat mit Putenstreifen

B – Spaghetti Bolognese

C – Tofuschnitzel mit Kartoffelecken und Kräuterdip

2. Was ist eine Falafel?

A – Süßer Pfannkuchen

B – Frittiertes Kichererbsenbällchen

C – Modisches Accessoire

3. Schließe die Augen und stelle dir vor, wie ein Steak in der Pfanne vor sich hinbrutzelt. Wie geht es dir dabei?

A – Mir läuft das Wasser im Munde zusammen

B – Lässt mich kalt, ich hab gerade gegessen

C – Mir wird schlecht

4. Was ist Lab?

A – Die Abkürzung für Laboratorium

B – Ein tierisches Enzym, das bei der Käseherstellung eingesetzt wird

C – Käse

5. Was bedeutet es, wenn auf einem Ei als erste Ziffer eine 0 steht?

A – Bio

B – Keine Belastung

C – Null Ahnung

6. Du wachst nachts auf und hast Hunger. Im Kühlschrank findest du Wurst, eine Karotte und ein Stück Lasagne. Was machst du?

A – Ich lasse die Wurst links liegen (oder rechts) und schnappe mir die Möhre

B – Ich wärme mir die Lasagne auf

C – Ich gönne die Karotte unserem Kaninchen, gehe hungrig zurück ins Bett und träume von der Lasagne

7. Bei euch gibt es Gemüsesuppe. Leider hat deine Mutter dich wieder mal übergangen und Speck reingeschnitten. Was machst du?

A – Ich picke den Speck raus und packe ihn meiner Mutter auf den Teller. Den Rest der Suppe genieße ich

B – Ich durchforste den Kühlschrank und schwenke auf Salat um. Nein. Nicht auf Wurstsalat. Grünzeug halt. Und Tomaten und so

C – Wegen so einem bisschen Speck mache ich keinen Aufstand. Ich putze meinen Teller leer und freue mich über den warmen Bauch, den die Suppe mir macht

8. Grillzeit. Du bist bei Freunden eingeladen, für dich haben sie extra Tofuwürstchen organisiert und es gibt Kartoffelsalat. Was machst du?

A – Ich mampfe alles auf und freue mich

B – Ich schiebe die Tofuwürstchen zur Seite und genehmige mir eins von den Steaks

C – Ich frage nach, wie der Kartoffelsalat angemacht wurde und esse ihn nur, wenn keine Fleischbrühe drin ist

9. Auf dem Tisch stehen Gummibärchen, Schokoküsse und Lakritzschnecken. Was nimmst du?

A – Gummibärchen

B – Schokoküsse

C – Lakritzschnecken

10. Was ist Seitan?

A – Ein Kleidungsstück

B – Vegetarischer Fleischersatz aus Weizenmehl

C – Käse

Auflösung:

Frage 1

A   5 Punkte
B   0 Punkte
C   6 Punkte

Frage 2

A   5 Punkte
B   6 Punkte
C   0 Punkte

Frage 3

A   0 Punkte
B   5 Punkte
C   6 Punkte

Frage 4

A   0 Punkte
B   6 Punkte
C   5 Punkte

Frage 5

A   6 Punkte
B   5 Punkte
C   0 Punkte

Frage 6

A   6 Punkte
B   0 Punkte
C   5 Punkte

Frage 7

A   5 Punkte
B   6 Punkte
C   0 Punkte

Frage 8

A   5 Punkte
B   0 Punkte
C   6 Punkte

Frage 9

A   0 Punkte
B   5 Punkte
C   6 Punkte

Frage 10

A   0 Punkte
B   6 Punkte
C   5 Punkte

Auswertung:

0 Punkte

Vergiss es. In dir steckt so viel Vegetarier wie in einem schwarzen Panther.

5 bis 30 Punkte

Minimale vegetarische Ansätze sind vorhanden. Aber wirklich nur minimal.

31 bis 59 Punkte

Aus dir könnte mit ein bisschen Initiative ein Vegetarier werden. Nur Mut. Es ist gar nicht so kompliziert!

60 Punkte

Franzi würde sagen: Herzlichen Glückwunsch. Du bist ein absolut eingefleischter Vegetarier!

DIE AUTORIN

Susanne Oswald wurde 1964 in Freiburg im Breisgau geboren und lebt heute in St. Georgen im Schwarzwald. Seit 2009 arbeitet sie hauptberuflich als Schriftstellerin und nebenbei in der familieneigenen Senfmanufaktur, der Senferia. Sie schreibt Romane, Jugend- und Kinderbücher sowie Sachbücher zu Gesundheitsthemen.

Susanne Oswald
LIEBE HEISST TOFU
ROMAN

ISBN 978-3-86265-136-8
© Schwarzkopf & Schwarzkopf Verlag GmbH, Berlin 2012
HERZKLOPFEN UND SO ist das neue Jugendbuchprogramm von Schwarzkopf & Schwarzkopf. Alle Rechte vorbehalten. Dieses Werk ist urheberrechtlich geschützt. Jede Verwendung, die über den Rahmen des Zitatrechtes bei korrekter und vollständiger Quellenangabe hinausgeht, ist honorarpflichtig und bedarf der schriftlichen Genehmigung des Verlages | Lektorat: Cathrin Kreich | Titelfoto: © Kilian.Sky / photocase.com | Abbildungen im Innenteil: © Jana Moskito

KATALOG
Wir senden Ihnen gern kostenlos unseren Katalog.
Schwarzkopf & Schwarzkopf Verlag GmbH
Kastanienallee 32, 10435 Berlin
Telefon: 030 – 44 33 63 00 | Fax: 030 – 44 33 63 044

INTERNET | E-MAIL
www.herzklopfen-und-so.de
info@schwarzkopf-schwarzkopf.de